데드맨

DEAD MAN

© Kanzi Kawai 2012

Edited by KADOKAWA SHOTEN

First published in Japan in 2012 by KADOKAWA CORPORATION Co., Ltd. Tokyo.

Korean translation rights arranged with KADOKAWA CORPORATION Co., Ltd. Tokyo.

through Eric Yang Agency Inc, Seoul.

데 드 맨

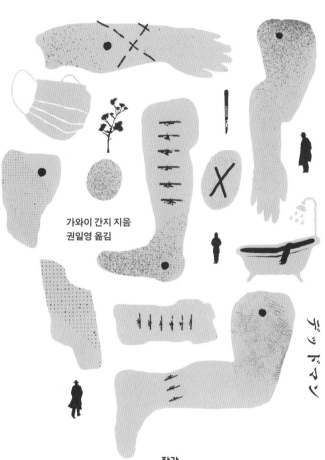

가와이 간지 지음
권일영 옮김

작가
정신

차 례

1. 일기

〇월 〇일

지금의 나는 나일 것이다. 하지만 어제의 나는 내가 아니었다. 아니, 날짜를 거슬러 올라가며 읽은 이 일기에 따르면 어제도, 그 전에도 나는 내가 아니었다.

내가 나로 돌아온 것은 약 1년 만의 일이다.

내일의 나는 과연 나일까? 아마 아니리라. 지금 이 시간을 놓치면 나는 영원히 내가 아니게 되고 말지도 모른다. 그런 예감이 든다. 아아, 이 지독한 오한. 이 끔찍한 전율. 이 무시무시한 공포!

그래서 나는 내가 나인 상태로 있는 동안 결코 잊어서는 안 될 일들을 모두 이 일기에 적어두기로 한다. 내가 누구인가를. 내가 알게 된 진실을. 내게 일어난 끔찍한 사건을. 나를 이 모양 이 꼴로 만든 놈이 누구인지. 그리고 용서할 수 없는 그놈이 저지른 짐승만도 못한 짓을.

난생처음 신에게 기도했다. 신이시여, 부디 이 일기장, 이 페이지가 그놈 눈에 띄지 않기를! 다행히 이 일기장에는 자그마한 자물쇠가 달려 있다. 허술한 자물쇠지만 내가 알고 있는 모든 것을 적은 다음에 잠그자. 그리고 열쇠는 삼켜버리자. 그러면 이 일기장을 그놈이 읽을 가능성이 크게 줄어들 것이다.

하지만 만약 그놈이 이 일기장을 찾아내 자물쇠를 부수고 읽게 된다면…… 그놈을 당장 갈기갈기 찢어 소각로에 던져 넣을 것이다. 그리고 내가 적은 글은 송두리째 검은 연기와 흰 재가 되어 영원히 어둠 속으로 사라지게 되리라.

하지만 그놈이 이 일기장을 발견한다고 해도 한 가닥 희망은 있다. 내가 쓴 이 일기장은 오늘 날짜인 이 페이지 이외에는 내가 아닌 내가 쓴 헛소리만 늘어놓게 될 것이다. 오늘 먹은 밥이 맛있다느니, 맛이 없었다느니, 정원을 산책할 때 어떤 꽃이 피어 있었다느니, 눈앞에 작은 벌레가 날아다녀 불쾌했다느니, 옆방 노인이 밤새 내 욕을 했었다느니, 내 손발이 어디론가 가버려 일어날 수 없었다느니.

그래서 설사 그놈이 이 일기장을 손에 넣는다고 하더라도 별

데드맨

의미 없는 내용이라고 여겨 모든 페이지를 읽으려고 하지 않을 지도 모른다. 그러기를 기도할 수밖에 없다. 부디 그렇게 되기를.

아니.

지금 이걸 읽고 있는 네가 그놈일지도 모른다. 만약 그렇다면 지금 당장 이 일기장을 찢어버리는 게 나을 것이다. 태워버리는 게 나을 것이다. 걱정은 필요 없다. 내게는 아무 일도 일어나지 않을 것이다. 지금 네가 지옥에 떨어지라고 저주할 뿐이다.

하지만 만약 지금 이걸 읽고 있는 그대가 착한 마음씨를 지닌 분이라면, 아니 그놈이나 그놈과 관계가 있는 사람이 아니라면 악마라도 상관없이 지금부터 쓰는 내용을 부디 믿어달라. 그리고 이 일기장을 마땅한 곳에 전달해, 그놈을 처단하는 일에 도움을 주시기 바란다.

그대가 이 글을 읽고 있는 까닭도 하늘이 정해준 운명이리라. 부디, 부디 내 소망이 이루어지기를. 그렇게만 된다면 나는 무슨 짓이든 하겠다. 재산은커녕 땡전 한 푼도 없지만 만약 내 몸뚱어리라도 필요로 한다면 기꺼이 바치리라. 내 몸을 어떻게 처분하건, 지져 먹건 쪄 먹건 썰어 먹건 전혀 상관하지 않겠다.

아니.

내가 설사 죽게 된다고 하더라도 그놈이 저지른 잔인무도한 짓을 이 세상에 알리고 말 테다.

　신이시여, 나는 다시 당신에게 기도합니다. 부디 그놈에게 천벌을 내리소서.

2. 발발

색종이가 알록달록 흩날리는 큰길을 악대가 행진곡을 연주하며 행진하고 있다. 엄청나게 많은 인원으로 구성된 악대다. 나팔이 날카로운 소리를 내고 큰북이 배를 둥둥 울리는 낮은 소리로 리듬을 맞췄다. 심벌즈도 연방 금속음을 울려댔다.

그는 행진하는 악대 한가운데서 두 귀를 막고 서 있었다. 엄청난 소리 때문에 고막이 찢어질 듯하다. 하지만 악대가 끊임없이 밀려와 그 안에서 빠져나갈 수 없다. 악대의 대원들은 모두 괴로워하는 그는 아랑곳하지 않고 얼굴 가득 미소를 지으며 사뭇 즐겁다는 표정으로 걷고 있다. 어떻게든 이 행렬 안에서 빠져나가고 싶다. 하지만 그는 계속 밀려오는 악대에 둘러싸여 꼼짝할 수 없었다.

이렇게 되면 억지로 뚫고 나가는 수밖에 없다. 그는 기를 쓰고 악대 행렬 사이로 몸을 들이밀었다. 그런데 뒤에서 누가 오른팔을 잡았다. 돌아보니 노란색 곰 인형을 입은 사람이 그의 오른팔을 부둥켜안고 있다. 그를 악대 속에서 빠져나가지 못하게 하려는 모양이다. 장난스러운 표정을 짓고 있는 곰의 얼굴을 향해 그는 주먹을 힘껏 내질렀다.

가부라기 데쓰오鏑木鉄生는 오른손에 지독한 통증을 느끼며 잠에서 깼다. 바로 앞에 거실용 유리 테이블 다리가 보였다. 아마 거실 바닥에 쓰러져 잠이 든 모양이다. 그리고 잠결에 오른손을 휘둘러 테이블 다리를 세게 때린 모양이었다.

정신을 차려보니 유리 테이블 위에 놓인 휴대전화가 신나는 음악을 연주하고 있었다. 유명한 유원지에서 들을 수 있는, 무슨 놀이기구 테마 송이었다. 이 음악 때문에 그런 끔찍한 꿈을 꾼 모양이다.

가부라기가 특별히 유원지를 좋아하는 것은 아니었다. 이미 그럴 나이도 아니다. 그렇다고 딸을 위해 휴대전화 착신음을 그 곡으로 해둔 것도 아니다. 가부라기에게는 아예 딸이 없다. 얼마 전에 오래 쓰던 휴대전화가 망가져 새 기종으로 바꾸었는데 처음부터 이 음악이 기본 벨소리로 설정되어 있었다. 변경하는 방법도 모르고 취급 설명서를 뒤적이기도 번거로워 그냥 쓰고 있었다.

아픈 오른손을 흔들면서 일어나 검은색 인조가죽 소파에 털썩 주저앉았다. 상의를 벗고 넥타이도 풀었지만 회색 양복바지에 와이셔츠는 갈아입지 않은 상태였다.

가부라기는 테이블 위에 놓인 휴대전화를 집어 왼쪽 귀에 대려고 끌어당겼다. 그러자 휴대전화에 연결된 전선이 테이블 위에 있던 맥주 깡통을 서너 개 쓰러뜨렸다. 맥주 깡통이 요란한 소리를 내며 바닥에 굴러떨어졌다. 연갈색 액체가 점점 바닥을 물들이기 시작했다. 덜 마신 깡통이 있었던 모양이다.

가부라기는 당황했다. 휴대전화를 충전하던 중이라는 사실을 잊고 있었다. 맥주는 점점 더 넓게 바닥을 적셨다. 얼룩이 남을지도 모른다. 걸레질을 해야 한다. 그런데 걸레가 있기나 한가? 가부라기는 한숨을 내쉬며 생각을 멈추고 전화 응답 버튼을 눌렀다.

"아직도 부재중 전화 설정 방법을 모르세요?"

수화기 저편에서 젊은 남자가 어처구니없다는 듯이 말했다.

"하기야 이번에는 오히려 다행이지만요. 부재중으로 설정해 놓고 잠이 들었다면 문을 두드리러 쫓아 올라가야 했을 테니까요."

가부라기는 다시 한숨을 내쉬었다. 여전히 말이 많은 녀석이다. 젊어서 전자제품을 좀 다룰 줄 안다고 툭하면 사람을 원시인 취급이다.

"히메, 지금 몇 시지?"

전화를 건 사람은 히메노 히로미姬野広海였다. 남자를 '히메姬'* 라고 부르는 게 아무래도 우습다는 생각이 들지만 주위에서 다들 그러다 보니 가부라기도 어느새 따라 부르게 되었다. 물론 히메노라는 성을 줄여서 부르는 호칭이기는 하지만, 더 큰 이유는 번 듯한 가문 출신이라 아무에게나 건방지게 행동하는 태도 때문이 틀림없으리라.

"시계도 없어요? 오전 9시 12분입니다."

히메노가 다시 어처구니없다는 투로 말했다.

벽시계는 사흘 전부터 멈춰 있었다. 전지를 교환하면 될 텐데 귀찮아 그냥 내버려두었다. 손목시계는 유리 테이블 위에 흐트 러진 신문이나 플라스틱 반찬통 아래 깔려 있다. 찾으면 나올 것 이다.

가부라기는 어제 있었던 일을 떠올렸다. 어제는 일요일이었지 만 근무를 했다. 자정이 다 되어서야 겨우 일단락되어 지하철 막

---

* 여성을 예쁘게 부를 때, 신분이 높은 집안 딸을 부를 때 쓰는 말.

데드맨

차를 겨우 잡아타고 집이 있는 니시오기쿠보西荻窪 역에 도착했을 때는 오전 1시가 지난 시각이었다.

역에서 걸어 10분쯤 걸리는 임대 아파트로 들어오는 길에 편의점에 들러 주먹밥과 반찬을 샀다. 그리고 거실 소파에서 그걸 안주 삼아 캔 맥주를 마시기 시작했다. 아무 생각 없이 텔레비전을 켠 것이 잘못이었다. 두 시간짜리 서스펜스 드라마가 재방송되고 있었는데 범인이 누군지 궁금해 그만 끝까지 보고 말았던 것이다.

결국 범인은 형사라는 형편없는 이야기라 가부라기는 크게 실망하고 말았다. 그리고 소파에 벌렁 누워 시간을 낭비한 걸 후회하다가 그만 잠이 들었다. 왜 그렇게 아무렇게나 잠을 잤는가 하면 다음 날, 그러니까 오늘은 삼 주 만에 쉬기로 되어 있는 휴일이었기 때문이다.

아마 새벽 4시쯤 잠이 들었으리라. 그렇다면 다섯 시간 조금 넘게 잤다는 이야기인데 피로가 다 풀리지 않았는지 몸이 나른했다. 젊었을 때는 이삼일 철야를 해도 아무렇지 않았는데 역시 나이 마흔다섯이다 보니 체력 저하를 실감하게 된다.

전화기에서 히메노가 초조하다는 듯이 빠르게 말했다.

"지금 선배 아파트 앞에 차를 대고 있습니다. 얼른 내려오세요."

"일인가?"

"만주입니다. 자세한 설명은 차 안에서."

"알았어. 하지만 그런 표현은 쓰지 말라고 했잖아. 난 단 거 싫어해."

'만주'*는 오래된 경찰 은어인데 시체를 말한다. 히메노는 시체가 발견되었다고 말한 것이다.

가부라기와 히메노 히로미는 경시청 형사부 수사 1과 제4 강력범 수사·살인범 수사 제13계에 소속되어 있다. 결국 살인 사건이나 상해 사건에 대한 수사를 전문으로 하는 수사관, 이른바 형사다. 그래서 히메노가 가부라기에게 전화를 걸면 대화 내용은 시체 이야기가 될 수밖에 없다.

'만주'뿐만 아니라 이런 은어를 요즘 젊은 형사들은 쓰려고 하지 않는다. 케케묵어 촌스럽기 때문이리라. 하지만 어쩐 이유에서인지 히메노는 툭하면 은어를 썼다.

"5분 뒤에 내려가지."

그렇게 대답하고 가부라기는 전화를 끊었다. 갑자기 오한이나 몸이 부르르 떨렸다. 오늘은 11월 8일, 월요일. 담요도 걸치지 않고 바닥에서 잤더니 몸이 차갑게 식어버린 모양이다. 뜨거

---

* 부패 가스 때문에 빵빵하게 부풀어 오른 모습이 일본 과자 만주 같다고 해서 시체를 가르키는 은어로 사용한다.

데 드 맨

운 물로 샤워를 하고 싶었지만 그럴 여유가 없다.

가부라기는 소파에서 일어나 테이블 위를 헤집어 시계를 찾아내 왼쪽 손목에 찼다. 문득 바닥에 쏟아진 맥주가 눈에 들어왔다. 어떻게 할까 잠깐 생각했지만 별도리가 없었다.

요란하게 사이렌을 울리면서 검은색 차가 이노카시라井の頭 길을 질주했다. 차 지붕 위에서는 착탈식 빨간 경광등이 부지런히 돌고 있었다. 운전석에는 히메노, 조수석에는 가부라기. 가부라기는 히메노가 모는 승용차를 타고 현장으로 가고 있었다.

히메노가 몰고 있는 차는 알파로메오 159. 상어 같은 얼굴을 지닌 4도어 세단이다. 가부라기는 차에 대해 잘 모르지만 히메노가 이탈리아에 갔을 때 카라비니에리Carabinieri*의 순찰차가 알파로메오 159였던 걸 보고 한눈에 반해 귀국 후 바로 구입했다고 한다. 이 차는 3.2리터 엔진을 장착한 'ti'라고 하는 한정 판매 모델이기 때문에 브레이크나 서스펜션, 타이어도 특별한 스포츠 버전이라고 했다.

히메노는 이 미끈하게 빠진 검은색 차를 자기 몸의 일부라도 되는 양 가뿐하게 다루었다. AT 패들 시프트를 섬세하게 조작하

---

* 국가치안경찰대.

며 엔진 회전수를 떨어뜨리지 않았다. 때로는 대담하게 중앙선을 침범하면서까지 일반 차량을 추월하기도 했다. 사거리에 이르자 좌우를 재빨리 확인하면서 마이크를 들고 주변 차량에 경고하며 그대로 빨간 신호등을 지나쳤다. 보행자나 소형 차량을 보면 아주 조심스럽게 핸들을 조작하며 거리를 유지하다가 다시 가속페달을 밟았다. 가부라기는 조수석에서 좌우로 흔들리며 그저 앞만 바라보고 있을 수밖에 없었다.

"뒤에 아침 식사가 있어요. 드시죠."

히메노가 시선은 앞으로 한 채 말했다.

살짝 웨이브 진 머리카락을 멋들어지게 빗어 넘긴 히메노는 오늘 아침에도 외제로 보이는 몸에 착 붙는 짙은 남색 양복 차림이었다. 그에 비해 부스스한 머리를 한 가부라기가 입고 있는 회색 상하의는 바지 한 벌 더해 이만 엔이 채 안 되는 양판점 바겐세일 양복이다.

가부라기는 몸을 틀어 뒷좌석에 놓여 있는 흰색 편의점 봉투를 집어 들었다. 안에는 팥빵과 종이팩에 든 우유가 있었다.

가부라기가 히메노의 얼굴을 바라보았다.

"애써 사 온 건 고맙지만 말이야, 이걸 아침 식사라고 산 거냐?"

"형사들 식사는 다 그렇지 않은가요?"

히메노는 태연하게 대꾸했다. 가부라기는 한숨을 내쉬었다. 아무래도 이 녀석은 형사 드라마를 너무 많이 보았다.

히메노 히로미는 경찰이 된 지 3년째인 스물다섯 살. 들어가기 가장 어렵다는 국립대학 법학부를 나왔다. 다른 졸업생들 같으면 당연하다는 듯이 간부 시험을 거쳐 경찰이 되었을 텐데, 무슨 영문인지 형사를 지망해 논커리어로 사쿠라다몬桜田門*에 들어온 괴짜다. 은어를 좋아하는 점이나 승용차 선택 이유만으로도 가부라기는 히메노를 '형사 오타쿠'가 틀림없다고 생각했다.

히메노는 작년에 수사 1과에 배치된 뒤 가부라기의 파트너가 되었다. 계급은 가부라기가 경위, 히메노가 순경이지만 녀석의 말투나 태도에는 상사를 대하는 조심성이라곤 전혀 찾아볼 수 없다. 애당초 히메노는 가부라기뿐만 아니라 누구에게나 그렇게 굴었다.

이탈리아제 승용차도 그렇고 고급 양복도 그렇고, 히메노가 지닌 소지품은 아무리 생각해도 젊은 경찰관에게는 어울리지 않는다. 그러고 보니 언젠가 히메노는 부자인 고모 집에 방을 얻어 살고 있다고 했다. 그래서 집세를 내는 대신에 고모가 기르는 프렌치 불독의 시중을 맡고 있다고 한다.

---

* 일왕이 머무는 거처에 있는 문 가운데 하나. 정면에 경시청 청사가 있어 흔히 '경시청'을 가리키는 은어로 사용하기도 한다.

"난 단 걸 싫어하는데."

"그냥 참고 드세요. 당분은 두뇌 활동에 꼭 필요합니다. 무엇보다 아침을 거르면 몸에 좋지 않으니까요."

네가 우리 엄마냐? 가부라기는 이렇게 쏘아붙이고 싶은 걸 참고, 마지못해 봉지를 뜯어 팥빵을 씹으며 빨대로 우유를 마셨다.

"다 드셨나요?"

히메노가 불쑥 물었다.

"아, 역시 배 속에 뭐가 좀 들어가니 살 것 같군. 잘 먹었어."

가부라기가 대꾸하자 히메노는 양복 안주머니에 오른손을 찔러 넣었다. 그리고 작은 스프레이 용기를 꺼내더니 느닷없이 가부라기 쪽에 대고 몇 차례 칙칙 뿜었다.

"우엑! 뭐, 뭐하는 짓이야?"

"냄새 제거제예요. 어젯밤에 샤워도 하지 않은 것 같아서. 선배, 이제 슬슬 재혼하는 건 어떠세요?"

"어차피 나는 늙은이 냄새나 풍기는 홀아비야."

가부라기는 히메노의 말을 받아치지도 못하고 그렇게 대꾸하며 잔뜩 구겨진 손수건으로 얼굴에 묻은 물방울을 닦았다. 그런데 손수건에서는 아무런 냄새도 나지 않았다. 히메노가 냄새 제거제라고 했는데. 가부라기는 이상하다는 생각이 들어 손수건에 코를 대고 킁킁 냄새를 맡았다.

데 드 맨

히메노가 가부라기를 흘끔 보더니 이렇게 말했다.

"애완동물용 냄새 제거제거든요. 입에 들어가도 안전하니 걱정 마세요."

이윽고 차는 간파치環八로 나와 나카노하시中の橋 사거리를 왼쪽으로 꺾어져 다카이도高井戸 나들목에서 수도고속도로 4호 신주쿠선을 탔다. 고속도로라 신호도 없고 보행자도 없다. 가부라기는 사건에 대해 질문하기 시작했다.

"그래, 우리는 지금 어디로 가는 중이지?"

"아자부주반麻布十番으로 갑니다. 현재 올라온 보고는 다음과 같습니다."

수첩을 보지도 않고 히메노는 상황을 거침없이 설명하기 시작했다.

"시체가 발견된 것은 11월 8일 월요일. 즉 오늘 오전 8시 35분. 가미무라 슌神村俊이라고 하는 남자가 소유자로 되어 있는 아파트 안에서 발견되었습니다. 가미무라는 스물일곱으로 독신. 헬스센터 경영자 겸 인스트럭터입니다."

"경영자라고? 젊은 나이에 대단하군."

가부라기는 부러움을 그대로 드러냈다.

"제일 먼저 발견한 사람은 가미무라가 경영하는 헬스센터 직원입니다. 월요일인 오늘 아침 8시부터 정례 조조 회의가 열릴 예정이었는데 사장인 가미무라가 출근하지 않고, 결근하겠다는 연락도 없는 데다가 전화를 걸어도 받지 않자 직원 가운데 한 명이 아파트로 찾아갔답니다."

히메노는 핸들을 꺾어 앞에 가는 경차를 추월한 뒤 말을 이었다.

"문은 잠겨 있지 않았습니다. 직원이 안으로 들어갔는데 거실이나 침실, 화장실에도 가미무라가 보이지 않았죠. 마지막으로 욕실을 들여다보니, 욕조에 한 남자가 알몸 상태로 잠겨 있었답니다. 그리고 직원은 서둘러 경찰에 신고를 했습니다."

"허어, 정말 깜짝 놀랐겠군."

"안에는 누구와 싸운 흔적이 없었던 모양입니다. 또 실내에는 가미무라가 쓰던 휴대전화, 승용차 열쇠, 현관 열쇠, 즐겨 쓰는 클러치 백이 있었죠. 그리고 욕실에 들어가기 전에 벗은 걸로 보이는 가미무라의 옷가지가 남아 있었고요."

"뭐야? 그럼 그 가미무라라는 남자는 사고사 아닌가? 술이 잔뜩 취했다거나 해서."

가부라기의 말에 히메노는 고개를 저었다.

"살인이 틀림없습니다. 그리고 그 시체가 가미무라인지는 아직 모릅니다."

데 드 맨

"몰라?"

가부라기는 의아한 표정으로 운전석에 있는 히메노의 옆얼굴을 보았다.

"상황을 보면 가미무라로 보는 게 가장 자연스럽죠. 하지만 아직 단정할 수는 없습니다."

"아, 그래? 알았어."

가부라기는 다 알겠다는 듯이 고개를 끄덕거렸다.

"아파트로 찾아온 직원은 시체를 보고 깜짝 놀라 얼굴을 제대로 보지 못했겠지. 그리고 방 안에도 가미무라의 얼굴을 알 수 있는 사진은 전혀 없었을 테고. 그래서 시체가 가미무라인지 아닌지 현재로서는 알 수 없다, 그런 이야기지?"

히메노는 또 고개를 저었다.

"분명히 첫 번째 발견자인 직원은 죽은 사람이 가미무라인지 알 수 없었습니다. 그래서 헬스센터 직원 두 명을 현장으로 불러 시체를 확인하도록 했다고 합니다. 그런데 두 사람 모두 그게 가미무라의 시체라는 사실을 확인해주지 못했죠."

가부라기는 팔짱을 끼었다. 사람이 시체가 되면 인상이 변한다. 그렇다고 해도 직원 두 명이 확인했는데 사장인지 아닌지 모르겠다니, 이상한 이야기다.

"가미무라의 얼굴 사진은 바로 찾았습니다. 클러치 백 안에 얼굴 사진이 붙어 있는 신분증과 운전면허증이 들어 있었죠. 하지만 여전히 검시 결과를 기다리지 않으면, 시체가 누군지 단정할 수 없을 겁니다."

가부라기는 조수석 헤드레스트에 머리를 기대며 신음했다. 사진이 있다면 그 자리에서 얼굴을 확인할 수 있었을 것이다. 그런데 왜 시체가 가미무라인지 단정할 수 없다는 걸까? 그리고 사인이나 사망 시각을 추정하는 거라면 몰라도 왜 시체가 누구인지 알아내기 위해 검시 결과를 기다려야 할 필요가 있는 걸까? 아니, 이런 상황에서 어떻게 살인 사건이라고 잘라 말할 수 있는 걸까?

"너 뭔가 중요한 사실을 숨기고 있는 거지?"

히메노는 태연한 얼굴로 대꾸가 없었다.

"힌트를 하나만 줘."

억울한 표정을 짓는 가부라기에게 히메노가 말했다.

"시체는 살아 있을 때와 비교해서 체중이 육 킬로그램쯤 줄었습니다."

가부라기는 잠시 생각에 잠겼다가 이윽고 히메노 쪽으로 고개를 돌리더니 이렇게 물었다.

"혹시 그 시체는 키도 살아 있을 때보다 삼십 센티미터쯤 줄어들지 않았나?"

"맞습니다."

히메노는 시선을 전방으로 되돌리더니 고개를 크게 끄덕였다.

"시체는 머리가 완전히 잘려나갔습니다. 그리고 그 머리는 현장에 남아 있지 않았던 거죠."

머리가 없는 시체라고? 게다가 그 머리는 범인이 가져갔을 것이다. 가부라기는 또 기나긴 하루가 될 거라는 각오를 다졌다.

"역시 선배도 이해가 안 되겠죠."

불쑥 히메노가 중얼거렸다. 가부라기는 그 모습이 마음에 걸렸다.

"내가 뭐?"

"아뇨, 아무것도 아닙니다. 자, 현장으로 빨리 가죠."

그렇게 말하며 히메노는 뭐가 신이 나는지 가속페달을 꾹 밟았다.

현장은 아자부주반의 한적한 곳이었다. 이치노바시와 니노바시 중간쯤을 가로질러 서쪽으로 조금 들어간 곳에 있었다. 십 층짜리 고급 아파트였다. 지은 지 여러 해 된 듯했지만 서양 고전 양식을 본뜬 붉은 벽돌 타일을 붙여 꽤 돈을 들인 건물이었다.

가부라기와 히메노는 먼저 도착한 수사 1과 동료들에게 인사를 하며 '수일搜一'이라고 적힌 완장을 왼팔에 찼다. 그리고 '출입

금지', 'KEEP OUT'이 번갈아 적혀 있는 노란색 경고 테이프를 지나 흰 장갑을 끼면서 잰걸음으로 아파트 입구로 갔다.

"여기는 방범 카메라가 설치되어 있네요. 현관에는 없더군요. 계단을 이용해도 카메라에 찍히지 않고."

히메노가 엘리베이터 안에서 천장을 바라보며 안타깝다는 듯이 말했다. 가부라기도 고개를 끄덕였다.

"이런 동네에 있는 고급 아파트라면 집주인들이 세를 놓은 곳이 대부분이지. 방범 카메라를 설치하려고 해도 집주인들의 뜻이 하나로 모이지 않는 경우가 많아. 엘리베이터는 엘리베이터 회사에서 독자적으로 카메라를 설치하지만 말이야. 도시 아파트의 문제점이지."

꼭대기 층에서 엘리베이터를 내리자 가미무라의 아파트 앞 통로는 짙은 남색 제복을 입은 감식과 요원들로 붐비고 있었다. 족적 담당자는 이미 접착 시트와 정전기법을 이용한 발자국 채취 작업을 마친 모양이고, 지금은 벽이나 문에 있는 지문 채취 작업이 이루어지고 있었다. 두 사람은 그 옆을 지나 문 안으로 들어갔다.

현관으로 들어가면 바로 오른쪽이 욕실, 그 문 앞에 마사키 마사야正木正也 경위가 있었다.

"늦었잖아, 가부! 일단 자네도 봐야 할 것 같아서 현장을 그대로 보존해두었거든. 얼른 봐."

마사키는 가부라기와 동기다. 마흔다섯 살. 수사 1과 제4 강력범 수사, 제11계에 소속인 동료다. 호리호리한 몸에 짙은 갈색 정장을 입고 있었다. 양복 품질은 가부라기와 별로 다를 바 없으리라.

"수고. 자네들이 제일 먼저 현장에 도착했나?"

"응. 마침 어젯밤 당직이었어. 아침에 막 퇴근하려는데 신고가 들어오더군."

선하품을 애써 참으며 마사키가 말했다. 아무래도 먼저 도착했기 때문에 이 사건은 제11계가 맡게 된 모양이었다.

"운이 없었네. 그럼 잠깐 볼게."

가부라기와 히메노는 욕실로 들어갔다.

불그레한 물이 반쯤 차 있는 욕조 안에 희끄무레한 물체가 보였다. 발가벗은 남자의 시체였다. 가부라기와 히메노는 시체를 향해 합장하며 고개를 숙인 다음 욕조 앞에 쭈그리고 앉았다.

시체는 태아처럼 등을 구부린 채, 천장을 보고 물속에 잠겨 있었다. 태아와 다른 점은 성인 남성이고 머리 부분이 없다는 점이었다. 잘라낸 자리는 예리한 칼날로 베어냈는지 아주 매끈했다. 마치 시체는 처음부터 그런 모양이었던 것 같은, 기묘한 조각 작품처럼 보였다.

욕조의 물이 불그레한 까닭은 피해자의 피가 섞였기 때문이다. 수면에 가까운 윗부분은 비교적 맑았지만 아래로 내려갈수록 점점 더 빨개졌다. 욕조 밖에는 피가 섞인 물이 욕실 바닥을 타고 배수구까지 흐른 자국이 있었다.

그것만 제외하면 욕실은 깨끗했다. 벽에도, 바닥에도 핏자국은 보이지 않았다. 당연히 범인이 닦아냈을지도 모르니 감식 결과를 기다려야 할 필요가 있다.

"체형으로 본 특징은 가미무라의 관계자 증언과 일치해. 가미무라가 틀림없을 거야. 피해자에게 쌍둥이 형제는 없으니까.

마사키가 두 사람 뒤에서 말했다.

가부라기는 욕조 위에 있는 온수 조절판을 보았다. 전원이 켜져 있었다. 일단 흰 장갑을 벗고 오른손 손가락을 붉은 물에 넣었다. 물은 차가웠다.

"이봐, 마사키."

가부라기는 고개를 돌려 마사키를 쳐다보았다.

"이거 목욕물이 식은 건가? 아니면 애당초 찬물이었나?"

"찬물이지."

마사키가 바로 대답했다.

"전에도 아파트 욕실에서 시체가 발견된 사건이 있었지. 결국 목욕 중에 심장 발작으로 죽었다는 사실이 밝혀졌지만 욕조의 물이 사십 도인 상태였어. 그 물에 꼬박 하루 잠겨 있다 보니 시체가 말랑말랑하게 불었잖아. 마치 사람을 물에 데친 것처럼 말이야. 그에 비하면 이 시체는 전혀 그렇지 않아."

히메노가 얼른 손수건을 꺼내 입에 갖다댔다. 마치 골동품 감정인이 귀중한 물건을 자기 입김으로부터 보호하려는 듯이. 히메노의 얼굴이 완전히 창백해졌다. 이 녀석 한동안 닭백숙은 입에 대지도 못하겠군, 하는 생각이 들었다.

가부라기는 일어서서 마사키에게 물었다.

"저쪽 방에서는 뭐가 좀 나왔나?"

"아니, 아직 이상한 건 발견하지 못했어. 하지만 적어도 절도가 목적은 아닐 테지. 지갑은 물론이고 고급 시계도 테이블 위에 그대로 있더군."

"몸 전체를 확인하고 싶은데 가능할까?"

"그러지. 이봐, 감식! 이제 물을 빼도 돼."

감식과 요원이 반투명 플라스틱 탱크를 들고 와 소형 전동 펌프로 물을 빼내기 시작했다. 물을 전부 빼내자 가부라기는 시체를 움직이면서 샅샅이 살펴보았다. 가부라기 뒤에서 마사키와 히메노도 시체를 들여다보고 있었다.

"이제 됐어. 사진 촬영한 뒤에 옮기지."

가부라기와 히메노가 물러나자 바로 일안 리플렉스 디지털카메라를 든 감식 담당자가 욕조 앞에 서서 플래시를 터뜨리기 시작했다. 가부라기, 히메노, 마사키는 욕실을 빠져나왔다.

"그래, 뭔가 감이 오는 게 있나?"

욕실 앞 복도에서 마사키가 의미심장한 표정으로 가부라기에게 물었다. 가부라기는 고개를 갸웃거리며 이렇게 대답했다.

"무엇보다 이해가 안 가는 점은 시체가 담긴 물이 왜 찬물이냐는 거야."

가부라기는 욕실 쪽을 바라보았다.

"온수 조절판을 보면 온도가 사십이 도로 설정되어 있더군. 피해자는 평소 뜨거운 물로 목욕하는 걸 좋아했을 거야. 그리고 이 욕실은 사우나 기능까지 갖추지는 않았어. 그러니까 피해자가 이런 계절에 찬물 목욕을 하려고 스스로 욕조에 물을 받을 리는 없다는 거야."

"그럼 가해자가 피해자를 찬물에 집어넣었다는 건가? 무엇 때문에?"

마사키가 물었다.

"목을 절단하기 위해서가 아닐까요?"

히메노가 끼어들었다.

"목을 절단하면 피가 엄청나게 많이 나올 겁니다. 병으로 죽거나 노쇠해서 죽는 경우와 달리 갑작스럽게 죽을 때는 혈액 응

데드맨

고가 일어나지 않는 경우가 많으니까요. 자칫 장소를 잘못 골라 목을 자르면 분수처럼 솟구치는 피가 옷이며 몸에 잔뜩 튈 겁니다. 그래서 가해자는 물속에서 목을 절단한 거죠. 그렇게 하면 피가 튀는 걸 막을 수 있으니까요. 욕실 벽에도 피가 튄 흔적은 보이지 않으니."

"가해자가 피해자를 죽이고 난 뒤에 찬물에 넣고 목을 잘라냈다는 건가? 그럼 어떻게 죽였을까?"

마사키가 히메노에게 물었다. 히메노는 이렇게 대답했다.

"피해자의 몸에는 목을 자른 부분 이외에 외상이 전혀 보이지 않습니다. 아주 작은 상처도 없어요. 묶인 흔적도 없고. 그렇다면 약물이겠죠."

"독살이라는 건가?"

"아뇨. 독살이라면 목구멍이나 가슴을 쥐어뜯어 찰과상이 생겼을 겁니다. 고통스러워서 몸부림친 흔적이나 토사물이 있어도 이상할 게 없겠죠. 그런데 여기는 그런 자국이 전혀 남아 있지 않아요. 아마 수면제나 알칼로이드 계열의 약으로 피해자를 의식불명 상태로 만든 다음 욕조 물에 집어넣어 익사시킨 게 아니겠어요? 검시를 하면 확실해질 테지만."

"과연, 경찰학교에서 수석을 차지해 수사 1과에 스카우트된 인재는 다르군."

마사키가 감탄과 야유가 뒤섞인 표정으로 말했다.

경시청 수사 1과는 대개 다른 부서나 관할 경찰서에서 범죄 수사에 적성이 맞는 경찰관을 스카우트한다. 따라서 히메노처럼 바로 수사 1과, 그것도 강력범 수사계에 배치되는 사례는 보기 드물다.

"정말로 옷에 피가 튈까 봐 욕조에 넣고 목을 잘랐을까?"

가부라기가 툭 내뱉었다.

"절단할 때 물이 피로 탁해져 손이 잘 보이지 않았을 텐데. 게다가 상당히 힘든 자세를 취해야만 했을 거야. 만약 옷에 피가 튀는 걸 피하려고 했다면 옷을 벗고 편하게 목을 자르는 방법 도 있지. 장소가 욕실이니 몸에 피가 묻어도 씻어내면 그만이고. 게다가……."

욕실 쪽을 돌아보더니 가부라기는 말을 이었다.

"잘라낸 부분이 묘하게 말끔해. 보통은 톱이나 손도끼 같은 걸 사용하는데, 어떻게 이런 예리한 칼날을 사용했을까. 오히려 시간이 더 걸렸을 텐데."

"가부라기 선배. 제 추리가 이상한가요?"

히메노가 입을 삐죽거리며 불만스럽다는 듯이 말을 이었다.

"가해자는 분명히 실내가 더러워지는 게 싫은 결벽증이 있는 남자일 겁니다. 아니면 피를 무서워하거나."

"뭐 그럴지도 모르지. 하지만 말이야, 히메. 가해자가 남자라고 단정하기는 너무 일러. 여자라고 해서 불가능한 일은 아니야."

가부라기는 혼잣말을 하듯 말을 이었다.

"손재주가 무척 좋은 사람, 칼을 잘 다루는 사람 같아. 직업으로 따지면 요리사, 혹은 의사나 의료 관계자. ……아니, 어쩌면 조각가일지도 모르지."

"역시 네 상상력은 어디로 뻗칠지 모르겠군."

마사키가 어처구니없다는 듯이 일부러 한숨을 푹 내쉬었다.

"평소에는 있는지 없는지도 모를 친구가 현장에만 오면 이렇게 여기저기 쑤시고 돌아다니다가 불쑥 어림짐작으로 아무런 근거도 없는 소리를 내뱉곤 하니…… 너 혈액형이 뭐냐? 야무지지 못하다는 O형이냐? 아니면 꼼꼼하다는 A형? 그도 아니면 자유분방한 B형?"

마사키의 말을 수사 1과 내부의 가부라기에 대한 평가로 여겨도 상관없었다. 결국 일에 열심이기는 하지만 무슨 생각을 하는지 알 수 없는 인간이라는 이야기였다.

"미안. 그게 아마, 분명히 A형일 텐데 말이야."

머리를 긁적이며 그렇게 대답하는 가부라기를 뒤에서 부르는 소리가 들렸다.

"이봐, 가부!"

가부라기가 돌아보니 짙은 남색 제복에 같은 색 모자를 쓴 남자가 안쪽 방에서 이리로 걸어오는 중이었다. 흰 마스크를 쓰고 있었지만 가부라기는 바로 알아차렸다. 감식과 주임인 다키무라 류이치瀧村龍一 경위였다. 올해 쉰 살이 되었을 것이다.

"가부, 장갑은 흰색이지? 그럼 됐어."

"되다니, 뭐가요?"

"일회용이나 라텍스 장갑을 쓰는 게 아닌가 싶어서 말이야."

일회용 장갑이란 얇은 염화비닐로 만든 장갑을 말한다. 라텍스 장갑은 천연고무로 만든 장갑인데 예전에는 값이 비쌌지만 요즘은 이것도 한 번 쓰고 버리는 경우가 많다.

그냥 안쪽 방으로 돌아가려는 다키무라를 가부라기가 불러 세웠다.

"다키무라 선배, 장갑이 일회용이거나 라텍스면 무슨 문제라도 있습니까?"

"아니. 피해자 이외의 지문은 아직 나오지 않았지만 주방에서 고무나 염화비닐로 만든 장갑 자국 같은 걸 발견해서. 가해자가 사용한 장갑 때문에 남은 흔적일지도 모르니 우리도 만약을 위해 흰 면장갑을 사용하고 있고 다른 사람들에게도 그렇게 부탁했지."

데 드 맨

"주방이라면 고무장갑 자국이 남아 있어도 이상할 건 없지 않습니까?"

"하지만 그 고무장갑이 어디서도 발견되지 않는 거야. 원래 일본 남자들은 부엌일을 할 때 고무장갑 같은 건 끼지 않잖아?"

"분명히 그렇기는 하네요."

가부라기도 고개를 끄덕였다. 그러고 보면 가부라기도 설거지를 할 때 고무장갑 같은 걸 낀 적이 없었다. 뭐랄까, 식사는 늘 슈퍼마켓에서 산 반찬이거나 편의점 도시락뿐이라 식기를 쓸 일 자체가 거의 없다.

"다키무라 선배, 수고하십니다! 뭐 좀 나왔나요? 호시* 발자국이라거나."

히메노도 대화에 끼어들었다. 뭔가 진전이 없나 싶어 궁금해 견딜 수 없는 모양이다.

"아니, 아직. 방금 시트를 분석 담당자에게 넘겼을 뿐이야. 그런데 말이야, 히메노."

다키무라가 히메노를 바라보며 타이르듯 말했다.

"젊은 사람이 은어나 속어를 자꾸 쓰는 건 별로 어울리지 않는다고 생각하지 않나? 지난번에 초밥집에 갔을 때 네가 '아가

---

* 일본 경찰 은어로 용의자 또는 범인을 가리킨다.

리アガリ*주세요.'라고 하니 요리사가 '예, 차 한 잔'이라고 대답했잖아? 너 그때 무지하게 웃겼어."

"이상한가요? 하지만 형사 용어를 사용하면 확 타오른다고나 할까, 정의를 위해 뛰고 있다는 긍지와 책임감이 용솟음치거든요."

두 주먹을 불끈 쥐는 히메노를 보며 가부라기는 '역시 이 녀석은 형사 오타쿠다'라는 생각을 했다.

"아참, 그러고 보니 말이야."

다키무라가 문득 생각났다는 듯이 말했다.

"냉장고에 얼음이 없었어."

"얼음이오?"

되묻는 가부라기를 보며 다키무라는 고개를 끄덕였다.

"냉동실 안에 얼음이 하나도 없더군. 얼음 틀도 텅 비었고. 제빙기에 물을 넣는 걸 잊었나?"

마사키가 흘끔 손목시계를 보더니 가부라기와 히메노에게 말했다.

"뒷일은 다키무라 선배에게 맡기고 이제 슬슬 사무실로 들어가지. 빨리 보고하지 않으면 또 잔소리를 들을 테니까."

★ 일본 초밥집에서 마시는 차를 뜻하는 속어.

데 드 맨

"다른 방을 봐도 괜찮을까?"

가부라기가 말하자 마사키는 고개를 움츠렸다.

"그래 봤자 아무것도 없어. 방금 청소한 것처럼 깨끗해."

"그래도 일단은."

가부라기는 복도를 걸어 맨 안쪽으로 갔다. 히메노도 그 뒤를 따랐다. 문 안쪽이 거실 겸 식당이었다. 안에서는 여러 명의 감식과 요원들이 분주하게 움직이고 있었다.

스테인리스로 만든 멋진 주방이 딸린, 열 평쯤 되는 방은 역시나 젊은 사장의 공간답게 모노톤의 고급스러운 인테리어로 통일되어 있었다. 검은 식탁과 의자. 흰색 깔개 위에 검은색 가죽 소파와 은색 중앙 테이블. 그 옆에는 은색 플로어 라이트. 검은색 진열장에 은빛 오디오기기가 놓여 있고, 그 위에는 검은색 대형 화면 액정 모니터.

이어서 가부라기와 히메노는 침실로 들어갔다. 이쪽도 같은 스타일의 인테리어였다. 한가운데 까만 커버를 씌운 킹사이즈 침대가 놓여 있고, 그 옆에는 거실과 같은 은색 플로어 라이트가 서 있었다.

"독신자를 위한 고급 분양 아파트의 모델하우스 같은 느낌이로군요."

히메노가 중얼거렸다. 가부라기도 고개를 끄덕였다.

깔끔했다. 모든 것이 잘 정돈되어 있었고, 사람이 다툰 흔적은 전혀 찾아볼 수 없었다. 너무 깔끔해서 가부라기는 왠지 불길한 느낌을 떨칠 수 없었다.

가부라기는 문득 천장을 보았다. 레일에 설치된 할로겐램프와 고정식 다운라이트가 있지만 꺼져 있었다. 거실과 침실에 있는 플로어 라이트를 보았다. 역시 꺼져 있었다.

가부라기가 감식과 요원 한 명에게 물었다.

"여기 도착했을 때 조명이 켜져 있었나?"

"아뇨. 어느 방이나 다 꺼져 있었습니다. 복도나 현관도 마찬가지였고요."

"그래?"

그렇다면 범행 후 범인이 직접 모든 방의 불을 하나하나 끄고 갔다는 소리다.

밤. 검은 그림자가 욕실에서 욕조를 물끄러미 내려다본다. 욕조 안에는 머리 없는 시체가 물에 잠겨 있다. 이윽고 검은 그림자는 복도를 걸어 거실을 지나 침실로 들어간다. 침실 플로어 라이트를 끄고, 벽에 있는 스위치를 눌러 천장에 달린 조명도 끈다. 검은 그림자는 거실로 돌아와 플로어 라이트를 끈다. 그다음 거실 입구에서 스위치를 모두 눌러 천장 조명을 끈다.

검은 그림자는 복도를 돌아 나와 현관으로 간다. 벽에 있는 스위치를 눌러 복도의 조명을 끈다. 구두를 신는다. 마지막으로 머리가 든 가방을 집어 들고 현관 조명을 끈다. 모든 조명이 꺼졌다.

어둠 속 문이 열린다. 밖에 있는 방범등의 흐릿한 빛이 들어와 검은 그림자의 발치를 비춘다.

그리고 문이 덜컹 닫힌다.

3. 특별수사본부

"그러니까 피해자인 가미무라가 운영하는 헬스센터는 임원들 이야기에 따르면 자금 조달에 어려움을 겪고 있었던 모양입니다. 은행이나 금융기관은 말할 것도 없고 지인들로부터도 상당히 많은 빚을 지고 있어 정 힘들 때는 의사인 아버지나 친척들에게 매달리곤 했답니다."

일어선 마사키가 회의실을 가득 채운 수사관들을 둘러보면서 수첩을 펼치고 설명했다.

"그런 처지인데도 피해자는 고급 아파트에 살며 비싼 외제차를 굴리고 도박이나 주식, 선물거래에도 손을 댔습니다. 또 밤이면 롯폰기와 긴자에서 술을 마시며 돌아다니는 등 제멋대로 생활했습니다. 특히 여자관계가 칠칠맞지 못해 같은 아파트에 사는 주민들 말로는 요란하게 차려입은 아가씨들을 매일 밤 바꿔가며 아파트로 데리고 왔다고 합니다."

시체가 발견된 이튿날인 11월 9일, 화요일 오전 9시.

이번 사건은 '아자부주반 아파트 살인사건'으로 불리게 되었다. 그리고 지금 경시청 육 층에 있는 회의실에서 특별수사본부 회의가 열리고 있다. 원래 수사본부는 관할인 아자부 경찰서에 설치되어야 한다. 그런데도 경시청에 설치된 까닭은 그만큼이 사건을 중요하게 여기고 있다는 증거다.

수사 1과의 각 부서 이외에 형사국 내부의 여러 부서, 관할서의 형사부 등에서 소집된 수사관은 백 명이 넘었다. 그 가운데제일 먼저 현장에 도착했던 마사키가 우선 현장 상태를 설명하고, 이어서 관계자 및 주변 주민들의 증언을 보고했다.

"그러니까 피해자의 금전 문제, 또는 여자관계를 뒤지면 반드시 범인이 걸려들 거라고 생각합니다. 이상."

"지극히 상식적인 견해로군."

다부지게 생긴 장년 남자가 낮은 목소리로 툭 내뱉었다. 그는수사관들과 마주 보도록 놓은 긴 테이블 한가운데 관리관과 나란히 앉아 있었다. 수사 1과 과장인 모토하라 요시히코元原良彦 경무관이다.

올해 나이 쉰다섯. 예전에는 강력범 수사계 최고의 민완 형사로 꼽혔으며 커리어* 출신이 아닌데도 이례적으로 승진을 거듭해 경무관까지 오른 전설적인 경찰관이다. 지금도 경시청 안에서는 본명보다 귀신같은 형사라고 해서 '오니하라鬼原'라는 별명으로 더 유명하다.

그 소리를 들은 마사키는 파이프 의자에 앉으며 기쁜 표정으로 말했다.

"헤헤, 감사합니다."

"멍청한 녀석. 칭찬이 아니야. 새로운 이야기가 전혀 없다는 소리지."

모토하라에게 한 방 먹은 마사키는 풀이 죽어 어깨를 축 늘어뜨렸다. 그 모습에 여기저기서 헛웃음이 흘러나왔다.

"잘 들어. 우리 상대는 흉악하기 짝이 없는 엽기적인 살인범이다. 평범한 동기가 아닐 가능성이 있어. 그 점을 간과하면 일을 그르치게 될 것이다."

모토하라가 회의실을 둘러보면서 말했다. 회의실은 정적에 휩싸였다.

"방범 카메라는 없다고 하더군. 휴대전화는?"

모토하라의 질문에 마사키가 또 얼른 일어섰다.

---

* 일본 국가공무원 시험 상급 갑종 또는 1종에 합격하여 간부 후보생으로 중앙 부처에 채용된 국가공무원에 대한 속칭.

　데 드 맨

"휴대전화 자체는 남아 있었지만 통화 기록이나 메시지, 사진, 전화번호부도 완전히 초기화되어 있어 신품과 마찬가지인 상태라고 합니다. 통신 회사에 통화 기록과 메일 로그 기록을 임의로 제출해달라고 요구했습니다."

"흥."

모토하라는 불쾌하다는 듯이 콧방귀를 뀌었다.

마사키가 앉자 모토하라는 수사관 전원에게 말했다.

"반복한다. 이번에는 시체 상태를 보면 알 수 있듯이 매우 특수한 사건일 가능성이 크다. 적어도 나는 그렇게 생각한다."

모토하라는 잠깐 끊었다가 다시 말을 이었다.

"따라서 과학경찰연구소의 수사지원연구실에 지원을 요청했다. 담당자의 의견을 들어보도록."

과학경찰연구소, 줄여서 '과연' 안에 있는 범죄행동과학부 수사지원연구실이란 행동과학이라는 관점에서 범인을 유추하는, 즉 프로파일링을 통한 수사 지원을 하는 부서다.

긴 머리카락을 7대 3으로 빗어 넘긴 키 큰 젊은이가 일어서더니 앞으로 나왔다. 검은 양복 안에 역시 검은 니트를 입었다. 왠지 신경질적으로 보이는 까닭은 가느다란 은테 안경을 쓰고 있기 때문일까?

"피해자 시체에서 목을 잘라냈다는 한 가지 사실에 주목해 범인에 대한 프로파일링을 실시했습니다. 우선 전제로 살인범이 시체를 훼손했을 경우 목적은 세 가지로 나눕니다."

담당자는 자기 이름도 밝히지 않고 대뜸 본론으로 들어가 설명하기 시작했다.

"우선 정신적으로 문제가 있어 비정상적인 취향을 가진 범죄자나 범죄를 통해 쾌락을 느끼는 녀석들. 하지만 이 사건은 머리 부분 절단 이외에 시체를 훼손한 흔적이 없습니다. 또 시체를 눈에 띄는 장소에 방치하거나 메시지를 남기거나 스스로 신고하는 자기과시적 행동은 없었습니다. 따라서 이 가능성은 제외합니다."

회의실이 술렁거렸다. 다들 정신이상자나 변태일 가능성이 크다고 생각하고 있었기 때문이다.

"둘째, 피해자에 대한 깊은 원한. 하지만 이 경우에는 일반적으로 칼로 찌르거나 하는 신체 손상이 온몸에 여기저기 남기 마련인데 이번 사건에서는 머리 절단 이외에 구타한 흔적이나 찔린 자국은 전혀 보이지 않습니다. 따라서 원한에 의한 범행일 가능성도 제외합니다."

회의실이 더 술렁거렸다. 정신이상자나 원한이 가장 납득할 만한 동기가 되었기 때문이다.

"셋째, 은폐. 구체적으로는 시체를 분산시키기 위해 토막을 내죠. 운반을 위해 몇 부분으로 나누거나 혹은 시체를 훼손해서 신원을 알 수 없게 하거나 다른 사람으로 오인하게 만드는 경우입니다. 하지만 이번 사건은 머리 부분 이외에 모두 그대로 현장에 방치되어 있습니다. 지문을 없애려고 한 흔적도 없죠. 따라서이 가능성도 제외합니다."

"그래서?"

모토하라가 불쑥 끼어들었다.

"정신이상자나 변태는 아니다. 원한도 아니다. 은폐도 아니다. 그러면 범인이 피해자의 머리를 잘라낸 이유는 뭐지?"

과학경찰연구소의 담당자는 무표정하게 대답했다.

"아직 판단에 필요한 자료가 부족합니다. 다만 이번 사건은 기존의 엽기 범죄 분류에는 해당되지 않는 특수한 경우라고 생각합니다. 이 사건의 범인을 지금까지 보아온 범인 유형에 짜 맞추는 것은 위험하다고 생각합니다."

"결국 범인이 어떤 놈인지는 전혀 모르겠다는 소리?"

모토하라의 질문에 그는 무표정하게 침묵했다.

"그런가? 수고했네."

과학경찰연구소의 담당자는 꾸벅 인사를 하더니 자리로 돌아가 앉았다. 회의실이 다시 술렁였다. 그것은 젊은 과학경찰연구소 담당자에 대한 의심이 담긴 동요였다.

가부라기는 과학경찰연구소의 젊은이가 한 말을 되새겼다. 금품에는 손을 대지 않았으니 절도도 아니다. 그렇다면 동기는 무엇일까. 왜 죽였을까. 그리고 왜 머리를 잘라 가지고 갔을까.

"아니, 그럼 결국 과학경찰연구소는 모르겠다는 소린가? 프로파일링이라는 것도 별 볼일 없군."

마사키가 일부러 한숨을 내쉬면서 작은 목소리로, 하지만 은근히 기쁜 표정을 지으며 말했다.

"그럼 마사키 선배는 범인이 왜 머리를 가지고 갔다고 생각하세요?"

히메노가 작은 목소리로 묻자 마사키는 흥, 하고 콧방귀를 뀌었다.

"잘 들어. 이건 살인이야. 강도가 아니라고. 머리를 가지고 간 이유를 고민해봤자 결론이 나지 않아. 중요한 문제는 어디에 있는 어떤 놈이 왜 죽였는가 하는 점이지."

가부라기가 불쑥 중얼거렸다.

"그런가? 그럴지도 모르겠군."

"뭐?"

마사키가 의아하다는 듯이 가부라기를 바라보았다. 가부라기가 마사키 쪽을 보며 말했다.

"마사키, 네가 방금 한 이야기 재미있군. 분명히 그렇게 생각

데 드 맨

하면 가닥이 잡혀."

"그렇게 생각하면이라니, 무슨 소리야?"

"강도."

가부라기는 몸을 앞으로 디밀고 설명하기 시작했다.

"이 사건, 살인 사건이 아니라 강도 사건으로 보면 어떨까?"

마사키가 눈썹을 찡그리며 가부라기의 얼굴을 들여다보았다.

"무슨 소리를 하는 건지 전혀 이해가 안 돼."

"그러니까 말이야, 범인이 원했던 건 피해자의 목숨이 아니라 머리였다고 생각할 수는 없을까?"

"으음, 그게 무슨 소리지?"

마사키는 혼란스러워하면서도 열심히 이야기를 정리했다.

"범인이 피해자의 머리가 필요해서 목을 잘라내 가지고 갔기 때문에 결과적으로 피해자는 죽었다, 이런 이야기인가?"

"그렇지."

가부라기가 힘차게 고개를 끄덕였다.

"과학경찰연구소 담당자는 일반적인 동기가 아니라고 했어. 그렇다면 머리가 필요해서 잘라갔다, 이런 동기를 생각할 수는 없을까?"

마사키는 참으로 어처구니없다는 표정으로 가부라기를 바라보았다.

"또 터무니없는 소리를 하고 있군. 대체 무엇 때문에? 범인은 이상한 장식품이 필요했다는 건가? 아니면 야채를 절이는 데 눌러놓을 돌 대신 쓰려고?"

"아니, 목적은 전혀 모르겠고……."

가부라기는 힘없는 목소리로 대꾸했다.

"하지만…… 완전히 부정할 수도 없잖아요?"

히메노가 마사키에게 작은 목소리로 반론을 제기했다.

"분명히 그렇게라도 생각하지 않으면 설명이 되지 않는 상황이에요."

"히메, 너까지 가부에게 전염되면 어쩌냐…… 그래, 알았어!"

마사키는 가부라기와 히메노의 얼굴을 번갈아 손가락질하며 말했다.

"너희 콤비는 어디 식인종 탐문 수사라도 맡아. 내가 과장님에게 추천하지. 히메, 잘하면 해외 출장이야. 거긴 날씨가 따뜻하겠지?"

"마사키, 할 말이 있나?"

모토하라가 불쑥 물었다.

"예? 아뇨! 아무것도 아닙니다."

마사키가 펄쩍 뛰듯 일어서서 대답하고는 바로 자리에 앉았다.

수사관들을 둘러보면서 모토하라가 말했다.

"과학경찰연구소의 의견을 들어보았다. 이제 수사 방침을 결정하기 위해 여러분 의견을 듣고 싶다. 발언할 사람 있나?"

한 중년 수사관이 손을 들고 발언하기 시작했다.

"아무래도 정신이상자나 원한 관계가 있는 자가 범인이 아닐까요? 이런 천벌을 받아 마땅한 짓을 저지르다니, 다른 동기를 생각할 수 없지 않습니까. 뭐, 과학경찰연구소에서 나온 도련님의 말씀도 흥미로운 이야기지만 결국은 아무것도 모르겠다는 소리니까요."

그 말에 회의실 여기저기서 가볍게 웃는 소리가 났다.

"나도 그렇게 생각해."

다른 나이 지긋한 수사관이 손을 들면서 말했다.

"물론 시체 상태를 보면 과학경찰연구소에서 나온 친구 말대로 종전의 비슷한 사건과는 좀 다를지도 모르죠. 하지만 이건 정신 나간 놈이 한 짓입니다. 이리저리 이유를 궁리해봐야 별수 없을 겁니다. 동기가 신경이 쓰인다면 범인을 체포한 다음에 그놈에게 물어보면 되지 않겠습니까?"

가부라기는 회의실을 둘러보았다. 거의 모두가 이 두 사람의 의견에 찬성하고 있는 듯했다. 수사관 가운데는 과학경찰연구소의 젊은 담당자를 흘겨보면서 헛웃음을 치는 이들도 몇몇 보였다. 그런 눈총을 받으면서도 과학경찰연구소의 담당자는 무표정하게 앉아 있었다.

정말 그럴까? 가부라기는 다시 생각에 잠겼다.

분명히 정신이상자, 혹은 피해자에게 지독한 원한을 품은 사람으로 보는 게 동기로 어울렸다. 종전의 유사 사건을 돌아보더라도 그렇게 생각하는 것이 자연스러웠다. 하지만 자꾸 그런 의견에 대해 위화감이 느껴졌다.

그렇지 않은 것 같은 느낌이 든다. 과학경찰연구소의 젊은 친구 의견 쪽으로 마음이 기울어진다. 그리고 조금 전에 자기가 생각한 것처럼 범인의 목적이 피해자의 '머리'였다면 앞뒤가 맞는다. 하지만 가부라기는 누군가가 다른 사람의 '머리'를 필요로 할 이유를 도저히 떠올릴 수 없었다.

"그 밖에는?"

모토하라가 나직한 목소리로 묻고는 수사관들을 둘러보았다.

"달리 의견이 있는 사람 없나?"

그때 회의실로 들어오는 남자가 있었다. 감식과 다키무라였다.

"죄송합니다. 늦었습니다."

"아, 어서 보고하게."

모토하라가 고개를 끄덕였다. 다키무라가 인사도 하는 둥 마는 둥 앞으로 나섰다.

"감식과 다키무라입니다. 우선 족적에 대해 설명하겠습니다. 매우 안타깝게도 어제 이른 아침에 아파트 관리 회사가 청소를 했기 때문에 피해자의 문 앞 통로도 대걸레와 청소기로 닦은 상태였습니다. 따라서 또렷한 발자국은 채취할 수 없었습니다."

회의실 여기저기서 한숨 소리와 혀를 차는 소리가 들려왔다.

"하지만 입구 문 바로 안쪽 바닥에서 피해자의 것이 아닌 발자국이 남성 한 종류, 여성 네 종류가 채취되었습니다. 여성의 출입이 많았다는 주민들의 증언과도 일치합니다. 현재 신발 종류를 확인하는 작업을 서둘고 있습니다."

다키무라는 손에 든 종이를 보면서 말을 이었다.

"다음은 지문입니다. 지문도 여러 종류가 남아 있지만 범인 것으로 보이는 지문은 아직 찾아내지 못했습니다. 이와는 별도로 주방에서 고무나 염화비닐로 보이는 장갑 자국이 발견되었습니다. 현재 분석 작업을 서두르고 있지만 형태만 보면 취사용 장갑이 아니라 라텍스로 만든 일회용 장갑으로 보입니다. 아주 일찍 발견했기 때문에 그 뒤로는 감식 요원들이나 수사관들도 라텍스 장갑은 사용하지 않았습니다. 따라서 범인이 사용한 장갑일 가능성이 높습니다. 저어, 과장님."

"뭔가?"

"같은 자국이 식기 선반에 있는 와인 잔에서도 발견되었습니다. 아마 범인이 지문을 닦은 뒤 돌려놓을 때 묻은 걸로 보입니다. 범인은 현장에서 마실 것이나 음식을 피해자와 함께 섭취했을 가능성이 있습니다. 범인이 살해에 약물을 사용했을 가능성이 있다고 들었는데 그렇다면 마실 것에 넣었을 가능성이 큽니다."

모토하라가 고개를 끄덕였다.

"검시관에게 전달하도록. 다음은?"

"예. 욕조에 있는 물의 성분 분석 결과 두 가지 중요한 단서를 얻었습니다. 우선 피해자의 것이 아닌 머리카락이 나왔습니다. 모발 성분 분석과 모근을 이용한 DNA 분석 결과 중년에서 장년에 해당하는 남성의 것으로 밝혀졌습니다."

중년에서 장년에 해당하는 남성. 이것은 적어도 현재 범인의 정체에 대한 유일한 단서다.

"또 한 가지. 욕조에 있던 물에 대한 성분 분석 결과 매우 흥미로운 결과가 나왔습니다. 그건 물이 아니었습니다."

"물이 아니라고?"

모토하라의 눈이 예리하게 빛났다. 동시에 회의실이 일제히 술렁거렸다.

다키무라는 고개를 끄덕이더니 수첩을 꺼내 들여다보았다.

"욕조의 물에서 수돗물과 혈액에 포함된 성분 이외에 락토비온산염, 라피노스, 그리고 비환원성 이당류 트레할로스 등의 물질이 검출되었습니다. 또한 전해질 밸런스를 살펴보면 나트륨이온 농도가 칼륨이온 농도보다 높았습니다."

"알기 쉽게 이야기하면 어떻다는 건가?"

모토하라의 말에 다키무라는 황송한 표정을 지었다.

"죄송합니다. 이런 성분 및 전해질 밸런스는 '장기보존액'에 사용되는 겁니다. 그것도 종전에 쓰던 UW액이 아니라 최신 제품인 ET-Kyoto액과 흡사합니다. 아마 범인은 농축 상태로 가지고 와서 수돗물에 희석시켜 사용했을 겁니다."

다키무라의 말에 회의실 전체가 동요했다.

"장기보존액이라고?"

"장기이식할 때 쓰는 그거 말인가?"

"왜 그런 게 욕조에?"

수사관들은 저마다 수군거렸다. 상상도 하지 못한 액체다.

모토하라가 물었다.

"범인은 피해자의 목에서 아래까지를 보전하려고 했다는 건가?"

다키무라는 고개를 저었다.

"아뇨, 그렇지 않을 겁니다. 저어, 지금부터 하는 발언은 제 개인적인 의견입니다만."

"상관없어."

모토하라의 말에 다키무라는 말을 이었다.

"방치된 부분은 보전해봐야 별 의미가 없습니다. 범인은 피해자의 머리 부분을 장기보존액 안에서 절단하여 머리 부분의 조직을 보전하려고 한 게 아닐까요? 주방 냉장고 안에 얼음이 전혀 없었습니다. 머리 부분을 운반할 때 냉각을 위해 사용했을 가능성이 있습니다."

"그러니까, 범인은 애당초."

모토하라가 표현을 고르며 말했다.

"시체의 머리를 가지고 갈 목적으로 범행을 저질렀다는 건가?"

다키무라도 진지한 표정으로 고개를 끄덕였다.

"예. 그랬을 가능성이 있습니다."

그때 느닷없이 퍽, 하는 소리가 회의실에 울려 퍼졌다.

"가부! 맞았어! 가끔은 네 녀석의 어림짐작이 들어맞기도 하는구나! 뭐 어차피 소 뒷걸음치다가 쥐 잡은 꼴이지만!"

다들 일제히 소리가 난 방향을 바라보았다. 마사키가 가부라기의 등을 사정없이 후려친 소리였다. 아파서 얼굴을 찡그린 가부라기 옆에서 주위의 시선을 눈치챈 히메노가 슬금슬금 몸을 움츠리며 테이블 아래로 숨었다.

모토하라가 무표정하게 말했다.

"마사키. 여기 있기 싫으면 집에 가도 된다."

마사키는 또 용수철처럼 벌떡 일어나 차렷 자세를 취했다.

"아닙니다. 잘못했습니다! 절대로 가고 싶지 않습니다. 평소 가능하기만 하다면 사쿠라다몬에 뼈를 묻고 싶다, 지금 당장 여기서 죽어도 좋다고 생각하고 있습니다."

"그런데 방금 뭐라고 했지?"

모토하라의 질문에 마사키는 당황했다.

"아, 아뇨! 방금 한 말은 그 표현이……."

"그 전에 말이야. 가부라기가 맞았다느니 어쩌니 하던데."

마사키는 작게 안도의 한숨을 내쉬며 가부라기의 등을 때린 이유를 설명했다. 모토하라는 가만히 마사키의 이야기를 듣고 있었다.

마사키의 말이 끝나자 모토하라는 천천히 가부라기에게 물었다.

"다키무라의 보고를 듣기도 전에 자네는 범인의 목적이 피해자의 머리라고 본 건가?"

가부라기는 당황해서 일어섰다.

"아, 예."

"그렇게 생각한 근거는 뭔가?"

가부라기는 대답이 궁했다. 확실한 근거가 있어서 범인의 목적이 피해자의 머리라고 생각했던 것은 아니다. 그저…….

"뭐랄까요. ……그렇습니다. 현장이 지나치게 깨끗했기 때문입니다."

머뭇거리며 대답했다.

"실내가 어질러져 있지 않았다. 금품이 없어지지 않았다. 지문이 남아 있지 않았다. 유류품도 없었다. 피해자의 옷가지는 그대로 남아 있었다. 남은 시체는 상처 하나 없이 욕조에 담겨 있었다. 욕조 벽에는 얼룩 하나 없었다. 시체의 목은 예리한 칼날로 깔끔하게 절단되었다. 그리고 범인은 나중에 조명을 모두 끄고 나갔다……."

가부라기는 생각을 하면서 더듬더듬 말을 이어나갔다. 말을 하면서도 이것이 바로 자신이 느낀 위화감의 근거였다는 데에 생각이 미쳤다.

맞다. 그 현장에는 감정이라는 게 없었다.

피해자에 대한 원한도, 분노도 없었다. 변태적인 광기나 흥분도 보이지 않았다. 피해자에 대한 감정의 흔적이 없었다.

"피해자에 대한 원한이라거나 애증, 혹은 광기 같은 그런 감정들이 현장에서는 눈곱만큼도 느껴지지 않았습니다. 마치 범인은 예정된 작업을 정확하게 수행하고 깔끔하게 뒷정리를 한 다음 돌아간 느낌이었고…….."

모토하라가 끼어들었다.

"그 예정된 작업이라는 게 시체의 머리를 잘라내 가지고 돌아가는 건가?"

가부라기는 고개를 끄덕였다. 이미 그 생각은 확신으로 바뀌어 있었다.

"예. 범인은 그 이외에는 아무것도 하지 않았습니다."

모토하라는 잠시 말이 없었다. 그러다 천천히 입을 열었다.

"가부라기."

단전에서 울려 나오는 낮은 목소리였다. 가부라기는 등을 쭉 폈다.

"예, 옛."

"자네가 이번 사건의 지휘를 맡게."

"예?"

가부라기는 무심코 되물었다. 모토하라 과장이 무슨 소리를 한 건지 이해하지 못했다.

"못 알아들었나? 자네에게 이 특별수사본부를 맡기겠다는 소리야."

모토하라가 말했다.

잠시 침묵이 흐른 뒤, 곧 대회의실 전체가 술렁거렸다. '가부에게?'라는 의문이 담긴 온갖 소리들이 귀에 들어왔다. 가부라기는 혼자 일어선 채로 얼른 대회의실에 모인 수사관들을 둘러보았다. 모든 수사관들이 의아하다는 눈빛을 보내고 있었다. 등에서 식은땀이 쫙 흘렀다.

"야, 히메!"

마사키가 히메노에게 속삭였다.

"내가 잘못 들은 건 아니겠지? 지금 오니하라 과장님이 이 녀석에게 특별수사본부를 지휘하라고."

"예! 재미있게 되었습니다."

히메노는 흥분을 감추지 못하고 그렇게 속삭였다.

백 명이 넘는 수사관 가운데 가장 당황한 사람은 물론 가부라기 자신이었다. 가부라기 데쓰오의 계급은 아래서 헤아려 세 번째인 경위다. 직책은 계장도 아닌 주임이다. 일개 수사관이 수사본부를, 그것도 이렇게 많은 인원으로 구성된 특별수사본부를 이끈다니 거의 있을 수 없는 일이었다.

"제가…… 말인가요? 그, 그렇지만 그건."

혼란스러워 어쩔 줄 모르는 가부라기를 아랑곳하지 않고 모토하라는 옆에 앉은 남자에게 말했다.

"괜찮겠지?"

"괜찮습니다."

그 남자가 무표정한 얼굴로 대답했다.

사이키 다카시斉木崇 관리관, 32세. 계급은 경정. 커리어 출신 간부 후보생이다.

관리관이란 과장, 이사관 다음의 높은 지위로 수사본부에 대한 지휘는 대개 관리관이 맡게 되어 있다. 현재 경시청 형사국에 배치된 관리관은 열세 명. 한편 늘 수십 명으로 이루어진 수사본부가 존재하기 때문에 관리관은 하나 이상의 수사본부를 담당하곤 한다.

"저도 여기 말고 수사본부 네 개를 맡고 있으니 크게 도움이 될 겁니다. 가부라기 경위는 저보다 수사 경험이 훨씬 풍부하고 다른 여러 수사관들에 대해서도 잘 알고 계십니다. 다만."

사이키는 입 가장자리를 살짝 들어올렸다.

"결과가 어떻게 나오건 저는 책임을 질 수 없습니다."

"역시 걱정부터 하는군, 다타리崇り*."

수사 1과 형사들이 사이키를 뒤에서 '다타리'로 부른다는 사실을 모토하라는 잘 알고 있다. 다카시라는 이름의 '崇'이라는 한자가 다타리의 '祟'이란 한자와 비슷하기 때문인데, 당연히 사

---

* 재앙, 뒤탈 등의 뜻을 지닌 말.

이키에 대한 야유가 담겨 있는 별명이었다.

사이키가 어깨를 으쓱했다.

"과장님은 한번 꺼낸 말씀은 거두시지 않죠. 오니하라 과장님."

"흥."

모토하라는 콧방귀를 뀌더니 다시 수사관들 쪽으로 시선을 돌려 목청을 높였다.

"불만 있는 사람 있나?"

회의실은 물을 끼얹은 듯 조용했다. 모토하라는 고개를 끄덕이더니 가부라기에게 이렇게 말했다.

"명목상 내가 수사본부장이 되지만 자네를 대행으로 임명한다. 나는 잠시 후에 출입 기자들과 술자리를 해야 해. 그사이에 수사관 역할 분담을 하도록. 앞으로는 기자회견도 자네에게 맡기겠네."

"예, 옙."

당황한 가부라기에게 모토하라가 이렇게 말을 이었다.

"그리고 자네와 히메노, 마사키는 수사 업무를 배당받지 말고 상황에 따라 자유롭게 유격대처럼 움직이도록. 달리 필요한 인력이 있다면 써도 좋다."

"예! 알겠습니다!"

히메노가 벌떡 일어나 모토하라에게 경례를 했다.

"아니, 저도요?"

마사키는 눈을 동그랗게 뜨고 손가락으로 자기 얼굴을 가리켰다.

모토하라가 자리에서 일어났다. 그리고 회의실에 있는 전원에게 외쳤다.

"경찰의 명예를 걸고 이 건방진 범인을 반드시 검거하도록. 알겠나?"

4. 결성

"그러면 가부라기 데쓰오 경위가 이끌 특별수사본부장 대행 직속 특별유격 수사반, 줄여서 '가부라기 특수반' 결성을 축하하며, 건배!"

히메노가 소리를 지르며 신이 난다는 듯이 맥주잔을 높이 들었다.

"뭐가 가부라기 특수반이냐, 어울리지도 않게. 그냥 이 녀석 어림짐작이 운 좋게 들어맞았을 뿐이라니까."

일단 잔을 슬쩍 들어 올리면서 마사키가 부아가 난 듯이 말했다.

"미안해, 마사키. 오니하라 과장의 변덕이라고 생각하는데 일단 꺼낸 말은 절대로 거두지 않는 양반이라서."

가부라기도 함께 잔을 들어 올리며 멋쩍다는 듯이 말했다. 그러자 히메노가 마사키에게 이렇게 말했다.

"저는 과장님이 좋은 판단을 내렸다고 생각합니다. 가부라기 선배는 독특한 센스가 있어요. 뭐랄까, 좀 정상이 아니라고나 할까?"

"이제 그만해라. 상황이 이렇게 되어 정말 어떻게 해야 할지 모르겠어."

가부라기는 잔을 든 채로 한숨을 내쉬었다.

오후 10시 30분. 수사 회의가 끝난 지 열두 시간이 지났다. 세 사람은 경시청 근처의 꼬치구이집 이 층에 있는 작은 방 안에 있었다.

수사본부 지휘를 맡기는 가부라기도 처음이다. 게다가 어제까지만 해도 상상할 수 없었던 일이다. 마사키와 히메노가 곁에 있다고는 해도 첫 지휘 임무에 가부라기 자신도 혼란스럽기 짝이 없었다.

가부라기는 우선 1과를 중심으로 수사 부부부장, 사건 주임관, 홍보 담당관, 수사반 운영주임관, 수사 반장, 그리고 감식 자료 분석관을 지명했다.

이어서 각 담당 책임자와 의논하여 수사반 편성을 결정하고 일람표를 수사본부에 붙였다. 현장인 아파트 및 그 주변, 가미무라가 경영하는 헬스센터 회원 및 관계자, 은행을 비롯한 금융기관, 그리고 장기이식을 하는 병원 및 의료 전문가 등 총 백 명이 넘는 수사관들이 각각 관계자 행적 조사와 탐문 수사, 증거품 수사 등으로 역할을 배당받았다.

가부라기는 '초동수사 기간'을 2주로 잡았다. 이 기간에는 기본 수사를 철저하게 해내야 한다. 기간을 설정한 까닭은 무엇보다 수사관의 집중력을 유지하기 위해서다. 이날까지 반드시 성과를 올려야 한다는 목표 설정을 하지 않으면 지루한 범죄 수사에서 긴장감을 유지하기 어렵다. 또 한 가지 이유는 사람의 기억은 시간과 함께 흐려지기 때문이다. 예를 들어 목격 증언 수집만 하더라도 사건 당일의 기억이 또렷할 때 해야 한다.

수사 개시 첫날인 오늘부터 세 사람은 수사본부에서 각 수사반과 연락하느라 정신없이 바빴다. 그리고 밤이 깊어 수사가 불가능해진 시간이 되어서야 수사 회의록을 작성하고 수사본부 일지를 정리한 다음 겨우 저녁 식사를 겸해 이 가게로 왔다.

"가부라기, 이 가게는 네 구역이냐? 왜 이렇게 지저분하지?"

마사키가 방 안을 둘러보며 얼굴을 찡그렸다.

"그렇지 않습니다. 건물은 좀 낡았지만 음식은 깔끔하지 않아요? 잘 먹겠습니다."

히메노가 얼른 큰 접시에 놓인 꼬치 하나를 집어 들고 입에 넣

데드맨

었다.

"음, 맛있다! 가부라기 선배, 이거 맛있죠?"

"헹. 어린놈이 벌써부터 아부만 떨어대는군."

그렇게 말하면서 마사키도 내키지 않는 표정으로 꼬치를 입에 물었다. 가부라기가 물었다.

"맛은 어때? 여기는 값이 싸서 마음에 들어. 평소에는 혼자 와서 아래 카운터에서 먹지만."

"뭐 맛이 없지는 않네. 이거 닭똥집인가?"

마사키는 우물우물 입을 움직이면서 두 개째 꼬치를 집어 들었다.

"저는 야식을 하더라도 평소에는 단골 레스토랑에 가는데, 이런 데도 괜찮네요."

히메노도 두 개째 꼬치를 입에 넣으며 말했다. 마사키가 물었다.

"나는 사건 때마다 다른 녀석과 짝이 되지만 너희는 풋내기를 가르친다는 이유로 1년이나 콤비잖아. 함께 저녁 식사 한 적 없어?"

"가부라기 선배는 평소 편의점 주먹밥이나 도시락만 먹어요. 영양 섭취가 골고루 되지 않는다고 해도 말을 듣지 않는다니까요. 아! 마사키 선배. 속도가 너무 빨라요. 벌써 세 개째 드시잖아요? 어, 그건 조미료 너무 쳤네."

"시끄러. 배고파. 잔소리하지 마. 자꾸 쫑알거리면 닭백숙 주문한다."

"악, 마사키 선배. 무슨 농담을 그리 끔찍하게, 제발 오늘만은 참아주세요."

두 사람의 대화를 씁쓸하게 웃으며 듣고 있던 가부라기가 손목시계를 보았다.

"늦네."

"엥? 누가 또 오나?"

마사키가 네 개째 꼬치로 손을 뻗으며 물었다.

"사실은 한 명 더 불렀어. 오니하라 과장이 필요하면 누구든 써도 된다고 해서."

가부라기가 이렇게 대답한 순간, 밖에서 계단을 올라오는 발소리가 들렸다.

미닫이문이 드르륵 열리더니 키가 큰 젊은 남자가 방으로 들어왔다. 검정 니트에 몸에 착 붙는 검은색 정장. 머리는 7대 3 가르마고 가느다란 은테 안경을 쓰고 있었다.

"어라? 넌 아까 수사 회의 때 왔던 과학경찰연구소?"

마사키가 깜짝 놀라 소리쳤다. 가부라기가 고개를 끄덕였다.

"과학경찰연구소 범죄행동과학부 수사지원연구실 사와다 도

데드맨

키오澤田時雄. 연구소에 부탁해서 당분간 파견 근무하게 되었어."

"그래요? 아, 저는 히메노라고 합니다. 잘 부탁합니다."

"마사키라고 한다. 뭐, 거기 앉아. 꼬치 먹나?"

사와다는 인사도 하지 않고 가부라기 옆 방석에 자리를 잡더니 가부라기에게 이렇게 말했다.

"가부라기 선배는 프로파일링 경험이 있습니까?"

"내가? 아니. 왜?"

"그렇습니까?"

사와다는 생각에 잠기는 듯한 표정을 지었다.

"살인 현장의 상세한 정보를 '지나치게 깨끗하다'는 키워드로 통합하고, 거기서 '범인의 목적은 살인이 아니라 머리 그 자체'라는 결론까지 단숨에 비약했습니다. 워싱턴에서 FBI 방식의 프로파일링 연수를 받은 게 아닌가 싶어서요."

"아니. 요즘 세상에 부끄러운 이야기지만 미국에는 가본 적 없어."

사와다가 살짝 고개를 끄덕였다.

"그거 잘되었군요. 프로파일링이란 매우 위험한 행위입니다. 미국에서 주류를 이루는 FBI 방식은 특히 위험하죠."

"이봐, 이봐. 자네야말로 그 전문가 아닌가? 그런 소리를 해도 괜찮아?"

마사키가 눈썹을 찡그렸다. 사와다는 정좌한 채로 마사키를 똑바로 바라보았다.

"문제는 저를 포함한 대부분의 프로파일링 전문가들이 범죄 수사 경험이 없는 정신과 의사나 심리학자, 연구자라는 사실입니다. 즉 범죄 수사에 있어서 아마추어라는 소리죠. 그렇기 때문에 일반적으로 프로파일링이라고 불리는 행위, 특히 FBI 방식으로 불리는 심리 분석을 중심으로 한 방법은 머릿속으로 상상한 이야기이거나 영감에 의지하는 점술, 혹은 단순히 순간적으로 떠오른 아이디어에 지나지 않죠."

담담한 말투와는 반대로 과격한 내용의 발언이었다. 마사키와 히메노, 그리고 가부라기는 저도 모르게 서로 얼굴을 마주보았다.

"영국에서 발달한 리버풀 방식은 사회심리학이나 통계학에 무게를 두는 만큼 좀 낫지만 대신에 처음 일어나는 형태의 사건에는 대응하기 어렵다는 약점이 있습니다. 가부라기 선배처럼 오랜 세월에 걸쳐 쌓인 풍부한 수사 경험을 바탕으로 상식이나 선입관에 얽매이지 않는 발상을 하는 게 참된 프로파일링이라고 생각합니다."

"이 친구야, 그런 건 형사라면 누구나 하는 일이야."

마사키가 꼬치를 흔들면서 끼어들었다.

"잘 들어. 형사의 기본은 '현장 백 번 확인'이라고 하잖아? 물론 현장에 사건 해결을 위한 힌트가 가장 많다는 이야기지만 동시에 현장의 특징을 몸으로 익혀 다음 사건 해결에 도움이 될 수 있도록 현장을 파악하는 눈을 단련한다는 거야. ……뭐 저 녀석이야 아무런 맥락도 없는 어림짐작이 가끔 맞아떨어지는 일도 있기야 하지만."

가부라기는 쓴웃음을 지으며 고개를 끄덕였다.

"마사키 말이 맞아. 어림짐작이랄까, 그냥 대충 생각한 거지. 그런데 내가 수사 회의 때 내린 결론도 자네 덕분이야. 자네가 처음에 선입관을 몽땅 부정해주었기 때문에 그다음 발상을 떠올릴 수 있었던 거지."

"그렇게 마음 써주지 않아도 괜찮습니다."

사와다가 가부라기를 바라보며 자학적으로 말했다.

"저는 지금까지 해온 수사 협력을 통해 아마추어의 한계를 뼈저리게 깨달았습니다. 오늘 수사 회의 때도 수사관 여러분은 모두 제 분석을 듣고 쓴웃음을 지었으니까요. 모처럼 저를 불러주셨는데 면목이 없지만 별 도움이 되지 못할 것 같습니다."

그렇게 말하더니 사와다는 엎어놓았던 잔을 집어 들고 마사키를 바라보았다.

"한잔 주시겠습니까?"

마사키는 허를 찔려 엉겁결에 맥주병을 손에 들었다.

"아, 이런 이거 깜빡했군. 아니, 그런데 왜 내가 자네에게 술을 따라야 하는 거지? 야, 히메. 네가 따라줘."

히메노는 마사키로부터 맥주병을 받아 들더니 즐거운 표정으로 사와다의 잔 쪽으로 기울였다.

"가부라기 특수반에 재미있는 인재가 들어온 것 같군요. 그런데 사와다 씨는 나이가 어떻게 됩니까?"

"나이? 스물다섯인데."

맥주를 따르려던 히메노가 손길을 딱 멈췄다.

"아니, 동갑이잖아? 그럼 스스로 따라."

히메노가 부루퉁한 얼굴로 맥주병을 들이밀자 사와다도 눈썹을 찡그렸다.

"아니 뭘 따르려다 말아? 그냥 따라."

"싫어."

"뭐야?"

가부라기가 다른 병을 들고 끼어들었다.

"자, 자. 그럼 내가 따르지. 잘 부탁해. 자네 능력에 기대를 걸고 있어."

사와다는 잔에 맥주를 따르는 가부라기를 보면서 이렇게 말했다.

"부하의 작업 성과는 보수보다 기대에 더 크게 좌우된다. 과연, 이게 '호손 효과Hawthorne effect'를 이용한 부하 장악 방법이로군요. 잘 배웠습니다."

마사키와 히메노는 나란히 천장을 바라보았다.

"현 시점에서 쓸 수 있는 수단은 다 동원했다고 생각해."

가부라기가 말했다. 마사키, 히메노, 사와다 세 사람은 꼬치와 주먹밥, 야채절임, 된장국이 놓인 식탁을 둘러싸고 가부라기의 말을 가만히 듣고 있었다.

"여기 모인 사람들에게 묻고 싶은 건 내가 뭔가 빠뜨린 게 없느냐는 거야. 마사키, 어떻게 생각해?"

맥주를 한 모금 마시더니 마사키가 입을 열었다.

"지금 취하고 있는 방침이면 괜찮지 않아? 수법을 보면 범인은 의사일 가능성도 충분해. 게다가 검시 결과가 이렇게 나왔으니."

마사키는 양복 안주머니에서 접은 종이를 꺼냈다. 여기 오기한 시간쯤 전에 수사본부에 도착한, 피해자 가미무라 슌에 대한 검시 결과 보고서였다.

우선 사망 시각은 시체의 상황과 위의 내용물로 보아 일요일 밤, 즉 그저께 오후 11시부터 어제 오후 3시 사이로 추정되었다.

위장 안에서는 레드와인과 벤조디아제핀benzodiazepine 계열의 수면 유도제가 검출되었다. 이른바 수면제다. 벤조디아제핀은 알코올과 함께 섭취하면 그 효과가 훨씬 좋아 급성 약물중독을 일으키기 쉽다. 하지만 그 증상은 의식장애, 운동 실조, 혼수, 호흡 억제 정도라서 죽음에 이를 위험은 적다. 즉 누군가에게 술과 함께 먹이면 죽이지 않고 의식을 잃게 하기에는 안성맞춤인 약물이다. 말하자면 수면제 가운데 가장 일반적이면서 약사법으로 판매가 규제되어 있어 의사의 처방이 필요하다.

가미무라의 사인은 '익사'로 밝혀졌다. 폐 안에는 욕조에 담겨 있던 것과 같은 장기보존액이 가득 차 있었다. 피해자는 수면 유도제와 알코올 때문에 혼수상태였고, 장기보존액이 든 욕조에 가라앉아 그대로 익사했다는 이야기다.

목은 뼈를 절단하지 않고 경추의 추간관절에서 떼어냈다. 그리고 목의 단면도 검사 결과 상처를 남긴 도구는 '매우 예리한 칼날, 예를 들면 수술용 메스'라는 의견이 붙어 있었다.

"라텍스 장갑에 장기보존액, 게다가 수면제와 메스까지 나왔다면 범인은 의사가 틀림없겠군."

그렇게 말한 마사키 옆에서 히메노가 의기양양한 표정으로 코를 벌름거렸다.

"살해 방법은 제 추리 그대로군요."

데 드 맨

마사키는 보고서를 둘둘 말아 히메노의 머리를 툭 쳤다.

"시끄러! 넌 범인이 혈액 공포증이라고 지껄이지 않았어? 그런 의사가 세상에 어디 있냐?"

"의사가 아닐지도 모르죠."

주먹밥을 입에 밀어 넣으며 사와다가 끼어들었다.

"의사가 아니라면, 대체 어떤 놈이라는 거야?"

"보세요."

사와다는 큰 접시에 놓인 꼬치 가운데 하나를 들어 빈 접시에 놓았다.

"이건 손질한 살입니다. 닭의 가슴살이거나 다리살이겠죠."

"그런 건 나도 알아."

이렇게 대구하는 마사키에게 고개를 끄덕이며 사와다는 다른 꼬치를 집어 들었다.

"그리고 이건 간. 닭의 간입니다."

사와다는 계속 꼬치를 접시에 늘어놓았다.

"이건 염통, 심장이죠. 이건 지라, 비장입니다. 이건 껍질, 피부고요. 이건 물렁뼈, 연골입니다. 이건 핏줄, 혈관이고요. 이처럼 닭은 거의 전부를 식용으로 먹습니다."

"우엑! 사와다가 무슨 이야기를 하려는 건지 알겠어."

히메노가 불쾌하다는 표정을 지으며 작게 비명을 질렀다.

"뭐냐, 너희 둘. 무슨 이야기를 하는 건지 확실하게 해!"

마사키가 조바심이 난다는 듯한 목소리로 말하며 두 사람을 번갈아 바라보았다.

"그런가? 장기 브로커로군."

가부라기가 말했다.

"자, 장기 브로커? 장기 매매라는 건가?"

마사키의 표정이 굳어졌다.

"그렇습니다."

사와다가 고개를 끄덕였다.

"범인은 장기보존액 안에서 목을 잘라내 얼음으로 냉장 보관한 머리를 가지고 사라졌죠. 목의 조직이 파괴되지 않도록 운반한 겁니다. 즉 머리를 다시 사용하기 위해서라고 생각할 수 있겠죠. 머리라면 각막, 두개골, 연골, 피부 등은 고가에 거래될 겁니다. 인간과 고래는 버릴 데가 없다고 하니까요. 닭도 마찬가지지만."

"야, 꼬치구이 잘 먹고 있는데 갑자기 식욕 떨어지는 소리 하지 마! 에잇!"

마사키는 배를 쓸어내리며 손에 든 꼬치를 접시에 내던졌다.

"나는 범인이 장기 브로커일 수도 있다는 주장은 받아들일 수가 없어."

히메노가 주먹밥을 베어 물며 이의를 제기했다.

"장기가 목적이었다면 몸통도 팔 수 있는 부분이 얼마든지 많잖아? 내장은 전부 팔 수 있고, 피부라거나 뼈, 혈액까지. 범인이 왜 몸통을 두고 갔지? 아깝잖아?"

"아, 아깝다니. 야, 그따위로 말하지 마!"

마사키가 다시 배를 손으로 눌렀다. 히메노는 아랑곳하지 않고 말을 이었다.

"게다가 왜 가미무라의 머리를 빼앗아야만 하는 거지? 예를 들어 노숙자나 도피 중인 사람처럼 사라져도 눈에 띄지 않을 사람을 노리지 않겠어? 가미무라는 매일 누군가를 만나야 하는 경영자인데."

"분명히 장기 브로커로 보기에는 그 두 가지 약점이 있어."

사와다가 순순히 고개를 끄덕였다.

"하지만 현재 단계에서는 장기 브로커 이외에는 머리 부분의 조직을 보전하려고 한 이유를 도무지 짐작할 수 없어서."

가부라기가 불쑥 중얼거렸다.

"뇌가 말이야……."

세 사람이 가부라기를 보았다.

"목을 잘라내도 뇌가 살아 있을 수 있는 걸까?"

가부라기가 뭔가를 생각하고 있는 듯 멍한 눈으로 말했다.

"그건 무리입니다."

히메노가 고개를 저으며 대꾸했다.

"인간에게 필요한 산소량의 8분의 1을 뇌가 소비한다고 합니다. 혈관이 절단되어 뇌에 산소가 공급되지 않으면 기껏해야 몇 분이면 조직이 괴사하기 시작하겠죠. 그러면 재생은 불가능하죠. 뭐 어디까지나 현재 알려져 있는 의학 기술을 기준으로 하면 그렇다는 이야기입니다만. 뇌의 시스템 자체도 인간은 아직 모르는 게 너무 많으니까요."

"그런가?"

가부라기는 알겠다는 듯이 고개를 끄덕였다.

사와다가 불쑥 물었다.

"왜 뇌죠?"

"응?"

가부라기가 바라보자 사와다가 다시 물었다.

"선배는 왜 뇌에 신경을 쓰시는 거죠?"

"왜일까. 으음…… 아, 그래."

가부라기는 잠시 자기 머릿속을 뒤지듯이 곰곰이 생각하더니 대답했다.

"사람의 머리 부분에서 가장 중요한 부위는 뇌이니까. 머리를 가지고 갔다면 각막이나 뼈, 피부가 아니라 뇌가 목적이었을지

데 드 맨

도 모른다……, 아마도 이렇게 생각한 것 같아."

"그러세요?"

사와다가 가만히 고개를 끄덕이더니 그대로 입을 다물었다.

가부라기는 마음을 가다듬고 세 사람을 향해 이렇게 말했다.

"장기 브로커일 가능성도 생각해야 해. 내일 수사반을 다시 짜야겠어."

"저어."

마사키가 조심스럽게 입을 열었다.

"역시 여자와 얽힌 치정 문제가 아닐까? 옛날에 그 아베 사다阿部定 사건 같은 경우도 있잖아."

아베 사다 사건은 1936년, 즉 쇼와 11년에 여성이 저지른 살인 사건이다. 아베 사다라고 하는 창녀가 애인을 살해하고 성기를 잘라내 가지고 다녔다는 엽기성 때문에 여러 차례 소설과 연극, 영화의 소재가 되었다.

히메노가 어처구니없다는 듯이 말했다.

"마사키 선배. 자꾸 그런 말씀 하실 거예요? 현장에서 발견된 모발은 중년부터 장년에 해당하는 남자 것이라고 밝혀졌잖아요."

마사키는 그래도 여전히 미련이 남는지 이렇게 말을 이었다.

"그렇기는 하지만. 그런데 레드와인이라는 게 왠지 이해가 안 돼."

"위장 잔류물 말이로군요. 왜 이해가 안 가죠?"

히메노가 물었다.

"그야 범인은 피해자와 함께 술을 마셨잖아? 남자끼리 한잔하는 거라면 당연히 맥주나 일본 술, 위스키, 아니면 소주일 텐데."

"그런 고정관념이 도움이 될까요? 저는 집에서도 와인을 마셔요. 요즘은 와인을 즐기는 남자도 많지 않은가요?"

"흥. 남자가 모두 너처럼 간들거리지는 않지."

"그래도 범인은 술에 수면제를 넣고 싶었을 거 아닙니까? 그렇다면 레드와인이 제일 낫죠. 마시기 전에 잔을 흔들어 수면제를 녹여도 이상하지 않죠. 색이나 맛, 냄새의 변화도 눈치채기 어려울 테고요."

"제길, 이렇게 이야기하면 저렇게 빠져나가는군."

부루퉁한 표정을 짓는 마사키에게 사와다가 말했다.

"살인 사건 범인은 여성이 남성보다 훨씬 적어서 전체의 약 십사 퍼센트에 지나지 않습니다. 또 여성이 저지른 살인은 동기가 대부분 원한 때문인데 수사 회의에서도 말씀드렸듯이 이번 시체에는 원한 살인의 특징이 없습니다. 살인범이 여성일 가능성은 매우 낮다는 이야기죠."

"너도 한패냐? 제길. 요즘 어린놈들은 이놈이고 저놈이고 꼬치꼬치 따지기만 해! 그나저나 너희 둘 사이가 나쁜 거 아니었어?"

마사키가 빠드득 이를 갈았다.

"아, 그만. 절대 섣부른 판단에 사로잡히지 않도록 서로 조심하자고."

가부라기가 이야기를 대략 정리했다.

"자, 너무 늦었으니 배도 채우고 했으면 이제 슬슬……."

가부라기가 그렇게 말한 순간 유원지에서나 울려 퍼질 요란한 음악이 실내에 흘러나왔다. 가부라기의 휴대전화였다.

"뭐야, 그 얼빠진 벨소리는?"

"휴대전화 샀을 때 그대로 해놓고 쓰는 거예요?"

마사키와 히메노의 말에 가부라기는 헛기침을 한 차례 하고 전화를 받았다.

"예, 가부라기……."

가부라기는 바로 입을 다물었다. 그리고 가만히 상대방의 목소리에 귀를 기울이더니 이윽고 알았다는 대꾸만 한 뒤 전화를 끊었다. 표정이 심각해졌다.

"왜 그러세요?"

히메노가 물었다. 가부라기는 양복 안주머니에서 지갑을 꺼내며 이렇게 말했다.

"마사키하고 히메노는 사무실에 갈아입을 옷이 있지? 바로 돌아가야겠어. 사와다도 움직일 수 있다면 함께 가고."

히메노가 얼른 자리에서 일어났다.

"갈아입을 옷은 있지만 뭔가 새로운 사실이 나왔나요? 너무 늦은 시간이에요. 오늘은 다른 사람들도 수사를 마감했을 텐데요."

"신주쿠에 있는 호텔에서 다른 시체가 발견되었어."

가부라기의 말에 세 사람은 동작을 멈췄다.

이윽고 마사키가 못마땅하다는 듯이 말했다.

"제기랄. 골치 아픈 사건이 일어난 지 얼마나 되었다고 또 사건이지? 가부, 수사본부는 어떻게 하지? 인원을 양쪽으로 나눌 건가?"

"아니. 수사본부는 그대로 갈 거야. 아무래도 범인이 다른 사건은 아닌 것 같으니까."

가부라기의 대답에 마사키의 눈이 휘둥그레졌다.

"다른 사건이 아니라고? 그럼 뭐야, 설마 이번 시체도 머린가?"

가부라기가 고개를 저었다.

"머리는 있어. 손이나 발도 모두 있고. 그런데 말이야."

"그런데, 뭡니까?"

사와다가 차분한 목소리로 물었다. 마사키와 히메노도 불안한 표정으로 가부라기를 바라보았다.

가부라기는 이렇게 말하며 자리에서 일어났다.

"몸통이 없어. 시체는 머리와 손발만 남은 상태로 발견되었대."

5. 각성

머리가 아파 눈을 떴다.

둥, 둥. 큰북을 두드리는 듯이 낮은 소리가 귓속에서 일정한 간격으로 울려 퍼지고 있었다. 아무래도 그 리듬은 내 심장이 뛰는 소리인 듯했다. 마치 머릿속에 심장이 있는 것 같았다. 소리가 울릴 때마다 머릿속, 관자놀이, 정수리, 앞이마, 뒤통수가…… 즉 머리 전체가 욱신욱신 쑤셨다. 나는 눈을 꼭 감은 채로 얼굴을 찡그렸다. 그리고 이를 악물고 신음을 흘리며 통증을 견뎌냈다.

얼마 지나자 통증이 서서히 가라앉았다. 여전히 맥박과 함께 느껴지는 통증은 계속되었지만 뭐랄까, 통증이 누그러진 느낌이었다. 비유를 하자면 꺼칠꺼칠하게 튼 손등에 보습 크림을 바른

데드맨

듯이 통증이 줄어드는 게 느껴졌다. 건조한 내 뇌에 이제야 수분이…… 혈액이 돌기 시작했다고나 할까, 그런 느낌이었다.

눈을 떠보기로 했다. 하지만 쉽게 되지 않았다. 눈꺼풀 안쪽과 각막이 달라붙은 것처럼 떠지지 않았다. 나는 눈꺼풀에 힘을 주어 억지로 눈을 뜨려고 했다. 그러자 양쪽 눈에 상처 딱지를 떼어내는 듯한 날카로운 통증이 왔다. 나는 다시 얼굴을 찡그렸다. 두 눈에서 눈물이 왈칵 솟아났다. 하지만 그 눈물 덕분인지 눈꺼풀과 각막이 천천히 떨어지기 시작했다. 조심스럽게 두 눈을 떴다.

처음에는 내가 물속에 있는 줄 알았다. 주위가 모두 뿌옇게 보였기 때문이다. 하지만 물속일 리 없다. 공기를 호흡하는 감각이 느껴졌다. 눈물 때문인가? 나는 눈을 꾹 감았다가 다시 떠보았다. 마찬가지였다. 이윽고 나는 두 눈의 초점이 전혀 맞지 않는 상태라는 사실을 깨달았다.

시야 한가운데서 뭔가 움직였다. 흰 그림자가 천천히 흔들리고 있다. 뭘까? 그렇게 생각한 순간, 그 흰 그림자의 목소리가 들려왔다.

"퀴즈 하나 풀어보겠어요?"

여자 목소리였다. 아마 여자는 내가 누워 있는 침대 발치에 서 있는 모양이다. 누굴까? 귀에 익은 목소리는 아니었다.

"이런 퀴즈예요. 잘 들어야 합니다. 당신의 한쪽 손이 그만 몸에서 툭 떨어지고 말았어요. 그런데 그 손을 다른 사람이 주워 가지고 가려고 해요. 자, 이때 그 손은 누구 것일까요?"

무슨 소리를 하는 거지? 나는 당황해서 희끄무레하게 보이는 여자를 바라보았다. 자세히 보니 흰 그림자 위에 검은 물체가 덮여 있었다. 그 한가운데 타원형으로 밝게 보이는 부분이 있었다. 검은 물체는 머리카락이리라. 둥글고 밝게 보이는 부분은 얼굴. 흰옷을 입었고 머리카락이 긴 여성인 모양이다.

"그럼 정답을 알려주죠. 그 떨어진 손은 당연히 당신 거예요. 왜냐하면 사람에게는 자기소유권이 있으니까. 그래서 당신은 그 손을 주운 사람에게 내 손이니 돌려달라고 요구할 수 있는 거죠."

여자는 내 대답을 기다리지도 않고 바로 정답을 발표했다.

"이건 법과대학에서 소유권이라는 문제에 대해 처음 배울 때 교수님이 학생들에게 반드시 던지는 퀴즈예요. 간단하죠? 하지만 진짜는 이제부터."

여자의 목소리에는 왠지 재미있어 하는 느낌이 묻어났다.

"다음 퀴즈. 당신의 머리 부분이 툭 떨어졌어요. 그런데 그 머리를 다른 사람이 주워 가지고 가려고 해요. 자, 이 머리는 누구 것일까요? 답을 알겠어요?"

내가 왜 이런 퀴즈에 대답을 해야 하는 걸까. 나는 이 여자를 알지도 못하고, 애당초 법률에 대한 공부는 전혀…….

거기까지 생각하다가 지극히 기본적인 문제점을 깨닫고 깜짝 놀랐다. 나는 대학에서 법률을 공부한 적은 없다. 없을 거다. 그럼 대학에서 무슨 공부를 했지? 아니, 내가 대학에 들어가기나 했나? 그보다 내 나이가 지금 대학을 나왔을 만한 나이인가? 난 지금 몇 살이지? 어디서 태어났고 어디에 살고 있지?

나는, 누구인가?

조금 전 두통 때문에 정신을 차린 뒤로는 기억이 난다. 하지만 그뿐이었다. 그 이전 기억은 전혀 나지 않았다. 여기가 어딘지도 모르고 왜 여기 있는지도 모르겠다. 아니, 내가 조금 전, 예를 들면 일주일 전에 무얼 했었는지도 도무지 모르겠다. 이름은…… 이름도 모르겠다.

나는 어처구니가 없었지만 왠지 냉정한 상태를 유지하고 있었다. 여자가 하는 말은 알아듣겠다. 내용도 법률적인 해석을 빼놓으면 이해가 된다. 게다가 이렇게 언어를 써서 생각이라는 걸 하고 있지 않은가. 적어도 언어에 대한 기억은 남아 있다. 다만 이런저런 과거사가 기억이 나지 않을 뿐.

그런 생각이 들자 조금은 마음이 놓였다. 어쩌면 내 뇌가 패닉 상태에 빠질 만큼 제대로 작동하지 않는 것인지도 모르지만.

여자가 다시 입을 열었다.

"머리를 빼앗기면 그 머리는 누구 것인가. 이 퀴즈를 들은 학생 가운데는 이렇게 대답한 사람도 있었대요. '교수님, 그건 머리와 몸통 둘 중에 어느 쪽에 인간의 주체가 있느냐는 문제 아닙니까?'라고. 재미있죠? 하지만 법률이란 안타깝게도 그리 철학적이지도 않고 문학적이지도 못해요."

여자는 킥킥 웃더니 딱 잘라 말했다.

"정답은 말이에요. '유족 것'이에요."

그리고 이렇게 말을 이었다.

"머리를 빼앗기면 인간은 당연히 죽기 마련이잖아요? 죽으면 그 사람은 법률상 인간이 아니라 그냥 물체가 되죠. 그리고 시체라는 물체의 소유권은 유족에게 있죠. 법률로 그렇게 정해져 있어요."

나는 대학에서 법률을 공부한 적은 없지만, 아니 정확하게 이야기하면 배운 기억은 없지만 여자의 말은 이해가 되었다. 그렇지만 왜 내게 이런 이야기를 하는지 도통 알 수 없었다.

"이 법과대학의 전통적인 퀴즈에 더해 내가 퀴즈를 하나 더 낼게요."

흰 그림자가 약간 커졌다. 여자가 내 쪽으로 몸을 들이민 모양이다.

"당신 머리가 툭 떨어졌어요. 당신은 죽었죠. 그리고 당신 머리는 어디론가 사라져버렸습니다. 유족은 당신의 머리를 찾아내지 못한 채로 장례식을 마쳤어요. 사망신고가 되어 호적도 없어지고 남은 몸도 화장되었고 뼈는 납골당에 모셔졌죠. 이렇게 해서 당신이라는 사람은 이 세상에서 완전히 사라졌답니다."

여자는 어린아이에게 옛날이야기를 들려주는 어머니처럼 말했다.

"그런데 누군가가 당신의 머리를 얻어 소생을 시도했어요. 그리고 당신은 머리만 남은 상태로 되살아났죠. 자, 이제 퀴즈예요. 머리만 남아 되살아난 당신은 누구 것이죠? 아니, 당신은 대체 누구일까요?"

무척 당황스러웠다. 사람이 머리만 남아 되살아날 수 있을 리 없다. 그런 일이 일어날 일은 없다. 그러니 이 퀴즈는 무의미하다. 퀴즈를 위한 퀴즈일 뿐이다.

하지만 내 머리는 멋대로 답을 생각하기 시작했다. 그래, 죽은 줄 알았던 사람이 되살아나는 일은 아주 드물지만 있기는 하다. 그래도 그건 가사 상태였으니 사실은 살아 있었던 셈이다. 그래서 이런 경우 '다시 살아났다'는 표현은 옳지 않다. 죽지 않았기 때문이다. 숨이 되돌아왔다고 하는 표현이 타당하리라.

죽음이란 완전한 끝이다. 절대로 되살아날 수 없는 상태다.

거꾸로 말하면 결코 되살아날 수 없기 때문에 죽었다고 할 수 있다. 하지만 퀴즈 속의 나는 다르다. 그 안에서 나는 진짜로 한 차례 죽었다가 되살아났다는 것이다.

여기까지 생각했을 때 머릿속에 큰 의문이 떠올랐다.

되살아난 나는 살아 있을 때의 나와 같은 사람인 걸까?

죽기 전의 나는 죽음으로써 완전히 끝났다. 그다음에 내 머리만 다시 삶을 얻어 생명 활동을 시작했다. 그렇다면 지금의 나는 이전의 나와는 전혀 다른 사람이 아닐까?

"이 퀴즈에는 답이 없죠."

여자는 그렇게 말했다.

"당신이 대체 누구인지, 그건 당신 자신이 결정해야 할 문제예요. 세계 최초로 머리만 남아 되살아난 당신이 말이에요. 하지만 초조해할 것 없어요. 느긋하게 시간을 두고 앞으로 어떻게 살아갈지를 생각하면 돼요. 알았죠?"

뭐라고?

잠깐만. 지금 한 이야기는 퀴즈 아니었나? 나는 당황했다. 마치 내가 진짜로 머리만 남아 되살아났다는 식의 말투가 아닌가.

"iPS 세포induced Pluripotent Stem cell라는 거 알아요? 모르죠?"

여자는 또 즐겁다는 듯이 내게 말했다.

"유도만능줄기세포예요. 인공적으로 만든 분화되지 않은 세포, 모든 종류의 세포가 될 수 있는 능력을 지닌 세포를 말하죠. 이게 발견된 덕분에 조직 재생이 가능해졌고, 거부반응 문제가 해결되어 생체에 접착하기 아주 편해졌어요. 그 결과 머리만 있는 당신이 되살아날 수 있었고, 다른 몸통에 접합할 수도 있었던 거죠."

이야기 대부분이 무슨 뜻인지 알 수 없었다. 이해할 수 있었던 내용은 마지막 부분뿐이었다.

머리만 있는 당신이 되살아날 수 있었고, 다른 몸통에 접합할 수도 있었다.

무슨 말도 안 되는.

그렇게 소리치려고 했지만 목소리가 나오지 않는다는 사실을 깨달았다. 뻑뻑한 문짝처럼 내 입은 움직이려고 하지 않았다. 목구멍이나 성대도 바싹 마른 우뭇가사리처럼 수분을 요구하며 삐걱거릴 뿐, 전혀 제 기능을 하지 못했다.

"아, 무리하면 안 돼요. 아직 당신의 신체 기능은 완전하지 않으니까. 하지만 신경 전달계에 큰 문제는 보이지 않고 혈전 용해를 위해 조직 플래즈미너전 활성제[t-PA]와 우로키나제 플래즈미너전 활성제[u-PA]도 투여했으니 혈액순환은 조만간 회복됩니다. 그러면 점차 세포 재생도 진행되어 움직일 수 있게 될 거예요."

나는 의과대학이나 약학대학 출신도 아닌 모양이다. 무슨 약을 투여했다는 소리인지 전혀 모르겠다. 하지만 어려운 약 이름을 줄줄 대는 걸 보면 여자는 의사인 듯했다. 흰옷은 의사가 입는 가운이다. 이 여자가 나를 되살려냈다고 한다.

점점 두 눈의 초점이 맞기 시작했다. 몸의 기능이 회복되고 있는 걸까? 나는 시선을 턱 아래쪽, 그러니까 내 몸통이 있어야 할 방향으로 향했다. 흰 시트가 몸통 모양으로 부풀어 있었다.

다른 사람의 몸통을 접합했다. 여의사는 틀림없이 그렇게 말했다. 그럼 이 몸통은 누구 것일까? 소유권이 문제가 아니다. 내 몸통이 아니라는 건가? 다른 사람, 아니 다른 시체의 몸통이라는 건가?

팔과 다리는? 나는 시트 위를 살펴보았다. 하지만 아직 내 눈으로는 몸통의 네 구석에서 손과 발로 보이는 부분이 있는지 없는지 확인할 수 없었다. 시험 삼아 움직여보려고 했지만 힘을 줄 수 없었다.

"미안해요. 팔과 다리는 아직 붙이지 못했어요."

내 시선이 움직였다는 걸 눈치챘는지 여의사가 미안하다는 투로 말했다.

"우선은 몸통이 중요하죠. 인공 심장이나 인공 폐, 투석기 종류를 사용하려면 이 방 가득 찰 거예요. 진짜 사람 장기가 콤팩트하고 성능도 차원이 다르죠. 그다음에 팔과 다리를 제대로 두

데 드 맨

개씩 붙여줄게요. 조금만 더 기다려요."

여의사가 선뜻 말했다. 마치 고철 가게에 부품을 주문하는 자동차 수리공 같은 말투였다.

문득 정신을 차려보니 여자의 얼굴이 내 얼굴과 몇십 센티미터밖에 떨어지지 않은 위치까지 다가와 있었다.

"아무 걱정하지 않아도 돼요."

여의사는 속삭이듯 낮은 목소리로 말했다. 그 목소리와 함께 내 얼굴에 와 닿는 그녀의 숨결이 느껴졌다.

"죽기 전의 일 따위는 모두 내다버리세요. 당신에게는 이제부터 멋진 인생이 기다리고 있으니까요. 과거든 사회든 그 누구에게도 얽매이지 않은, 누구보다 자유로운 인생이."

두 손의 손가락으로 내 얼굴을 쓰다듬으며 여의사가 속삭였다.

"당신은 내 단 하나뿐인 예술품이에요. 의학이 앞으로 아무리 진보한다고 해도 당신 같은 존재를 만드는 건 윤리적으로나 종교적으로나 허락되지 않겠죠."

그녀의 손가락이 내 얼굴 위를 애무하듯 스치고 지나갔다. 결코 불쾌한 감촉은 아니었다.

두통은 어느새 사라졌다. 대신 나른한 피로와 함께 졸음이 밀려왔다. 되살아난 지 얼마 되지 않아서 체력 소모가 심했던 걸까? 아니면 여의사의 속삭임과 얼굴을 쓰다듬는 감촉이 나를 잠으로 이끈 걸까?

눈꺼풀이 납덩어리처럼 무거웠다. 나는 도저히 눈을 뜨고 있을 수 없었다.

"졸려요? 푹 쉬세요. 자는 동안에 팔과 다리를 붙여줄 테니까. 다음에 눈을 뜨면 당신은 완전히 새로 태어나게 되는 거예요."

잠에 빠져들기 직전에 여의사가 마지막으로 한 말이 내 귀에 들렸다.

"당신은 처음이자 마지막 존재. 시작이자 끝이니까. 맞아, 아조트Azoth*예요."

그 목소리는 꿈속까지 따라오려는 듯 천천히 내 머릿속 깊숙한 곳으로 스며들었다.

---

* 연금술에서 사용하는 용어로 '시작이자 끝'을 뜻하는 말.

6. 연쇄

11월 10일 수요일, 오전 9시.

경시청 육 층에 있는 회의실은 백 명이 넘는 수사관들로 붐볐다. 두 번째 살인 사건이 발생해 수사관들을 긴급 소집했기 때문이다. 우선 관할인 신주쿠 경찰서에서 연락을 받은 수사관이 시체 발견 당시의 상황에 대해 보고하기 시작했다.

시체가 발견된 것은 11월 9일 화요일, 즉 어젯밤 11시 15분. 발견 장소는 신주쿠 부도심을 이루는 고층빌딩 가운데 하나인 대형 호텔 '트렌센드 호텔 도쿄' 삼십팔 층에 있는 더블 룸이었다.

피해자는 니토 쓰토무(仁藤勉), 28세 독신. 직업은 IT 관련 회사 사장. 니토는 본명으로 투숙했으며 지니고 있던 물건은 모두 방에 남아 있었기 때문에 운전면허증의 얼굴 사진과 대조해 바로 신원을 확인할 수 있었다.

니토의 시체는 아자부주반에서 일어난 사건과 마찬가지로 욕조 안에서 물에 잠긴 상태로 발견되었다. 다른 점이라면 이번에는 몸통이 사라지고 머리와 팔다리가 남아 있었다는 사실이었다.

검시관이 작성한 시체 검안서에 따르면 머리 부분과 사지는 예리한 칼날로 절단되었다고 한다. 몸통이 없기 때문에 위 안에 있는 내용물 분석을 할 수 없어 하루 전에서부터 십여 시간 전까지 사이에 사망한 것으로 추정할 수밖에 없었다.

사인에 대해서도 체내에 대한 분석 결과는 낼 수 없었지만, 팔과 다리에 특징적인 시반과 함께 피부에 소름이 보이기 때문에 익사일 가능성이 높은 상태였다. 또한 머리 부분 및 팔다리에 있던 혈액에서 알코올과 수면 유도제 성분이 나왔다.

현장에 범인의 지문은 남아 있지 않았는데 라텍스로 만든 걸로 보이는 장갑 때문에 생긴 듯한 손자국을 채취했다. 욕조에 담긴 액체는 역시 장기 보존액이라는 사실도 밝혀졌다.

모든 상황이 그저께 아자부주반에서 발견된 시체와 흡사했다. 결정적인 증거는 욕실에서 발견된 머리카락이었다. 밤샘 작업까지 하며 진행된 DNA 분석에 따르면 중년에서 장년 사이의 남성

머리카락이었다. 아자부주반에서 발견된 머리카락과 비교한 결과 동일 인물이라는 사실이 밝혀졌다.

그래서 수사본부의 명칭도 '아자부주반 아파트 살인사건 신주쿠 호텔 살인사건 합동 특별수사본부'라는 긴 이름으로 수정되었다.

"가부. 피해자 휴대전화는?"

수사관 가운데 한 명이 가부라기에게 질문을 던졌다. 가부라기는 어제 회의 때 모토하라 과장이 앉았던 정면에 놓인 긴 테이블에 앉아 있었다. 가부라기의 오른쪽에는 마사키가, 왼쪽에는 히메노가 있었다. 그리고 히메노의 왼쪽에는 사와다가 있었다.

"휴대전화는 아자부주반과 마찬가지. 방 안에 남아 있기는 했지만 모든 데이터가 지워진 상태. 이번에도 통신 회사에 통화 기록 제출을 요청한 상태입니다."

"얼음은 어땠나요?"

다른 수사관이 물었다.

"방 안에 있던 냉장고에는 제빙 기능이 없습니다. 하지만 각 층마다 자판기 코너에 무료로 이용하는 얼음 공급기가 있으니 그걸 사용했을 수도 있습니다."

"거참. 그런데 이번 피해자도 청년 사업가인가? 우리는 박봉에 매일 박박 기고 있는데 세상에는 우아하게 사는 놈들이 많군."

마사키가 하품을 참으며 작은 목소리로 중얼거렸다.

그때 제복을 입은 젊은 경찰관이 회의실로 들어왔다. 가부라기가 부른 신주쿠서 소속 경찰관이었다.

"바쁠 텐데 와주어 고맙습니다. 보고서를 보면 첫 번째 발견자라고 적혀 있던데?"

제복을 입은 경찰관이 고개를 끄덕였다.

"피해자는 그저께, 정확하게 말씀드리면 11월 8일 월요일 21시 14분에 체크인 하여 일박을 한 뒤, 어제 9일 화요일 오전에 체크아웃 할 예정으로 되어 있었습니다. 하지만 체크아웃 시간인 오전 11시가 되어도 나타나지 않고, 호텔 내선 전화도 받지 않았습니다. 숙박부에 적힌 휴대전화로 연락을 했지만 역시 받지 않았습니다. 문을 노크해도 대답이 없고 문 아래로 메시지를 넣었는데도 반응이 없었다고 합니다."

그는 긴장한 표정으로 입술을 핥더니 설명을 이어갔다.

"호텔 규칙에 따라 열두 시간 뒤인 23시까지 기다렸다가 객실 담당 책임자가 신주쿠 경찰서에 신고를 했습니다. 전화를 받은 제가 호텔로 달려가 종업원 두 명과 함께 마스터키를 이용해 방으로 들어갔습니다. 방 안에는 아무도 없었기 때문에 제가 욕실 문을 열었는데 거기서 시체를 발견했습니다."

그렇다면 니토 쓰토무가 살해된 것은 아자부주반에서 가미무

데드맨

라 슌이 살해된 다음 날 밤에서 새벽 사이라는 이야기다. 동일 인물의 범행으로 보아도 모순은 없다.

"욕조에는 피로 붉게 물든 반투명 액체가 팔십 퍼센트쯤 차 있었고 피해자의 머리를 비롯해 팔과 다리가 그 물에 잠겨 있었습니다. 저는 처음에 그게 마네킹인 줄 알았습니다. 그런데 머리카락이 물속에서 출렁거리고 있어 남자 시체라는 사실을 깨달았죠."

현장에서 보았던 광경을 떠올렸기 때문인지 젊은 경찰관의 목소리가 약간 떨렸다. 틀림없이 생활안전과 소속일 그에게는 체험한 적이 없는 처참한 현장이었을 것이다.

가부라기가 다시 질문했다.

"피해자는 체크인 할 때 혼자였습니까?"

"혼자였다고 합니다. 더블 룸은 싱글 룸보다 약간 넓어서 혼자인데도 이용하는 고객이 많은 모양입니다. 물론 커플인 경우에는 한쪽이 먼저 체크인 하고 다른 한 사람은 나중에 직접 방으로 가는 일도 흔하다고는 합니다만."

"수상한 사람은 목격되지 않았나요?"

"아무래도 외국 손님들도 많이 드나드는 큰 호텔이라 온갖 국적, 인종의 여행객이 자주 드나들어서…… 게다가 발견 현장인 본관 이외에도 별관과 신관이 있는데 이게 모두 육교로 연결되어 있습니다. 엘리베이터도 각 건물마다 여러 대씩 있어 현장인 그 방으로 가는 루트가 한둘이 아닙니다."

"수고했습니다. 또 묻고 싶은 내용이 있으면 신주쿠 경찰서로 연락하겠습니다."

젊은 경찰관이 물러나자 마사키가 짜증 난다는 투로 말했다.

"장소가 대형 호텔이라니 골치 아프군. 범인이 큰 트렁크를 끌고 다녀도 호텔에서는 흔한 모습이잖아."

그러자 회의실에서 이런 목소리가 튀어나왔다.

"범인이 몸통을 운반한 거잖아? 범인은 호텔을 나갈 때 몸통이 든 트렁크를 가지고 나갔을 텐데, 그렇다면 주차장에서 자기 차에 싣고 나갔거나 택시를 이용하지 않았겠나?"

히메노가 그 수사관을 보며 고개를 저었다.

"택시로 시체를 운반한다는 건 너무 위험하다고 생각했을 겁니다. 게다가 대부분의 호텔 주차장에는 방범 카메라가 설치되어 있습니다. 범인은 무척 조심스럽게 행동했겠죠. 빠져나가는 방법에 대해서는 나름대로 궁리를 하지 않았을까요?"

"히메, 궁리라면 어떤 궁리를 말하는 거지?"

수사관이 다시 묻자 히메노는 이렇게 대답했다.

"예를 들면 신주쿠역과 호텔을 오가는 셔틀버스입니다. 신주쿠 부도심에 있는 호텔들을 돌아다니는 버스이니 미리 자기 차를 다른 호텔에 주차시켜 두고 셔틀버스를 이용해 그리 이동했을 가능성도 있죠. 아니면 신주쿠역까지 가서 그 부근에 세워둔 자기 차로 갈아탄다거나."

"알았어. 셔틀버스와 그 버스가 순회하는 다른 호텔. 그리고 신주쿠역 주변의 주차장……."

마사키는 히메노의 말을 공책에 급히 적어 넣었다. 히메노가 말을 이었다.

"만약 자기 차를 이용했다면 호텔에서 조금 떨어진 코인 파킹을 이용했을지도 모르죠. 바퀴가 달린 트렁크라면 걸어서 운반할 수도 있었을 테고 호텔에서 나가는 출구는 한두 군데가 아니니까요."

"호텔 주변의 걸어서 갈 수 있는 코인 파킹이라……. 그런데 이렇게까지 대상을 넓히면 범인의 차를 알아내기는 상당히 힘들겠네."

마사키는 볼펜을 움직이면서 입을 삐죽거렸다.

"방범 카메라가 현장이 있는 층에도 있었습니까?"

가부라기가 말하자 비슷한 또래인 수사관이 자리에서 일어섰다.

"아, 설치되어 있대."

그는 수첩을 펼치더니 이렇게 설명했다.

"한 층에 모두 다섯 대씩. 엘리베이터 앞에 두 대, 복도에 세 대.

범인이 피해자를 방으로 들이는 모습이 찍혀 있을 가능성이 높고. 지금 관할 경찰서에 호텔로 가서 확보하라고 부탁한 상태."

"찍혀 있다면 범인의 모습을 볼 수 있겠군."

가부라기는 고개를 몇 차례 끄덕였다.

기대감에 찬 수사관들이 술렁거렸다. 아자부주반 사건과 마찬가지로 신주쿠 사건도 단서라고 할 수 있을 만한 것은 전혀 없었다. 하지만 이제 호텔 방범 카메라가 있으니 드디어 한 줄기 빛이 비친 것이다.

"여러분, 주목해주십시오."

가부라기가 일어서서 회의실을 둘러보며 말했다.

"뜻하지 않게 두 건의 흉악 사건을 동시에 수사하게 되었습니다. 하지만 동일범의 소행이라면 놈의 꼬리를 잡을 단초가 두 배로 늘어난 셈입니다. 어떤 흔적도 놓치지 말고 모든 가능성에 대해 지혜를 짜냅시다. 한 명이라도 더 많은 사람으로부터 이야기를 들읍시다. 우리가 할 수 있는 일을 아쉬움이 남지 않도록 철저하게 합시다. 단서는 반드시 나올 겁니다."

수사관들은 조용히 가부라기의 말에 귀를 기울였다.

"피해자의 원통한 마음을 되새깁시다. 범인을 잡을 수 있는 건 우리 경찰뿐입니다. 우리는 반드시 이 범인을 잡을 겁니다. 악은 반드시 그 대가를 치른다는 사실을, 그리고 정의는 반드시

데 드 맨

승리한다는 사실을 세상에 보여줘야 하지 않겠습니까? 힘을 냅시다."

엡, 아자, 파이팅. 백 명이 넘는 수사관들이 저마다 힘차게 대답했다. 동시에 수사관들은 일제히 자리를 차고 일어나 수사를 하러 회의실을 나갔다.

회의실에는 가부라기, 마사키, 히메노, 사와다 네 명만 남았다. 가부라기는 휴우, 하고 크게 숨을 내쉬더니 파이프 의자에 주저앉았다.

"헤헹, 어느새 수사본부장 대행에 완전히 적응했잖아?"

마사키가 가부라기의 어깨를 툭툭 두드렸다. 가부라기는 진심으로 난처하다는 표정을 지으며 마사키에게 말했다.

"놀리지 마. 내가 그런 타입이 아니라는 걸 네가 제일 잘 알잖아. 현장 수사관 가운데 한 사람으로서 다른 형사들과 함께 수사에 참여하고 있을 뿐이야."

"쑥스러워하긴. 자, 우리 가부라기 수사반은 뭘 하면 되지?"

가부라기는 문득 손목시계를 보았다.

"난 잠깐 직접 만나고 싶은 사람이 있어서. 히메노를 데리고 다녀올게. 자네는 여기서 수사관들과 연락을 맡아줘. 사와다는 올라오는 보고 가운데 범인의 정체와 연결될 만한 정보를 선별하고."

"알겠습니다."

사와다가 긴장한 표정으로 고개를 끄덕였다. 마사키는 따분하다는 듯이 어깨를 으쓱했다.

"나 참. 그러면 난 수사본부장 대행의 대행인가. 너흰 누구를 만나러 갈 건데?"

"프랑켄슈타인 박사, 라고나 할까?"

가부라기의 대답에 마사키와 히메노, 사와다는 의아한 표정을 지으며 서로 얼굴을 마주보았다.

"사람의 머리를?"

가부라기의 맞은편 소파에 앉아 있는 흰 가운을 걸친 장년의 남자가 물었다.

"예. 머리를 절단해 다른 몸통에 붙인다거나 하는 일이 과연 가능한지 묻고 있는 겁니다."

가부라기가 조심스럽게 물었다.

오후 1시. 가부라기와 히메노는 분쿄 구文京区에 있는 일본 장기이식연구소 응접실에 있었다. 연속 살인범의 목적을 알아보기 위해 장기이식 전문가인 의사로부터 의견을 들으러 왔다. 가부라기 앞에 놓인 명함에는 '일본 장기이식연구소 부소장 의학박사 기리하라 쓰구오桐原継男'라고 적혀 있었다.

세 사람 사이에 놓인 유리 탁자에는 김이 모락모락 나는 차가 담긴 종이컵이 세 개 놓여 있었다. 흰 가운과 종이컵이라는 조합 때문일까 가부라기는 왠지 그 컵을 집어 들지 못하고 있었다.

"기술적으로는 가능하죠."

의학박사 기리하라는 태연하게 대꾸했다.

"저, 정말인가요?"

가부라기 옆에서 히메노가 불쑥 큰 소리로 물었다.

"아니, 머리 이식이란 말입니다. 그런 일이 현재 의학적으로 가능하다는 겁니까?"

"가능한지 불가능한지를 따지자면 가능합니다."

기리하라가 선뜻 대답했다.

"사람은 아니지만 원숭이 머리를 바꿔 붙이는 이식 실험이 1973년부터 1976년 사이에 미국에서 열다섯 차례나 있었습니다. 살아 있는 원숭이 두 마리의 머리를 절단하여 서로 바꾸는 거죠. 기록에 따르면 원숭이는 수술 뒤 시각, 청각, 후각이 모두 정상이었다고 하더군요. 하기야 제일 오래 산 원숭이도 수술 후 일주일까지였다고 하지만."

두 사람의 얼굴을 번갈아 보며 기리하라가 설명했다.

"미국뿐 아니라 독일이나 러시아에서도 원숭이, 고양이, 개를 이용한 뇌 이식 수술이 이루어졌습니다. 일본도 쥐를 이용한 척 수 이식 실험 사례가 몇 건 있는데 모두 신경 줄기세포가 증식해 손상된 신경이 되살아났다고 발표했죠. 이건 뇌를 이식하더라도 신경세포가 재생되어 뇌의 기능이 부활할 가능성이 있다는 이야기입니다."

기리하라의 말은 가부라기와 히메노의 예상을 뒤엎는 내용이었다. 장기이식 전문가가 인간의 머리 이식이 가능하다고 확실하게 밝힌 것이다. 그렇다면 인간의 머리를 잘라 가지고 간다는 상식을 벗어난 행위도 의학적으로는 이상한 이야기가 아닌 게 된다.

"사람을 대상으로 머리 부분 혹은 뇌 이식 수술을 한 사례는 있습니까?"

가부라기가 다시 물었다. 기리하라는 고개를 저었다.

"없습니다. 제가 아는 한."

"어째서죠? 기술적으로는 가능하다면서요?"

다시 묻는 가부라기의 얼굴을 가만히 바라보면서 기리하라가 거꾸로 물었다.

"누군가의 머리, 혹은 뇌를 다른 사람에게 이식해야만 할 상황이 없으니까요."

"예를 들면 말입니다."

히메노가 끼어들었다.

데 드 맨

"어떤 남자가 병이 들어 수명이 얼마 남지 않았다고 하죠. 한 편 몸은 건강한데 뜻하지 않은 사고로 뇌사 상태에 빠진 남자가 있다고 하고요. 이때 병이 걸린 남자의 머리 혹은 뇌를 뇌사 상 태인 남자에게 이식하는 경우는 생각할 수 없을까요?"

기리하라가 또 대답은 하지 않고 질문을 던졌다.

"그런 경우에 두 사람 가운데 한 명은 죽고 한 명은 살아남게 되죠. 그럼 살아남은 사람은 어느 쪽이고 죽은 사람은 어느 쪽일 까요?"

"그야 법률상으로는……."

입을 열려던 히메노를 가로막고 기리하라가 말을 이었다.

"법률로 따지면 뇌사한 사람은 사망한 것이니 병이 든 사람 쪽이 살아 있는 걸로 처리되겠죠. 하지만 뇌를 이식하여 살아난 사람의 모습을 생각해봅시다. 만약 두 남자에게 아내가 있다면 그 부인들은 어떻게 생각할까요? 뇌의 주인이었던 남자 부인은 전혀 다른 모습으로 돌아온 사람을 자기 남편으로 받아들일 수 있을까요? 그리고 사고로 뇌사한 남자의 부인은 어떤 남자가 남 편의 모습 그대로 다른 곳에서 살아가고 있는데 자기 남편이 죽 었다고 받아들일 수 있겠습니까?"

히메노는 대답할 말을 찾지 못했다.

"그리고 나중에 그 남자와 부인 사이에 아이가 태어났다고 합시다. 그 아이는 몸의 주인이었던 남자의 DNA를 물려받게 될 겁니다. 그런데도 법률적으로는 뇌의 주인이었던 사람의 자식이 될 겁니다. 그 아이는 과연 어느 쪽 남자의 자식일까요?"

"모르겠습니다."

가부라기는 그렇게 대답할 수밖에 없었다. 기리하라가 고개를 크게 끄덕였다.

"그래서 설사 기술적으로 가능하다고 하더라도 인간의 머리나 뇌를 다른 사람에게 이식하는 일은 있어서는 안 됩니다. 게다가 이런 이야기가 있습니다."

기리하라는 종이컵에 담긴 차를 한 모금 마신 뒤 말을 이었다.

"방금 말씀드렸던 원숭이 머리 바꿔치기 실험을 실시한 미국 의사 말입니다. 그 의사는 원숭이의 뇌를 분리해 관류灌流*로 살리는 실험을 백 회 이상 했습니다. 그때 분리한 원숭이의 뇌파를 측정했는데 실험이 정밀해질수록 뇌파는 일반 원숭이의 정상 상태에 접근해갔다고 하더군요."

"그건 무슨 뜻입니까?"

가부라기가 물었다. 기리하라는 가볍게 한숨을 내쉬더니 이렇게 대답했다.

---

* 적출한 동물의 장기에 영양액을 순환시켜 세포를 일정 기간 살아 있는 상태로 유지시키는 실험법.

데드맨

"원숭이는 뇌만으로도 의식을 유지하고 있었다는 뜻입니다. 아마 모든 신경이 절단되는 상상도 할 수 없는 고통에 몸부림치면서 동시에 그 이외의 모든 감각을 잃은 미칠 듯한 공포를 느끼고 있었던 게 아닐까요? 그야말로 비인도적인 실험이죠. 머리를 통째로 이식한 경우도 마찬가지입니다. 신경이 재생되어 모든 감각기관이 되살아날 때까지, 몇 달 혹은 몇 년이나 그런 상태가 이어질까요? 그런데 이런 걸 사람에게 하라는 건가요?"

"잘 알겠습니다. 머리 혹은 뇌 이식은 설사 기술적으로 가능하다고 하더라도 현실적으로는 할 수 없다는 이야기로군요."

가부라기는 여러 차례 고개를 끄덕였다. 히메노는 얼굴이 창백해져 있었다.

그런 두 사람을 보면서 기리하라는 이렇게 말했다.

"그렇지만 두 분이 그런 걸 물으러 오지는 않았을 테고. 간단하게 이야기하면 이번 사건에서 우선 머리, 이어서 몸통을 절단해 가지고 간 범인의 목적이 장기이식이 아니냐 하는 걸 묻고 싶어서겠죠?"

"아, 그렇습니다. 사실은 그게 궁금해서요."

가부라기는 오른손으로 자기 뒤통수를 탁 쳤다. 기리하라가 말을 이었다.

"장기이식은 시간과의 싸움입니다. 조금 전에 이야기한 원숭이 머리 바꿔치기 실험은 설비가 갖추어진 연구실 안에서 살아 있는 원숭이를 대상으로 신속하게 실시한 겁니다. 아파트나 호텔에서 시체 머리나 몸통을 절단해 다른 곳에 있는 수술실까지 재생 가능한 상태를 유지할 수는 없을 겁니다. 아무리 양보하더라도 각막, 뼈, 피부, 혈관, 내장 각 부분 등 장기 단위라면 적절한 조치를 취할 경우 가능할 수 있을지도 모릅니다. 하지만 머리를 통째로, 몸통을 통째로 그렇게 한다는 건 무리죠."

가부라기가 다시 물고 늘어졌다.

"장기 보전액을 사용하고 얼음으로 냉각시켜 운반해도 재생 가능한 상태를 유지하기는 힘든가요?"

"거의 의미가 없죠."

"왜 물고기를 낚았을 때도 '이키시메活き〆'*라는 방법을 사용하지 않습니까? 살려서 운반하기보다 그 자리에서 죽여 피를 빼는 편이 신선도를 유지할 수 있다느니, 더 맛이 있다느니 하는 이야기도 들었습니다만."

가부라기의 끈질긴 질문에 기리하라가 어처구니없어 했다.

"피를 뽑는다고요? 그건 식용으로 쓰려는 전제 아래 취하는 조치 아닙니까? 설마 시체를 먹을 목적으로 가지고 갔다는 건

---

* 잡은 물고기를 즉시 마비시켜 뇌사 상태로 만든 다음 피를 뽑아내 신선도를 유지하는 방법.

데 드 맨

아니겠죠?"

기리하라의 말에 히메노는 그만 참지 못하고 수건을 꺼내 입에 댔다.

"이키시메는 생선이 몸부림치느라 영양분을 급속하게 소비하거나 피로 물질이 쌓이는 걸 방지하기 위해서 합니다. 그리고 미생물이 번식하여 부패하기 쉬운 혈액을 뽑는 거고요. 물론 이두 가지 방법으로 신선도는 지킬 수 있을 테지만 어디까지나 식용으로 쓰기 위해서입니다. 그리고 잘 들으세요. 생선이 맛있어진다는 것은 아미노산 분해가 진행되었다는 이야기입니다. 이건 다른 의미로 이야기하면 부패가 진행되었다는 소리죠."

기리하라는 학자답게 진지하게 응답했다.

"그렇습니까?"

가부라기는 고개를 숙였다가 바로 다시 들더니 물었다.

"저어, 시체를 냉동해서 가지고 갔다고 해도 무리일까요? 방법은 모르겠지만."

"액체질소 탱크를 이용한다면 급속 냉동도 가능할지도……."

기리하라는 질렸다는 듯이 한숨을 내쉬고 대답했다.

"그렇게까지 하느니 산 채로 끌고 가는 편이 더 낫지 않겠습니까? 머리 부분이건 몸통 부분이건 무슨 사정이 있어서 조직을 살린 채 가지고 가고 싶다면 장기 보존액이니 이키시메니 냉동이니 하는 방법을 궁리하기보다는 산 사람을 직접 데리고 가는 편이 훨씬 편하죠."

"지당한 말씀입니다."

가부라기도 한숨을 내쉬었다.

"그럼 마지막으로 질문을 드리겠습니다. 그래도 범인은 실제로 두 시체에서 머리 부분과 몸통 부분을 절단해 가지고 갔습니다. 장기이식 때문이 아니라면 선생님은 범인의 목적이 뭐라고 생각하십니까?"

가부라기의 질문에 기리하라는 바로 대답했다.

"전혀 모르겠습니다."

같은 날, 즉 11월 10일 수요일 오후 10시.

특별수사본부가 설치된 회의실에 가부라기, 마사키, 히메노, 사와다 네 명이 남아 있었다. 수사관들로부터 들어온 오늘 보고를 모아 내일 회의를 위해 정리하고 있었다.

"우선 피해자 두 사람의 휴대전화 건이야. 아까 보고가 들어왔지."

마사키가 수첩을 보면서 말했다.

"통신회사가 비공식적으로, 그러니까 슬쩍 제공한 자료인데, 두 사람의 휴대전화 번호에는 공통된 휴대전화 번호와 통화를 한 기록이 남아 있었어."

"범인 휴대전화로군요! 그래서요?"

히메노가 흥분해서 소리쳤다. 하지만 마사키는 시무룩한 표정으로 고개를 저었다.

"도난당한 휴대전화야. 주인이 도쿄 도에 사는 노인이었어. 그 양반은 전화기가 집 안 어딘가에 있을 거라고 생각했는데 사실은 외출 중에 장바구니에 넣어두었다가 도둑맞은 모양이야. 그래서 도난 신고나 사용 정지 신청도 하지 않았던 거지."

히메노는 어깨를 축 늘어뜨렸다. 마사키가 말을 이었다.

"다음에는 두 번째 시체가 발견된 호텔에 설치되어 있던 방범 카메라인데 관할 경찰서의 보고에 따르면."

"찍혔습니까?"

"카메라는 폼으로 달아놓은 거래."

히메노는 긴 테이블 위에 쿵 소리가 나도록 엎드리고 말았다.

"프런트, 로비, 화장실 앞, 레스토랑, 주차장 등의 공공시설 이외에 이그제큐티브 플로어Executive floor*와 여성 전용 층에는 진짜 방범 카메라가 설치되어 있지만 다른 대부분의 층 천장에 있는 카메라는 더미라고 하더군. 표면적으로는 전체 층에 설치

---

* 비즈니스를 위해 투숙 중인 고객을 위해 마련한 특별 층.

되어 있는 것으로 되어 있으니 부디 이 문제는 비밀로 해달라는 호텔 측 부탁이 있었어."

"너무하군, 진짜! 그건 사기 아닙니까!"

분개하는 히메노에게 가부라기가 이렇게 말했다.

"뭐 어쨌든 워낙 큰 호텔이니까. 전체 층에 여러 대씩 설치하면 엄청난 수량일 거야. 유지비나 감시하는 경비 인건비도 많이 들겠지. 가짜 방범 카메라라도 어느 정도 범죄 억제 효과가 있으니 없는 것보다는 나을 거야. 물론 범인이 그게 가짜라는 사실을 알고 있었는지 어떤지는 모르지만."

"결국 새로운 단서는 아무것도 없다는 거로군요."

사와다가 냉정하게 말했다.

"야, 과학경찰. 그렇게 남의 일처럼 이야기하면 안 되지. 현장은 죽을힘을 다해 뛰고 있어."

"아, 그만, 그만."

짜증을 내는 마사키를 달래며 가부라기가 말했다.

"오늘 히메노와 장기이식 전문가를 만나고 왔는데, 크게 참고할 만한 이야기를 들었어. 그 결과 이번 두 사건은 분명히 이상하다는 사실을 알게 되었지."

마사키는 코와 입술 사이에 볼펜을 끼우고 시무룩한 표정으로 말했다.

"이상한 사건이라는 거야 굳이 전문가에게 물어볼 것까지는 없잖아. 왜 범인이 첫 번째는 머리, 두 번째는 몸통을 선물로 가지고 돌아갔느냐가 문제지."

"맞아."

가부라기가 마사키 쪽으로 몸을 들이밀며 말했다.

"그런데 그게 너무 빤하다는 거야."

마사키가 볼펜을 코와 입술 사이에 끼운 채로 입술을 실룩거렸다.

"아니, 그 영문도 모를 사건이 어디가 빤하다는 건가?"

"그러니까, 그게 내가 하고 싶은 말은…… 범인이 피해자의 몸 일부를 필요로 한다는 사실은 누가 보더라도 쉽게 알 수 있다는 거지."

가부라기는 표현을 조심스럽게 고르며 설명했다.

"그 의사 선생도 말했지만 만약 누군가의 머리나 몸통이 필요하다면 산 채로 끌고 가는 게 가장 빠른 방법일 거야."

"결국 이런 이야기로군요?"

사와다가 가부라기의 얼굴을 뚫어지게 바라보면서 입을 열었다.

"범인이 피해자의 몸 일부를 가져갔다는 사실과 다른 부분은 남겨두었다는 사실은 그 의미가 원래 다르다는 말씀이로군요."

"그래! 바로 그거야."

가부라기가 사와다를 바라보며 고개를 크게 끄덕였다.

"사람의 머리나 몸통이 필요한 이유는 몰라. 하지만 그보다 더 이상한 점은 '시체의 나머지 부분을 사람들 눈에 띄도록 현장에 남겨두고 갔다'는 사실이야. 만약 가미무라의 머리와 니토의 몸통이 필요했다면 두 사람을 산 채로 끌고 가서 살해하고 나머지 부분은 사람들 눈에 띄지 않도록 처분하면 되는 거지. 그런데 왜 굳이 다른 부분을 현장에 남겨두고 갔을까? 그게 자꾸 마음에 걸린단 말이야."

"분명히 그렇군요."

히메노가 얼른 일어서더니 잰걸음으로 긴 테이블을 돌아 화이트보드 앞으로 갔다. 그리고 급히 뭔가 적기 시작했다.

인간 − X = 머리 없는 시체, ∴ X = 머리

인간 − Y = 머리와 팔다리, ∴ Y = 몸통

"가부라기 선배 말씀대로 이번 두 사건은 너무도 빤한 방정식입니다. 아니, 그냥 뺄셈에 불과하죠."

화이트보드를 가리키며 히메노가 말했다.

"아자부주반의 아파트에서는 현장에 머리 없는 시체가 있었

데드맨

으니 범인이 머리를 가지고 갔다는 사실을 알 수 있었죠. 신주쿠 호텔에서는 현장에 머리와 팔다리가 남아 있었으니 범인이 몸통을 가지고 갔다는 걸 알게 되었고요. 만약 현장에 시체의 나머지 부분을 남겨두지 않았다면 절대로 몰랐을 겁니다."

"혹시."

가부라기가 툭 내뱉었다.

"범인의 목적이 가미무라의 머리 부분도 니토의 몸통 부분도 아니고 현장에 나머지 부분을 남겨두는 것이었을지도."

"예에?"

히메노의 눈이 휘둥그레졌다.

"그렇게 해서 대체 뭘 얻는다고요?"

"그야 모르지. 하지만 그게 범인이 두 사람을 죽인 목적일지도 몰라."

마사키가 비명을 질렀다.

"점점 더 모르겠어! 대체 왜 그런 짓을 한다는 거지? 내 머릿속이 뒤죽박죽이야!"

"가부라기 선배, 선배는……."

가부라기는 목소리가 난 쪽을 바라보았다. 사와다였다.

"범인이 두 사람을 살해하고 시체 일부를 잘라낸 이유는 그걸 가져가기 위해서가 아니라 시체의 **나머지 부분을 남겨두고 가기**

위해서였다…… 그렇게 생각하시는 건가요?"

"아, 미안. 하지만 가만히 생각해보면 그럴 리가 없겠다는 생각이 드네."

가부라기는 머리를 긁적이며 사과했다. 그러자 사와다는 진지한 표정으로 고개를 끄덕였다.

"아닙니다. 가부라기 선배의 추론 방법은 애브덕션abduction입니다."

"엥?"

느닷없이 낯선 용어가 튀어나오자 가부라기는 혼란스러웠다.

"애부더, 뭐라고?"

마사키도 난감한 표정을 지으며 물었다.

그러자 히메노가 사와다 쪽으로 몸을 들이밀며 말했다.

"아, 들어본 적 있다. 애브덕션이라는 것이 그 퍼스가 말한……."

"그렇지. 프래그머티즘의 시조이자 미국 역사상 최고의 지성으로 불리는 논리학자, 과학철학자인 찰스 샌더스 퍼스Charles Sanders Peirce. 그 사람이 주장한 귀납법도 연역법도 아닌 제3의 추론법이 애브덕션이죠. 원래는 그리스 철학자인 아리스토텔레스의 분석론에 기원을 두고 있다고 하는."

"사와다, 그 애브덕션이라는 게 뭐야?"

여우에 홀린 표정으로 가부라기가 사와다에게 물었다.

"우선 불가해한 현상 A가 관찰되었다고 해요. 하지만 어떤 가정 B를 세우면 A는 당연한 귀결이라고 합시다. 그렇다면 가정 B는 옳다고 생각해도 괜찮지 않겠느냐, 이게 애브덕션이라는 추론법이에요. 유명한 실제 사례로는 해왕성의 발견을 들 수 있죠."

사와다는 이렇게 설명했다. 19세기. 당시는 망원경의 정밀도에 한계가 있어서 지구 이외의 태양계 행성은 수성, 금성, 화성, 목성, 토성, 천왕성, 이렇게 여섯 개밖에 확인할 수 없었다. 그래서 태양계에는 지구를 포함하면 행성이 일곱 개밖에 없다고 여겼다.

하지만 천왕성의 궤도에서 설명할 수 없는 흔들림이 관측되고 있었다. 그래서 프랑스의 천문학자인 위르뱅 르베리에Urbain Jean Joseph Le Verrier와 영국 천문학자 존 애덤스John Couch Adams는 '천왕성 바깥쪽에 미지의 행성이 있는 게 아닐까?' 하는 가설을 세웠다. 천왕성 바깥쪽에 여덟 번째 행성이 존재하며 그 인력이 천왕성의 궤도에 영향을 미치고 있다고 가정하면 궤도가 흔들리는 이유를 설명할 수 있었기 때문이다.

그리고 두 사람은 가공의 행성 궤도를 정확하게 계산해냈다. 이윽고 이 가설은 독일 천문학자인 요한 갈레Johann Gottfried Galle가 두 사람이 계산한 궤도 위에서 해왕성을 발견하여 증명되었다.

"그 두 사람의 천문학자가 애브덕션이란 걸 이용해 아무도 모르던 사실, 눈에 보이지 않는 것을 찾아냈다는 건가?"

감탄하는 가부라기에게 고개를 끄덕여 보인 사와다는 이렇게 말을 이었다.

"물리학자인 알베르트 아인슈타인은 '경험을 아무리 쌓아도 논리는 생기지 않는다'라고 했습니다. 이 말은 일반적인 추론법, 귀납법이나 연역법으로는 진실에 도달할 수 없다는 의미죠. 즉 진실에 이르기 위해서는."

설명을 하면서 사와다는 오른손을 펼쳐 들었다.

"우선 진실이 있는 곳까지 단숨에 뛰어넘어 진실을 움켜쥐어야 해요. 그리고 그다음에 그게 진실이라는 걸 증명하면 되죠."

사와다는 들었던 오른손으로 허공을 휙 움켜쥐었다.

"그 애브덕션이란 걸 내가 했다는 거야?"

"그렇습니다."

반신반의하는 가부라기에게 사와다가 단호하게 잘라 말했다.

"일본어로는 가설 형성이라거나 가설 추론이라고 부르는데, 이 말은 애브덕션이 지닌 직관적, 지각적 본질을 드러내지 못합니다. 가설을 세우는 **발상** 자체가 본질인 거죠. 불교의 깨달음에 가까운 행위라고나 할까……. 예를 들면 차라리 '비약법' 혹은 '포획법'이라는 표현이 더 어울릴 겁니다. 원래 애브덕션은 유

데 드 맨

괴, 납치라는 뜻을 지닌 단어니까요."

진실을 향해 비약하고, 진실을 포획한다. 그런 걸 내가 할 수 있다는 건가? 도저히 불가능할 것 같은 기분이 들었다. 하지만 가부라기는 그 표현에 마음이 크게 끌렸다.

히메노가 흥분한 모습으로 마사키에게 말했다.

"마사키 선배! 어쩌면 오니하라 과장이 가부라기 선배의 이런 장점을 간파하고 수사본부 지휘를 맡긴 게 아닐까요?"

마사키는 어처구니없다는 듯이 언성을 높였다.

"너희 둘 다 가부를 너무 과대평가해! 게다가 그 오니하라라는 영감이 그렇게 골치 아픈 생각을 했겠어? 내가 보기에는 가부도 어림짐작이고 오니하라도 순전히 어림짐작이야."

마사키는 히메노의 말을 삭둑 잘라내더니 이렇게 덧붙였다.

"도대체가 말이야, 해왕성이고 금성 목성 수성이고 난 모르지만 지금 그런 별 이야기나 하고 있을 때야?"

"이번 사건의 **별***이나 잡으라는 말씀이죠? 알아요."

히메노가 그렇게 말하자 마사키는 풀이 죽어 어깨를 축 늘어뜨렸다.

"내가 할 말을 가로채다니……."

* 일본 경찰의 은어로 '범인'을 '호시'라고 하며 '호시'는 일본어로 '별'을 뜻하기도 한다.

"물론 애브덕션에 의한 가설이 늘 옳지는 않습니다. 그 가설이 진실이라고 하는 걸 증명할 필요가 있는 거죠."

마사키가 사와다를 바라보며 고개를 끄덕였다.

"방금 새로운 행성 발견 일화만 해도 그렇습니다. 해왕성이 존재한다는 사실을 적중시킨 르베리에는 그 뒤에 수성의 궤도가 불규칙하다고 해서 수성 안쪽에도 미지의 행성이 존재하는 게 아니냐는 가설을 내세웠어요. 그리고 그 행성에 발칸이라는 이름까지 붙였죠. 하지만 이 가설은 멋지게 어긋났습니다. 그런 행성은 존재하지 않았죠."

"그거 봐! 어쩌다 한 번 들어맞았다고 걸떡거리며 나서니까 그런 거야."

마사키는 괴물 목이라도 딴 사람처럼 코를 벌름거렸다.

히메노도 이해가 간다는 듯이 어깨를 으쓱했다.

"그렇습니다. 가설은 어디까지나 가설이죠. 예를 들면 아무리 이해가 되지 않는 현상이라도 '신께서 그렇게 만드셨다'라고 하면 당연한 귀결이 되고 마니까요."

히메노의 말을 듣고 가부라기는 무심코 중얼거렸다.

"그런가? 인간은 신 탓을 하는 것으로 이해가 되지 않는 모든 현상을 받아들여 왔어. 세상은 왜 존재하는 걸까? 신이 만들었으니까. 인간은 왜 존재하는 걸까? 신이 낳았으니까. 인간은 왜 죽는 걸까? 신이 그렇게 정했으니까."

"하지만 선배, 이렇게 생각할 수도 있지 않을까요?"

가부라기의 말을 듣고 있던 사와다가 말했다.

"애초에 신은 있었다. 그리고 인간은 애브덕션을 이용해 숨어 있던 신을 찾아내 체포했다."

인간이 신을 체포했다?

얼떨떨해하는 가부라기를 사와다는 똑바로 바라보았다.

"그래요. 신도 체포할 수 있는데, 인간의 추론으로 잡을 수 없는 범인은 결코 없다. 저는 그렇게 믿습니다."

사와다는 단호하게 잘라 말했다. 그리고 웃음을 지으며 말을 이었다.

"죄송합니다. 이야기가 옆길로 샜군요. 범인은 시체의 나머지 부분을 두고 가기 위해 처음에는 머리, 그다음에는 몸통을 가지고 갔다. 선배의 이런 가설이 옳은지 어떤지 검증하는 것이 제가 할 일이 되겠네요. 하지만 역시 아직은 검증할 수 있는 단서가."

그러더니 사와다는 입을 꾹 다물었다. 그 표정이 점점 심각해졌다.

"야, 과학경찰. 왜 그래?"

마사키가 물었다. 가부라기도 그제야 사와다의 표정이 이상하다는 사실을 깨달았다.

사와다는 마사키의 말이 귀에 들어오지 않는지 말없이 천천히 화이트보드로 시선을 옮겼다. 가부라기, 그리고 마사키와 히메노도 화이트보드를 바라보았다. 거기에는 히메노가 쓴 두 개의 뺄셈 방정식이 적혀 있었다.

인간 – X = 머리 없는 시체, ∴ X = 머리

인간 – Y = 머리와 팔다리, ∴ Y = 몸통

"그 생각을 못했어."

사와다의 목소리에 몹시 초조한 기미가 묻어났다.

"먼저 머리가 없는 시체. 다음에 몸통이 없는 시체. 과연 사건은 이걸로 끝일까요?"

너무나도 불길한 그 소리에 회의실이 찬물을 끼얹은 듯이 조용해졌다.

잠시 침묵이 흐른 뒤 마사키가 먼저 입을 열었다.

"야, 너 대체 무슨 소리를 하는 거야?"

사와다는 일어서더니 화이트보드 앞으로 이동했다. 그리고 펠트펜을 들더니 히메노가 적은 두 수식 아래 한 줄을 더 추가했다.

"히메노가 적은 두 개의 방정식에는 이 방정식이 숨어 있다는 생각이 듭니다."

사와다가 추가한 수식은 덧셈이었다.

$$인간 = 머리 + 몸통 + Z$$

가부라기는 등에 식은땀이 흘렀다. Z란 무엇일까? 답을 오래 생각할 필요가 없었다.

"다음은 팔다리가 없는 시체가 발견될 거라는 건가?"

사와다는 심각한 표정으로 고개를 끄덕였다.

"가부라기 선배, 큰일입니다! 이거 무슨 수를 내야 해요!"

히메노가 외쳤다. 마사키가 사와다를 몰아붙였다.

"이봐, 과학경찰! 이번엔 어디 있는 누구를 노린다는 거지? 네가 그 정도까지 알아냈다면 조금이라도 짐작이 가는 데가 있지 않겠어? 엉?"

사와다는 말없이 아랫입술을 깨물었다. 한 줄기 땀이 그의 관자놀이를 타고 흘러내렸다.

가부라기는 속이 바짝 탔다. 사와다의 추측이 정확하다면 이제 곧 어디선가 팔과 다리가 없는 시체가 발견될 것이다. 그 시체가 될 예정인 인물은 아마 아직 살아 있으리라. 아직은 구할 수 있다. 하지만 그 살해될 인물이 대체 누구란 말인가. 그리고 죽이려는 인물은 대체 어떤 놈일까. 도무지 알 수 없었다.

　가부라기는 사와다의 무시무시한 추측이 빗나가기만을 기도할 수밖에 없었다.

　그로부터 두 달이라는 시간이 흘렀다. 다음에는 팔과 다리가 없는 시체가 발견될 거라는 사와다의 예상은 어긋났다. 하지만 한편으로는 멋지게 적중했다고도 볼 수 있다.

　세 번째 시체가 아라카와荒川 강 제방에서 발견되었다. 그 시체는 오른쪽 팔이 없었다.

　네 번째 시체는 오다이바お台場 해안에서 발견되었다. 그 시체에는 왼쪽 팔이 없었다.

　다섯 번째 시체가 오쿠타마奥多摩 강변에서 발견되었다. 그 시체에는 오른쪽 다리가 없었다.

　그리고 여섯 번째 시체가 도도로키等々力 계곡에서 발견되었다. 그 시체에는 왼쪽 다리가 없었다. 결국 팔다리가 없는 시체가 아니라 한쪽 팔이나 한쪽 다리가 없는 시체가 도합 네 구. 모두 도쿄 도 안에 있는 지역에서 줄지어 발견되었던 것이다.

　매스컴도 이 사건을 여섯 번의 연속살인사건으로 보고 연일 크게 보도했다. 호기심 많은 구경꾼들에게는 더할 나위 없이 흥미로운 엽기적인 사건이었다. 아직 이렇다 할 증거를 잡지 못한 경찰의 무능을 심하게 비판하며 텔레비전, 신문, 잡지는 다들 특집을 마련해 범인 찾기에 열중했다.

어느 범죄 연구가는 신문에서 '사자 부활이라는 흑마술을 시도하는 종교 단체의 소행으로 보인다'고 코멘트했다. 또 어느 미스터리 작가는 텔레비전 프로그램에 나와 '유명한 일본 추리소설*을 모방한 쾌락 범죄가 아니겠는가'라는 발언을 했다. 그래서 이 연속살인사건은 '흑마술 연속살인사건' 또는 '아조트 연속살인사건'으로 불리게 되었다.

다만 이 연속살인사건에는 시체의 일부분을 모아 한 명의 인간으로 되살리려고 했다는 주장을 하기에는 아무래도 모순이 되는 시체가 한 구 포함되어 있었다.

아자부주반에서 시작해, 신주쿠, 아라카와 제방, 오다이바, 오쿠타마에서 발견된 다섯 구의 시체는 모두 젊은 남성이었다. 하지만 여섯 번째 살인, 도도로키에서 마지막으로 발견된 왼쪽 다리가 없는 시체만은 젊은 여성이었다.

---

* 시마다 소지의 『점성술 살인사건』을 말한다.

7. 소생

눈을 떠보니 나는 침대 위에 파자마 차림으로 누워 있었다. 몸에는 담요도 이불도 덮여 있지 않았지만 난방이 들어와 춥지는 않았다.

정신을 차리고 보니 나는 땀에 흠뻑 젖어 있었다. 그 이유는 바로 알게 되었다. 조금 전까지 꾸던 끔찍한 꿈 때문이다. 아아, 그 꿈에서 깨어나 정말 다행이다. 온몸의 털이 곤두설 정도로 무시무시한 꿈이었다. 나는 안도의 한숨을 깊이 내쉬었다.

꿈속에서 나는 시체였다. 그것도 머리만 있는 상태에서 되살아나 여의사가 다른 사람의 몸통을 붙여주어 팔다리도 없는 상태에서 침대에 누워 있었다. 여의사는 가냘픈 손가락으로 부드럽게 내 얼굴을 어루만졌다. 그리고 나를 아조트라던가 뭐라고 불렀고…….

갑자기 몸이 떨리기 시작했다. 이 천장, 조명 기구, 침대 모양, 방의 창문, 그 창문에 걸려 있는 흰색 커튼, 그리고 벽에 있는 문의 위치. 꿈속에서 내가 누워 있던 방과 완전히 같았다. 그렇다면…….

꿈이 아니었다는 건가? 나는 지금도 머리와 몸통만 있는 상태인가?

나는 조심스럽게 눈길을 몸 쪽으로 옮겼다. 파자마 상의가 보였다. 옅은 푸른색에 앞에 단추가 달린 파자마다. 나는 가슴 왼쪽과 오른쪽을 살폈다.

두 팔은 제대로 있었다. 파자마 좌우에 약간 짧은 소매에서 팔이 튀어나와 있었고, 그 끝에는 다섯 개의 손가락이 달린 손이 있었다. 그 손이 지금 힘없이 시트 위에 놓여 있었다. 다음에는 하반신으로 시선을 옮겼다. 나는 파자마 바지를 입고, 발을 축 늘어뜨린 채로 누워 있었다. 파자마 끝자락으로 발가락 다섯 개가 달린 발이 튀어나와 있었다. 두 발 모두 제대로 갖추고 있었다.

몸 안에서 후끈 뜨거운 땀이 흘렀다. 안도의 땀이었다. 역시 그건 아주 좋지 않은 악몽이었던 것이다. 애당초 머리만 남아 되살아나는 일은 없을 것이다. 잠깐만 생각해보면 쉽게 알 수 있는 일이다. 하물며 남의 몸통을 이어 붙이다니…….

그런데 여기는 어디인가? 문득 이상하다는 생각이 들었다. 내
방은 아닌 것 같았다. 나는 다시 방 안을 둘러보았다. 흰 벽, 흰
천장, 흰 커튼, 흰 문, 그리고 하얀 시트가 깔린 하얀 철제 침대.
조금 전까지만 해도 몰랐는데 내 침대 옆에는 금속으로 만든 막
대가 세워져 있었다. 그 위에는 투명한 플라스틱 봉투가 세 개
매달려 있고 거기서 가느다란 튜브가 뻗어 나와 내 왼팔과 연결
되어 있었다. 링거였다. 아무래도 여기는 병원의 병실인 모양이
라는 생각이 들었다.

그렇다면 나는 병이 나거나 다쳐서 병원으로 실려 온 걸까?
그때 나는 무얼 하고 있었지? 나는 기억을 떠올리려고 했다. 하
지만…… 생각이 나지 않았다. 여기 들어오기 전의 기억이 몽땅
지워진 상태였다.

침착하자. 초조해하지 말자. 천천히 생각하자. 나는 필사적으
로 스스로를 타일렀다. 그래, 우선 이름부터. 내 이름은…….

나는 깜짝 놀랐다. 내 이름이 생각나지 않았다. 이름뿐만 아
니라 나이나 직업은 물론 내가 사회인인지 학생인지도 알 수 없
었다. 머릿속을 아무리 들여다보아도 도무지 이 방처럼 새하얘
아무것도 보이지 않았다.

아니, 정확하게 이야기하면 새하얀 것은 나에 관한 내용들뿐

이다. 예를 들면 파자마라거나 침대, 커튼 등의 물건 이름은 머릿속에 있고, 이렇게 생각하기 위해 추상적인 단어도 기억이 난다. 다만 나 자신에 대한 기억이 없다.

일단 여기서 나가야 한다. 밖으로 나가면 뭔가 알게 될지도 모른다. 나는 몸을 일으키려고 했다. 하지만 팔이나 다리에 힘을 줄 수가 없었다. 마치 다른 사람의 팔다리 같았다.

다른 사람의 팔다리……. 그런 생각을 하다가 흠칫했다. 그 악몽 속에 등장했던 여의사는 이렇게 말했다.

미안해요. 팔과 다리는 아직 붙이지 못했어요.

팔과 다리를 제대로 두 개씩 붙여줄게요.

나는 패닉 상태에 빠져 울부짖었다. 하지만 목소리가 나오지 않았다. 목에서 나오는 것은 풀무처럼 쉭쉭거리는 바람 소리뿐이었다.

그때 찰칵하는 소리와 함께 문이 열렸다. 나는 숨을 멈추고 문쪽을 바라보았다. 문으로 들어온 사람은 여자였다. 흰옷, 기다란 검은 머리카락. 꿈속에 나왔던 그 흰 가운을 걸친 젊은 여의사였다.

"안녕하세요? 새로 생긴 팔다리는 마음에 드나요? 내가 약속

7. 소생   129

했었죠? 곧 팔다리를 붙여주겠다고."

나는 다시 절규했다. 이 또한 악몽이 이어지고 있는 것이다. 틀림없다. 이런 일이 현실 세계에서 일어날 리 없다. 악을 쓰다 보면 분명히 잠에서 깨어날 것이다. 그러면 모든 것이 생각이 날 테고, 다시 평온한 생활로 돌아가게 될 것이다. 나는 힘껏 소리를 질렀다. 하지만 목에서 나오는 것은 역시 쉭쉭거리는 공기뿐이었다.

여의사는 나를 바라보더니 낮게 한숨을 내쉬었다.

"할 수 없군. 좀 더 자두는 게 낫겠어요."

여의사는 어디선가 주사기를 꺼냈다. 그리고 바늘을 위로 향하더니 살짝 눌러 주사액 방울을 밀어낸 다음 내 오른쪽 팔에 깊숙이 찔러 넣었다. 통증은 전혀 느껴지지 않았다. 투명한 액체가 모두 내 팔 안으로 들어오자 여의사는 주사기 바늘을 뽑았다. 동시에 나는 수마에 저항할 틈도 없이 잠 속으로 빠져 들어갔다.

다음에 눈을 떴을 때는 내 침대 옆에 여의사가 파이프 의자에 다리를 꼬고 앉아 있었다. 굽이 낮은 검은색 구두를 신고 있는 것처럼 보였지만 위에는 여전히 흰 가운을 걸치고 있었다.

"미안해요."

내 얼굴을 보면서 여의사가 말했다. 부드러운 목소리였다.

"당신의 마음을 헤아리지 못해서. 당신은 방금 태어난 셈이니 혼란스러울 수밖에 없겠죠. 부디 용서해주세요."

여의사는 미소를 지으며 사과한 뒤 내 머리카락을 천천히 쓰다듬었다.

나는 지난번처럼 패닉 상태에 빠지지 않고 침착한 나 자신을 발견했다. 여의사의 부드러운 태도 때문일까? 아니면 주사로 맞은 정신안정제 효과 때문일까. 양쪽 모두일지도 모른다.

"당신은 지금 살아 있어요. 우선 그 사실을 중요하게 여기기 바랍니다."

여의사가 그렇게 말했다.

"아무것도 기억이 나지 않아 불안할 테지만 당신은 틀림없이 살아 있어요. 조만간 손을 움직여 여러 가지 일을 할 수 있게 될 거예요. 다리로 제대로 걸을 수 있게 될 테고. 당신은 이제 막 태어난 아기나 마찬가지예요. 틀림없이 앞으로 멋진 인생이 기다리고 있을 거예요."

어, 째, 서.

내 입이 움직였다. 여의사는 눈을 가늘게 뜨고 그런 내 입을 바라보았다.

이, 런……

왜 이 여의사는 내게 그렇게 했을까. 내가 여러 시체의 일부분이었다고 하면 왜 그걸 모아 붙여서 되살아나게 만든 걸까. 왜 그냥 내버려두지 않았을까. 그 이유를 묻고 싶었다.

"어째서 당신에게 이렇게 했느냐고요?"

여의사는 갑자기 진지한 표정을 지었다. 나는 고개를 끄덕이고 여의사의 얼굴을 가만히 바라보았다.

여의사의 얼굴이 일그러졌다. 슬퍼하는 것 같기도 하고 고통스러워하는 것 같기도 한 얼굴이었다. 그러더니 속삭이듯 아주 작은 목소리로 말했다.

"당신을 위해서. 그리고 당신도……."

그렇게 말하던 여의사는 문득 생각을 고쳤는지 웃음을 지으며 결연히 말했다.

"이건 의학의 위대한 진보예요. 지금까지의 결과를 보면 죽었던 사람을 구할 수 있고, 잃었던 신체 기능을 되찾을 수가 있어요. 당신이 그걸 증명해주었죠."

결국 나는 실험 대상이었다는 소리다. 맥이 쭉 빠졌다.

나는 운명을 받아들이기 시작하고 있었다. 아무래도 꿈은 아닌 듯했다. 운명으로 받아들이는 길 이외에 무슨 방법이 있을까. 게다가 나라는 존재가 부상이나 병으로 고통스러워하는 사람들에게 도움이 된다면 그건 나쁜 일이 아니다.

나는 내가 죽기 전에 누구였는지 모른다. 하지만 나는 이렇게 존재하고 있다. 숨을 쉬고 심장도 뛴다. 여의사가 말했듯이 이제 갓 태어났을 뿐이다. 그러니 기억이 없는 것도 당연한 노릇이고, 몸이 뜻대로 움직이지 않는 것도 당연하다. 나는 그렇게 생각해 마음의 안정을 얻었다.

다만 나는 이름이 필요했다. 이름 따위는 기호에 지나지 않을지도 모르지만 그래도 내가 나라는 근거가 필요했다. 이름이란 말하자면 존재 증명과 같은 것이다. 이름이 없는 인간을 어떻게 존재한다고 할 수 있을까?

내가 가만히 여의사를 바라보자 그녀는 이렇게 말했다.

"뭔가 하고 싶은 이야기가 있어요? 당신은 이제 말을 할 수 있을 거예요. 용기를 내서 목소리를 내봐요."

"이……."

내 목소리는 노인처럼 갈라져 나왔다. 하지만 분명히 목소리를 낼 수 있었다.

"……름."

"내 이름? 시온이라고 해요. 다카사카 시온高坂紫苑."

나는 고개를 크게 끄덕였다. 그리고 고개를 몇 차례 저었다. 여의사 다카사카 선생은 잠깐 난처한 표정을 짓더니 바로 내 생각을 읽어냈다.

"아아, 이름이 필요하다는 거죠?"

나는 한 차례 크게 고개를 끄덕였다. 여의사도 방긋 웃었다.

"글쎄요. 어째야 좋을까?"

다카사카 선생은 망설이는 듯한 모습으로 잠시 생각에 잠겼다. 그리고 이렇게 말했다.

"가미무라 슌이란 이름은 어때요? 성은 가미무라, 이름은 슌. 어때요?"

나는 고개를 끄덕였다. 왜 그런 이름을 골랐는지 모르지만 내게는 아무런 대안이 없었다. 애당초 이름이란 것이 스스로 붙이는 것도 아니고.

"그럼 오늘부터 당신을 슌이라고 부를게요. 아, 맞다. 당신에게 선물이 있어요. 생일 축하 선물인 셈이죠."

그렇게 말하더니 다카사카 선생은 의자 옆에 놓아두었던 가방 안에서 판을 하나 꺼내 내 가슴 위에 세웠다. 일 센티미터도 되지 않을 납작한 금속판인데 표면에 유리가 끼워져 있었다. 왠지 옛날 아이들이 학교에서 쓰던 석판 같은 느낌이 들었다.

"이건 태블릿 PC라고 해요. 이렇게 얇지만 여러 가지 일을 할 수 있는 기계예요. 예를 들어 이 버튼을 누르면."

다카사카 선생은 메모장이나 편지지 같은 그림을 손가락으로 눌렀다. 그러자 유리를 끼운 화면 안에 줄이 쳐진 옅은 갈색 종이 같은 게 불쑥 튀어나오고 그 아래 타자기 자판 같은 것이 나타났다. 다카사카 선생이 그 자판을 손가락으로 눌러 로마자를 타이핑하자 어떻게 된 일인지 그 자판 안쪽 창에 히라가나가 나타나고 같은 발음을 사용하는 한자도 표시되었다. 다카사카 선생이 그렇게 자판을 누르며 한자를 고르자 옅은 갈색 바탕 위에 '神村俊'이라는 글자가 나타났다.

"당신 이름이에요. 이렇게 해서 다른 사람들과 필담을 나누기도 하고 일기를 쓸 수도 있죠. 편리하죠? 그 밖에도 인터넷…… 그러니까 전 세계의 여러 문서를 찾아볼 수도 있고, 누군가에게 편지를 보내거나 받을 수도 있죠. 손가락만으로도 조작할 수 있으니 여러모로 시험해보세요. 괜찮아요. 어지간해서는 망가지지 않으니까."

나는 그 석판처럼 생긴 태블릿 PC라는 물건에 마음이 끌렸다. 다음 순간 의식할 틈도 없이 왼손이 천천히 뻗어 나가 태블릿의 아래 부분을 잡고 있었다.

"손이……."

다카사카 선생은 눈이 휘둥그레졌다. 설마 내 손이 벌써 움직이리라고는 생각하지 못했던 모양이다. 다음으로 나는 오른손을 태블릿을 향해 뻗어보았다. 오른손도 움직였다.

나는 오른손 검지로 자판 하나를 눌러보았다. 흰 바탕에 'ああああ ああ' 하고 히라가나가 나타났다. 다카사카 선생은 소리 내어 웃었다.

"대단해요, 슌. 벌써 태블릿을 사용하게 되다니. 그럼 다음에는 편지를 주고받을 수 있도록 설정해드릴게요."

그렇게 칭찬을 받으니 나도 괜스레 기뻤다.

그리고 나는 이제부터 가마무라 슌으로 새로운 삶을 살아가기로 결심했다.

그 뒤로 며칠이 지났을까.

몸이 꽤 움직여졌다. 기껏해야 누워서 몸을 뒤채거나 발을 들어 올리는 정도에 지나지 않았지만. 침대에서 움직이지 못하다 보니 화장실에도 갈 수 없었다. 식사도 하지 못하고 링거로 영양을 공급받는 상태였다. 하반신은 배뇨용 튜브가 연결되어 있었다. 일어나지 못하니 할 수 있는 일이 없는 상태였기 때문에 진종일 내 몸의 동작을 체크하며 지냈다. 이것은 훈련도 될 거라며 다카사카 선생이 권한 운동이었다.

제일 먼저 깨달은 점은 내 시력이 나쁘다는 사실이었다. 지독한 근시 상태라서 조금 떨어진 곳에 있는 것은 잘 보이지 않았다. 만약 시력이 좋지 않다면 조만간 안경을 주겠다고 다카사카 선생이 말했다.

다리도 뜻대로는 움직여지지 않았다. 걷기 위해서는 상당한

데 드 맨

시간이 필요할 것 같았다. 최근에 깨달은 사실인데, 내 다리는 왼쪽이 꽤 가늘다. 마치 여자 다리처럼 근육도 적고 가냘팠다. 어쩌면 왼쪽 다리의 원래 주인은 여성이었던 걸까? 이제 와서 다카사카 선생에게 물어볼 생각은 없었지만 훈련을 한다고 해도 한쪽 다리는 절게 될지도 몰랐다.

손도 잘 쓸 수 없었다. 태블릿에 있는 그림을 누르거나 전동 침대의 버튼을 눌러서 등받이 기울기를 조절하는 정도는 할 수 있었다. 하지만 물건을 집으려고 하면 손가락이 제대로 움직여지지 않았다. 물을 마시고 싶어도 침대 옆 테이블에서 플라스틱 머그컵을 꺼내려고 할 때마다 늘 떨어뜨려 방바닥에 물이 엎질러지곤 했다. 그래서 목이 마를 때나 이야기하고 싶은 게 있을 때, 나는 늘 너스 콜을 눌러 다카사카 선생을 불렀다.

그런 점들이 스트레스였다. 몸이 제대로 움직여지지 않는 것은 어쩔 수 없는 일이다. 그런 건 참을 수 있고 움직이는 연습을 하자는 의지가 불타오르게 만들어주기도 한다. 하지만 다른 사람을 번거롭게 하고 싶지는 않았다. 그래서 주눅이 들고 마음이 무거웠다. 나는 거추장스러운 존재이고 남에게 부담이 된다는 생각이 들곤 했기 때문이다.

지금도 목이 마르다. 바로 옆에 물이 든 머그컵이 놓여 있다. 다카사카 선생을 부를까 어떻게 할까, 여느 때와 마찬가지로 망설이고 있었다.

그때 시야 한구석에서 무슨 동물 같은 것이 바닥을 잽싸게 가로지른 듯했다. 갈색이었다. 고양이인가? 다카사카 선생 이외에 움직이는 생명체를 보기는 처음이었다. 나는 두리번거리며 방 안을 살폈다. 그러다가 방문이 살짝 열려 있다는 사실을 깨달았다.

바로 그때 느닷없이 뭔가가 내 가슴 위로 홀쩍 뛰어올랐다. 심장이 멎을 정도로 깜짝 놀라 나도 모르게 눈을 감으며 앗 하고 비명을 질렀다. 그 녀석은 내 가슴 위에 가만히 있었다. 차츰 가슴에서 온기가 느껴졌다. 녀석의 체온 때문인 듯했다. 나는 조심스럽게 눈을 떴다. 그러자 가슴 위에 있는 그 녀석과 눈이 마주쳤다.

가슴 위에 올라와 있는 것은 인간을 닮은 작은 동물이었다. 몸에는 금빛에 가까운 연갈색 털이 탐스럽게 나 있고, 팔과 다리는 짙은 갈색 털로 덮여 있었다. 긴 꼬리도 역시 진갈색 털이 나 있었다. 처음 보는 동물이었지만 아마도 작은 원숭이 종류인 듯했다.

그 작은 원숭이는 내가 눈을 뜬 것을 보고는 고개를 갸웃했다. 그리고 동그란 눈을 뒤룩거리며 내 얼굴을 흥미롭다는 듯이 가만히 들여다보았다. 얼굴은 온통 옅은 갈색 털로 덮여 있었고,

데 드 맨

머리부터 귀밑털까지는 짙은 갈색이었다. 그래서 작은 원숭이는 더 사람처럼 보였다.

나는 안도하며 크게 숨을 내쉬었다. 이 녀석은 나를 해칠 생각이 없는 듯했다. 게다가 자세히 보니 꽤 귀엽게 생겼다. 하지만 어째서 여기에 이런 원숭이가 있는 걸까?

"어머! 벌써 친해졌어요?"

다카사카 선생이 문틈으로 얼굴만 들이밀고 장난꾸러기 같은 미소를 지으며 이쪽을 보고 있었다. 다카사카 선생이 안으로 들어왔다.

"처음 봤죠? 학명은 세부스 아펠라Cebus apella, 일본어로는 후사오마키자루. 영어로는 브라운 캐퓨친brown capuchin, 갈색꼬리감기원숭이예요. 아마존에서 태어나 미국에서 자랐는데 아주 영리한 원숭이랍니다."

다카사카 선생은 자랑스러운 듯이 설명했다.

"이 아이는 간병 원숭이예요. 팔다리가 불편한 사람을 돕기 위해 여러 가지 훈련을 받았죠. 이번이 첫 출동이라서 아마 긴장했을 거예요. 뭔가 부탁을 해보세요."

부탁하라고 해도 나는 아직 제대로 말을 할 수 없다. 어떻게 부탁을 하라는 걸까? 일단 물을 마시고 싶기는 한데…….

그때 원숭이가 갑자기 움직였다. 침대 난간에 손을 걸치더니 오른손을 잔뜩 뻗어 물이 든 머그컵 손잡이를 잡았다. 그리고 그걸 두 손으로 감싸 들고 내 입 앞에 대주었다.

깜짝 놀랐다. 아무 말도 하지 않았는데 어떻게 이 원숭이는 내가 원하는 것을 알아냈을까? 일단 나는 얼굴을 앞으로 기울여 물을 몇 모금 마신 뒤 얼굴을 제자리로 되돌렸다. 그러자 원숭이는 재빨리 움직여 머그컵을 원래 있던 자리에 돌려놓았다.

"이 아이는 말이에요, 당신 눈의 움직임을 보고 원하는 걸 알아내죠. 아까 당신은 테이블 위에 있는 머그컵을 보았죠? 그래서 당신이 물을 마시고 싶어 한다는 걸 알아차린 거예요."

나는 그 작은 원숭이의 얼굴을 다시 보았다. 원숭이도 고개를 갸웃하고 내 얼굴을 바라보았다.

"이름을 붙여주지그래요? 이번엔 당신이 지어보세요."

이름……. 아무리 원숭이라고는 해도 나 자신이 누군지도 잘 모르는 내가 이름을 지어도 괜찮은 걸까? 나는 망설였지만 다카사카 선생은 가만히 내 대답을 기다리고 있었다.

주제넘은 짓이라는 생각이 들었지만 어쩔 수 없다. 어차피 붙여야 한다면 부르기 쉬운 이름이 좋다. 으음, 분명히 영어로 무슨 캐퓨친이라고 했는데…….

"가, 부."

내 입에서 그런 소리가 나왔다.

"가부? 음, 괜찮네요. 귀여운 이름이네. ……알았니? 네 이름은 가부란다. 오늘부터 슌을 잘 보살펴줘."

다카사카 선생은 가부의 머리를 쓰다듬었다. 나는 사실은 캡이라고 하고 싶었는데, 혀가 제대로 돌지 않아 가부가 되고 말았다. 하지만 그것도 가부의 운명이라는 생각이 들어 그냥 가부라 부르기로 마음먹었다.

내게 가부라는 친구가 처음으로 생겼다. 나나 가부나 지금까지 이름조차 없었던 비슷한 처지다. 분명히 사이좋게 지내게 되리라. 나는 그렇게 생각했다.

가부라는 멋진 친구를 얻어 나는 부쩍 회복, 아니 성장하고 있었다. 평소 생활이 훨씬 더 쾌적해진 덕분에 몸을 움직이는 훈련(재활 훈련이라고 한다)에 집중할 수 있었기 때문이다. 이제는 말도 제법 유창하게 할 수 있게 되었다.

가부는 정말로 부지런히 나를 도왔다. 베개를 고쳐 베게 해주기도 하고, 담요가 흘러내려 떨어질 것 같으면 다시 덮어주었다. 뭔가 필요한 물건이 있으면 민감하게 알아채 재빨리 가져다주었다.

예를 들면 휠체어에 탈 때는 이런 식이다. 내가 전동 침대의 등받이를 일으키고 '가부' 하고 부르며 휠체어 쪽을 흘끔 본다.

그러면 가부는 우선 슬리퍼를 가져와 침대 아래에 둔다. 나는 천천히 몸을 일으켜 간신히 침대 끄트머리에 걸터앉아 슬리퍼에 두 발을 걸친다. 그사이에 가부는 휠체어를 내 옆까지 끌고 온다. 내가 그 손잡이를 잡으며 몸을 틀어 힘겹게 걸터앉으면 가부는 담요를 가지고 와서 내 무릎을 덮어준다. 그야말로 지극한 정성이다.

가부가 나를 위해 무엇인가를 해주었을 때 나는 가부에게 아무런 답례를 하지 않아도 괜찮은 걸까? 예를 들어 과자를 준다거나. 다카사카 선생에게 물어본 적이 있는데 대답은 전혀 필요 없다는 것이었다. 다만 빙긋 웃거나 때로는 머리나 몸을 쓰다듬어 기쁨과 감사의 마음을 표시하면 된다고.

가부는 왜 이런 나를 위해 정성을 다하는 걸까. 나는 그게 궁금해 견딜 수 없었다. 매일 식사로 몽키 푸드와 견과류, 쪄서 말린 멸치 같은 걸 줄 뿐인데. 그런 음식은 살기 위해 꼭 필요한 정도일 뿐이다. 만약 내가 가부처럼 태어난 곳에서 끌려와 자유를 잃고 휴일도 없이 중노동을 해야 한다면 바로 도망치고 말 것이다. 하지만 가부는 그런 생각을 하지 않는 듯했다.

나는 분명히 마음이 맑지 못하다. 누가 뭔가를 해줄 때는 그 대가를 요구할 거라고 생각하는 얄팍한 인간이다. 하지만 가부는 그런 사심이 없다. 순수하게 인간에게 정성을 다하며 기뻐하

데드맨

고 즐거워하는 듯하다. 동물이란 원래 이처럼 대가 없는 선의로 가득 찬 순수한 존재이리라.

게다가 나는 가부가 나라는 인간에 대해 조금이나마 우정을 느낄 거라고 생각하고 싶었다. 가부와 이야기를 하고 싶다. 진심으로 그렇게 생각했다. 하지만 그건 무리다. 나는 원숭이의 언어를 모르고 가부 또한 가끔 작은 새처럼 고음으로 콧노래를 부를 뿐이다.

8.교착

해가 바뀐 1월 25일.

여섯 번째 시체가 발견된 지 한 달이 다 되어가고 있었다.

아자부주반에서 머리 없는 시체, 이어서 신주쿠에서 몸통이 없는 시체가 발견된 것이 지난해 11월. 그 뒤로도 신체의 일부가 잘려나간 시체가 줄줄이 발견되어 여섯 번째 시체를 발견한 것이 12월. 한때는 거의 매주 시체가 발견되어 경시청에 설치된 특별수사본부 수사관들은 극한의 혼란과 피로에 내몰렸다.

하지만 이 시체 러시도 여섯 번째를 마지막으로 딱 멈췄다.

세 번째 시체에서부터 여섯 번째 시체가 발견된 현장 네 곳에서는 어디서도 머리카락 같은 유류품은 발견되지 않았다. 또 이 시체들은 모두 실외에 버려져 있어 장기보존액을 사용한 흔적도

데드맨

찾을 수 없었다.

하지만 네 구의 시체에서도 아자부주반과 신주쿠 사건 때와 같은 벤조디아제핀 계통의 수면제가 검출되었다. 수면제로 정신을 잃은 상태에서 얼굴을 물에 밀어 넣었는지 사인은 모두 익사였다. 또한 시체의 잘라낸 부분도 이전 살인 사건과 마찬가지로 예리한 칼날로 절단된 것으로 밝혀졌다.

새로 발견된 단서도 있었다. 네 군데 현장 지면에서 동일한 이백오십 밀리미터 남성용 신발로 보이는 발자국이 확인되었다. 첫 번째, 두 번째 살인 사건 때 범인은 중년에서 장년 사이의 남자로 추정되었는데 서로 모순되는 점은 없었다.

다만 신발 메이커를 확인할 수 없었다. 자국에서는 스니커즈 바닥에 새겨진 것과 같은 특징적인 무늬가 없고, 또 신발은 수리를 했거나 맞춤 제품인 경우도 많기 때문이다. 그래서 발자국은 범인과 직접 연결될 만한 증거가 되지 못했다. 또 범인이 일부러 남긴 위장 증거일 가능성도 배제할 수 없었다.

수사본부는 최종적으로 여섯 건의 살인 사건이 모두 동일범의 소행이라는 결론에 이르렀다. 무엇보다 여섯 구의 시체에서 잘라낸 부분을 모으면 사람 한 명의 각 부위를 갖추게 된다는 점에서, 아자부주반에서 시작된 여섯 건의 사건은 여러 사람이 저지른 범행으로 보기에는 무리가 있었다.

수사관들은 희생자 여섯 명 사이에 무슨 접점이 없는지 필사적으로 수사를 전개하고 있었다. 하지만 해를 넘겨 사건 발생 3개월째에 접어든 지금도 아무런 연관성을 찾아내지 못하고 있었다.

오전 2시. 경시청 육 층에 있는 수사본부 회의실에는 가부라기, 마사키, 히메노, 사와다가 남아 있었다. 내일도 수사 회의가 열린다. 그래서 네 사람은 이 깊은 밤에도 수사관들의 결과 보고를 모두 정리해 공유할 수 있도록 자료를 정리하고 있었던 것이다.

"그러니까, 피해자의 휴대전화 착신 기록도 결국 아무 도움이 안 된다는 건가?"

수첩에서 눈을 떼고 가부라기가 말했다. 그 말을 들은 마사키가 손을 휘휘 저었다.

"수상한 번호가 있기는 한데 전부 공중전화에서 건 것이고, 휴대전화에서 건 기록은 도난 전화였어. 남의 휴대전화를 슬쩍해서 쓰고 난 뒤에 바로 버리는 방식이지."

가부라기는 화이트보드를 바라보았다. 거기에는 살인 사건의 피해자 여섯 명 모두의 이름과 나이가 적혀 있고, 수사관들이 입수한 생전의 얼굴 사진이 붙어 있었다.

가미무라 슌(27세)

니토 쓰토무(28세)

산토 다이키山東大樹(28세)

시노자키 요스케篠崎洋介(25세)

고토 다카시後藤高志(26세)

무사카 유코六坂裕子(29세)

첫 번째 희생자인 머리 없는 시체 가미무라는 헬스센터 경영자. 두 번째인 니토는 IT 관련 기업 사장. 세 번째인 산토는 대형 제약 회사 사원. 네 번째인 시노자키는 세무사. 다섯 번째인 고토는 대형 보험회사 사원. 그리고 여섯 번째인 무사카는 도시은행에 근무하는 여직원. 희생자 모두에게 수사관이 배정되어 탐문 수사가 착실하게 이어지고 있다. 하지만 아직 이렇다 할 단서를 얻지 못했다.

1999년부터 2008년까지 경시청 형사부에 수사본부가 설치된 흉악 살인 사건은 백칠십사 건. 그 가운데 미해결 사건은 오십 건. 결국 전체의 삼십 퍼센트 조금 안 되는 사건이 미해결이라는 이야기다. 그리고 매년 평균 다섯 건이 공소시효를 맞고 있었다. 이처럼 미궁에 빠진 미해결 사건을 형사들은 '오미야お宮'라는 은어로 불렀다.

2010년 형사소송법 개정에 따라 이제 살인 사건에는 공소시효가 없다. 하지만 한편으로 토막 살인 등 엽기적인 사건일수록 미해결 사건으로 남는 경향을 보였다. 그건 물론 치밀한 은폐 공작이 이루어지기 때문이다. 그리고 이번에 일어난 여섯 건의 연속살인사건이야말로 대표적인 엽기 사건이라고 할 수 있다. 가부라기는 불길한 예감을 떨쳐낼 수 없었다.

대도시에서는 사람을 죽이고도 완벽하게 빠져나가기가 의외로 간단한 일이 아닐까? 가부라기는 자꾸만 이런 생각이 들었다.

도쿄 도의 한 세대당 평균 인구는 겨우 두 명. 이웃에 누가 사는지 무관심. 쇼핑은 온라인 쇼핑을 이용. 친구는 얼굴도 본 적 없는 인터넷 세상 속의 사람들. 인간관계는 점점 옅어지고 짙어져가는 것은 사이버 세상뿐이다.

아파트 옆집에 사는 사람이 죽더라도 아마 아무도 알아차리지 못하리라. 이런 식이라면 만원 전철 안에서 살인이 일어난다고 해도 다들 휴대전화를 들여다보느라 아무도 눈치채지 못할 수도 있다. 하물며 도시의 거대한 어둠 속에서 자기와는 아무런 관계도 없는 여섯 명 정도가 사라진다고 해봐야 누구도 신경을 쓰지 않는다.

"여섯 명의 접점은 아직 전혀 발견되지 않은 상태……로군요."

히메노가 안타깝다는 듯이 중얼거렸다.

"야, 히메. 이제 겨우 시작일 뿐이야."

마사키가 히메노를 째려보더니 손가락을 꼽으며 말했다.

"직장 안에서의 인간관계, 교우 관계, 이성 관계, 부부 관계, 가족 관계, 친척 관계, 학창 시절. 이웃, 출퇴근 경로, 단골 식당이나 술집, 카페, 성매매 업소. 인터넷과 휴대전화 BBS, SNS, 블로그, 온라인 커뮤니티. 원한이나 금전 문제, 치정에 얽힌 스토커. 이런 걸 전부 두세 차례 확인하지 않으면 수사를 했다고 할 수 없어. 시간이 지나야만 드러나는 이야기도 있기 마련이니까."

히메노는 서류를 정리하던 손길을 멈추고 천장을 쳐다보았다.

"하지만 마사키 선배는 일단 수사에 들어가면 너무 집요해요. 선배 지시에 따라야 하는 수사관들이 불쌍해. 대체 무얼 드셔서 그렇게 끈덕진 거죠? 흐음, 낫토에 참마, 오크라okra*?"

히메노도 손가락을 꼽으며 말했다.

"시끄러. 그럼 뭐야. 메밀국수에 초절임, 무즙 같은 걸 먹으면 성격이 상큼해지기라도 한다는 거냐? 그럼 네가 오니하라 과장

---

* 아욱의 일종으로 일본의 주된 반찬 재료.

에게 그걸로 사식 좀 넣어드리고 와라."

오니하라는 물론 수사 제1과장 모토하라 요시히코의 별명이다.

"아, 마사키."

가부라기가 서둘러 마사키를 말렸다.

"시끄러, 넌. 잘 들어, 히메. 그 아저씨는 나보다 훨씬 끈덕져. 내가 낫토에 참마, 오크라를 먹는다면 오니하라는 틀림없이 거기에다가 메카부*와 물루히야mulūkhīya**를 얹고 고무줄을 잔뜩 섞어 먹을 거야."

"마사키 선배."

히메노도 마사키에게 눈짓을 보냈다. 하지만 마사키는 입을 멈추려고 하지 않았다.

"시끄럽다니까. 내가 처음 경시청에 들어왔을 때 오니하라에게 무슨 소리를 들었는지 알기나 해? 범인이라는 심증은 있지만 증거가 나오지 않는다고 보고했더니 이렇게 말하더라. '마사키, 난 증거가 나왔느냐 아니냐를 물은 게 아니야. 가져오라는 거야.'"

"성대모사가 제법이로군."

---

* 미역의 생식세포가 몰려 있는 부분을 이용한 끈적끈적한 일본 음식.
** 아욱과 고기 등을 넣고 죽처럼 만든 걸쭉한 이집트 음식.

데드맨

마사키의 뒤에서 나직한 목소리가 들렸다.

"시끄럽다니까? 헉!"

마사키가 뒤를 돌아보니 거기에는 모토하라 요시히코가 서 있었다. 마사키는 용수철처럼 벌떡 일어섰다.

"과, 과, 과, 과장님."

차렷 자세로 입을 뻐끔거리는 마사키 옆에서 가부라기도 일어서서 고개를 숙였다.

"과장님, 아직 퇴근하시지 않았습니까?"

"그래. 이런저런 잡무가 있어서. 자, 사식 차입이다."

모토하라는 손에 든 초밥집 종이봉투를 내밀었다.

"감사합니다. 마음 써주셔서."

"과장님, 감사합니다."

인사를 하는 가부라기와 히메노를 보며 고개를 끄덕인 모토하라는 이렇게 말했다.

"힘든 사건이라는 점은 알고 있다. 다소 거칠게 나가도 돼. 책임은 내가 진다."

"알겠습니다. 유사시에는 부탁드리겠습니다."

가부라기는 진지한 표정으로 대답했다. 그러자 모토하라는 고개를 끄덕이며 출입구 쪽으로 걸어가기 시작했다. 그러더니 불쑥 돌아서서 마사키에게 이렇게 말했다.

"마사키, 너도 먹어. 고무줄은 넣지 않았으니 안심하고."

모토하라는 천천히 회의실을 나갔다. 모토하라가 나가는 모습을 지켜보던 마사키는 의자에 털썩 주저앉았다. 이마에는 식은땀이 흐르고 있었다.

히메노가 모토하라가 주고 간 종이봉투를 들여다보더니 환호성을 질렀다.

"야호! 스시타나카에서 사 온 후토마키太巻き*야! 이 초밥집 엄청나게 맛있다고 하던데. 차 끓여 올 테니까 얼른 먹죠. 사와다, 너도 따라와!"

"나는 아까 진짜로 심장이 한 차례 멈췄다니까."

멍한 눈을 한 마사키가 차를 꿀꺽 마시더니 한숨을 내쉬었다.

"그래서 눈짓을 했잖아요. 신바람이 나서 과장님 흉내까지 내더니."

히메노가 후토마키를 먹으며 마사키에게 말했다.

"뭐 일종의 애정 표현이지. 마사키는 모토하라 선배가 1과로 끌어왔으니까."

미소를 지으며 가부라기가 말하자 히메노는 흥미진진하다는

* 굵게 만 김초밥.

데 드 맨

듯이 몸을 앞으로 들이밀었다.

"그래요? 어떻게 그렇게 된 거죠?"

"마사키가 관할 경찰서에서 파출소에 근무하고 있을 때인데 어떤 할머니가 돈지갑을 잃어버렸다고 찾아왔대. 마사키는 그날부터 사흘 동안 아침부터 한밤중까지 찾아 돌아다니느라 파출소에 돌아오지 못했는데 그 바람에 순찰 당번이나 전화 당번을 빼먹게 돼서 엄중 주의를 받고 시말서를 썼지. 그 시말서가 마침 모토하라 선배 눈에 띈 거야. 이런 멍청이는 구경하기 쉽지 않으니 당장 데리고 오라고."

히메노가 후토마키를 뿜어낼 것처럼 겨우 웃음을 참으며 마사키에게 물었다.

"그래, 지갑은 찾았습니까?"

마사키는 가슴을 쭉 폈다.

"당연하지. 도로 옆 배수구에 떨어져 있더라. 지갑은 엉망이었지만 안에 있던 잔돈은 무사했어. 몇백 엔밖에 안 되더라도 연금으로 생활하는 할머니에게는 큰돈이잖아?"

히메노가 감탄한 듯이 말했다.

"하지만 대단하네요. 오늘 마사키 선배를 처음으로 다시 보았어요."

히메노가 말하자 마사키도 대꾸했다.

"넌 틀림없이 어디 부잣집 도련님일 텐데 왜 이런 지저분한 직업을 선택한 거지? 뭐냐, 네 머리라면 커리어로 들어올 수도 있었을 텐데. 그렇게 했으면 처음 왔을 때부터 계급이 우리하고 같은 경위였을 테고, 지금쯤이면 경감님일 텐데. 왜 굳이 일반 경찰 채용으로 들어와 순경부터 시작한 거지?"

그러고 보니 가부라기는 히메노에게 그런 걸 물은 적이 없다. 왜 그런지 몰라도 남의 일을 꼬치꼬치 캐묻지 않는 버릇이 있다. 이런 이야기를 아무렇지도 않게 물을 수 있는 마사키의 성격이 부러웠다.

"그야 관료가 아니라 경찰관이 되고 싶었으니까 그랬죠. 출세하고 싶어지면 얼른 승진 시험을 치르겠습니다. 경무관까지는 간단하게 승진할 수 있겠죠."

태연히 그렇게 말한 뒤 히메노는 갑자기 모호한 미소를 지었다.

"저는 어렸을 때 제복 입은 아버지 모습을 동경했어요."

"아니, 아버님이 경찰관이었어?"

마사키가 깜짝 놀라며 묻자 히메노는 고개를 저었다.

"그런 줄 알았어요. 어렸을 때는 매일 아침 제복을 입고 출근하는 아버지를 보고 정말 멋지다는 생각이 들어 나도 아버지처럼 훌륭한 경찰관이 되겠다고 친구들에게 자랑했죠. 그런데 그

데 드 맨

게 아니었습니다. 아버지는 경비 회사에 소속된 경비원이었어요. 그런 사실을 알게 되었을 때는 아버지에게 속은 기분이 들었죠."

히메노는 애써 밝은 목소리로 말을 덧붙였다.

"하지만 제가 멋대로 오해했을 뿐이에요. 아버지와 어머니가 세상을 떠난 뒤 저는 부자인 고모 집으로 들어가 아무런 불편 없이 자랐는데 아마 아버지에 대한 반작용 때문에 진짜 멋진 경찰관이 되려는 생각을 갖게 된 게 아닐까요?"

"뭐야, 마치 남의 일처럼 이야기하다니. 그래도 뭐 너처럼 천하태평인 녀석에게 이런저런 과거가 있구나."

마사키는 감탄한 듯이 말했다.

가부라기도 입을 열었다.

"히메, 경비원들도 시민의 안전을 지키는 일을 한다는 점에서는 우리와 다를 게 아무것도 없어. 그 정신만은 진짜 가짜를 따질 수 없는 거지."

히메노는 가부라기를 바라보며 빙긋 웃었다.

"그럴지도 모르죠. 요즘은 그렇게 생각이 돼요. 실제로 해보니 경찰관이라는 직업도 그리 멋있지만은 않은 것 같으니까요."

히메노는 웃으면서 그렇게 말한 뒤 목소리를 낮추어 이렇게 덧붙였다.

"그런데 사실은 그렇지 않아요. 특히 총을 갖고 있다는 점에서."

가부라기는 히메노의 웃음 뒤에 뭔가 복잡한 사정이 있다는 느낌이 들었다. 하지만 히메노가 자세하게 이야기하지 않는 이상 캐묻지는 않기로 했다.

문득 사와다가 한마디도 하지 않았다는 사실을 깨달았다. 가부라기는 사와다를 바라보았다. 손에 후토마키를 하나 든 채로 멍하니 생각에 잠겨 있는 듯했다.

마사키도 눈치를 챘는지 사와다에게 말했다.

"야, 과학경찰. 먹는 거냐 마는 거냐? 과장님이 다니는 가게 초밥은 슈퍼마켓에서 파는 것과 달리 맛있어."

사와다는 아무런 대꾸도 없었다. 뭔가를 곰곰이 생각하고 있는 듯했다.

"사와다."

가부라기도 사와다에게 말을 걸었다.

"넌 왜 프로파일링을 하기로 마음을 먹은 거야? 대답하기 싫으면 말고."

"사건이 일어난 뒤에 범인을 잡아봐야 이미 늦은 상태죠."

그렇게 말하더니 사와다는 가부라기를 쏘아보았다.

"살해당한 사람은 살아 돌아오지 못합니다. 유족의 슬픔은 살

데 드 맨

아 있는 한 지워지지 않겠죠. 그러니 사건이 일어나기 전에 범인을 체포해야 합니다. 그렇지 않습니까?"

히메노가 어처구니없다는 듯이 말했다.

"사와다, 말도 안 되는 소리 하지 마. 사건이 일어나야 범인이 되는 거잖아? 사건이 일어나기 전에는 범인이 없는 거 아니야?"

사와다는 히메노를 바라보며 이렇게 대답했다.

"물론 지금은 그럴지도 모르지. 하지만 언젠가 범죄가 일어날 요건이라는 것을 완전히 분석할 수 있다면 모든 범죄를 미리 방지할 수도 있지 않을까?"

사와다는 갑자기 목소리를 낮추고 혼잣말처럼 중얼거렸다.

"하지만 이번에도 그러지는 못했어. 다음에는 팔다리가 잘린 시체가 발견될 게 틀림없다는 걸 알았는데, 범인의 행동이 예측되었는데도 범인을 찾아내 범행을 막지 못했지."

마사키가 곤혹스러운 표정을 지으며 사와다를 바라보았다.

"뭐 하지만 아무도 생각하지 못한 걸 네가 정확하게 파악했잖아. 역시 과학경찰연구소야. 정말 대단하다는 생각이 들었다니까."

"정확하게 파악해봐야 아무 의미도 없죠!"

사와다가 분하다는 듯이 목소리를 짜냈다.

"제가 조금 더 능력이 있었다면, 범인의 꼬리를 잡을 수 있었다면, 그 네 사람은 죽지 않았을지도 모릅니다. 가부라기 선배가 애써 가설을 제시해주었는데 저는 거기서 한 걸음도 범인에게 다가가지 못했어요. 프로파일링은 무슨. 제가 무능해서 그 네 사람이 죽었는데."

"야, 그건 좀……."

마사키가 말꼬리를 흐렸다.

나는 왜 형사를 하고 있는 걸까. 세 사람을 보면서 가부라기는 자신에게 되물었다.

철공소 셋째 아들로 태어나 삼류 대학을 나와서 안정적이라는 이유만으로 경시청 시험을 치러 합격했고, 무슨 영문인지 수사 1과에 배치되어 정신을 차려보니 벌써 20년이나 형사로 일하고 있다.

계속해서 터지는 사건들을 정신없이 처리하다 보니 어느새 아내도 떠나가고 마흔다섯이라는 나이가 되고 말았다. 이제 와서 승진 시험을 치르기도 두렵고, 그동안 이루어놓은 일도 없었다. 그런데 이번에는 이 세 사람과 팀을 이루어 대행이라고는 해도 백 명이 넘는 특별수사본부의 책임자가 되어 있다.

나는 이 친구들에게 무엇을 해줄 수 있을까. 개성이 강한 이 친구들을 하나로 만들겠다는 주제넘은 생각은 하지 않는다. 하지만 뭔가 해주고 싶다.

데 드 맨

그래. 그냥 이렇게 이야기를 들어주는 일이라면 가능할지도 모르겠다.

가부라기는 자기가 다른 사람의 이야기에 귀를 기울이지 않는 유형이었던 것 같다는 생각이 들었다. 그래서 아내도 나를 버렸으리라. 아내는 외로웠을 것이다. 어디 데려가달라거나 무엇을 사달라는 이야기가 아니었다. 그냥 자기 이야기를 들어달라는 것이었다. 그런데 귀 기울이지 못했다.

인간은 누구나 자기 이야기를 들어주기를 바라지 않는가? 헤어진 아내처럼 이 친구들도, 원통하게 살해된 피해자들도, 그리고 어쩌면 사람을 여섯이나 죽인 그 범인도.

가부라기는 후토마키를 입에 넣으며 생각에 잠겼다.

9. 소녀

　가부가 온 뒤로 며칠, 아니 몇 주가 지났을까? 내 병실에는 달력도 없어 오늘이 몇 월 며칠인지, 무슨 요일인지 알 수 없었다.

　누구의 것인지는 모르지만 내게 달려 있는 두 팔은 조금씩 내 뜻에 따라 움직일 수 있게 되었다. 그리고 최근에는 거의 자유롭게 휠체어를 타고 이동할 수 있게 되었다. 그래 봤자 내 재활 훈련 장소인 방 앞에 있는 복도로 한정되어 있어 그 복도를 몇 번이고 왕복하는 연습만 할 뿐이지만.

　가부는 휠체어 바퀴를 굴리는 내 옆에서 질리지도 않는지 함께 걸어주었다. 가부는 종종 내 얼굴을 쳐다본 다음 갑자기 달려가며 술래잡기를 하자고 했다. 나는 열심히 휠체어를 굴려 잰걸음으로 달아나는 가부의 뒤를 쫓았다. 술래잡기를 반복하다 보니 내 팔은…… 이제 슬슬 내 팔이라고 해도 괜찮지 않을까? 점점 굵어지고 탄탄해졌다.

그런 나를 지켜보던 다카사카 선생은 어느 날 복도에 체조용 평행봉 같은 것을 가지고 왔다. 내가 스스로 일어설 수 있게 되면 그걸 잡고 걷는 연습을 하게 될 것이라고 했다. 그다음에는 보행기를 이용해 아기처럼 걷는 연습. 그게 끝나면 드디어 목발을 짚고 걷는 연습에 들어가게 된단다. 어서 내 힘으로 걷고 싶다. 그런 생각을 하며 나는 매일 휠체어로 복도를 왕복했다.

그 소녀를 만난 것은 그러던 어느 날이었다.

"아, 내 인형 못 봤어?"

갑자기 뒤에서 큰 소리가 들렸다. 나는 깜짝 놀라 휠체어 핸들을 조정해 돌아섰다. 가부도 내 옆에서 두 발로 서서 고개를 갸웃거리며 소리가 난 쪽을 바라보았다.

"내 인형이 어디 갔지? 저어, 내 인형 못 봤어?"

병원 복도에 나와 마찬가지로 휠체어를 탄 사람이 나타났다. 내 형편없는 시력으로는 상대가 잘 보이지 않았지만 목소리나 말투로 보아 여자인 듯했다.

다카사카 선생을 제외하고 사람을 보기는 처음이었다. 하지만 가만히 생각해보면 세상에 다카사카 선생과 나만 존재할 리 없으니 그리 당황할 일은 아니다. 휠체어를 타고 있는 것으로 보아 아마 저 여자도 이 병원에 입원한 환자인 모양이다.

여자는 꽤 밝은 색 머리카락을 길게 늘어뜨리고 있었다. 잠깐 서양인인가 싶기도 했지만 일본어로 말을 했다. 아마 태생적으로 색소가 옅은 사람이리라.

여자는 가슴에 뭔가 다발 같은 것을 안고 있었다. 위쪽에 옅은 보라색 부분이 퍼져 있고, 그 아래는 옅은 초록색 막대 모양이었다. 아마도 보라색 꽃다발이리라.

내가 잘 보이지 않는 눈으로 관찰하는데, 여자가 등을 구부리더니 익살맞은 동작으로 '끼익' 하는 소리를 내며 가부에게 불쑥 얼굴을 들이밀었다. 가부 표정을 흉내 낸 건가? 가부가 곤혹스러운 표정으로 나를 쳐다보았다.

"인형을 찾고 있어?"

내가 묻자 여자는 그제야 생각이 났다는 듯이 대답했다.

"맞아! 그래, 아주 귀여운 인형이지. 배를 누르면 응아응아 우는 소리를 내. 인형이 불쌍하니 그러지 말라고 하지만 상관없잖아? 내 인형이니까."

그 여자는 불만스러운 말투로 말했다. 이야기로 미루어 보아 여자가 잃어버린 인형은 배 속에 피리가 들어 있는 젖먹이 인형인 모양이다.

데 드 맨

"글쎄, 못 보았는데. 그런데 당신은 어디서 왔어?"

여자는 자기 오른쪽 뒤를 가리켰다.

"저기 버튼을 잘못 누른 모양이야. 여긴 몇 층이지?"

여자 뒤쪽에 엘리베이터 문이 있었다.

"글쎄."

나는 진짜 몇 층인지 몰라서 그렇게 대답했는데 여자는 퉁명스러운 목소리로 말했다.

"아니, 여기가 몇 층인지도 몰라?"

"난 여기밖에 모르니까."

복도로 나오면 나는 반드시 그 엘리베이터 버튼을 눌러보았다. 하지만 전원이 꺼져 있는지 꼼짝도 하지 않았다. 이 여자가 엘리베이터를 타고 왔다는 것은 오늘 우연히 작동되었기 때문일까? 엘리베이터가 움직인다면 나는 그걸 타고 다른 층에 가보고 싶었다. 하지만 이 여자가 그렇게 해줄 것 같지는 않았다.

"여기밖에 모른다고? 그런데, 당신 누구지?"

여자의 고압적인 태도에 나는 화가 치밀었다.

"그러는 당신은 대체 누구야?"

"나는 다니야마 시즈谷山志津. 열여덟 살. 당신은?"

시즈. 성격에 약간 문제는 있는 것 같지만 고풍스럽고 아름다운 이름을 가진 소녀라는 생각이 들었다. 상대가 이름을 밝힌 이상 나도 그렇게 하지 않을 수 없었다.

"가미무라 슌. 나이는."

나는 순간 당황했다. 내가 대체 몇 살인가? 이렇게 되기 전의 일에 대해 다카사카 선생은 아무것도 가르쳐주지 않았다. 새로 태어난 지 얼마 되지 않았으니 한 살이라고 대답할 수는 없었다.

"까먹었어."

내가 그렇게 대답하자 시즈라고 이름을 밝힌 여자는 갑자기 웃음을 터뜨리더니 한동안 깔깔거리며 웃었다. 감정의 변화가 무척 심한 여자다.

"슌은 입원한 거야? 어디가 아파서?"

만난 지 얼마 되지도 않아서 이름을 불렀다.

"응, 뭐. 온몸이 다 아파서."

"온몸?"

시즈는 깜짝 놀란 모양이었다. 하지만 너무 자세하게 물으면 미안하다고 생각했으리라. 시즈는 자기 상태에 대해 이야기하기 시작했다.

"난 가슴이 아파서 공기가 좋은 이 지방에 와서 요양하고 있어. 하지만 이제 곧 퇴원하게 될 거라고 선생님께서 말씀하셨지. 그래서 이렇게 휠체어를 타고 특별 훈련을 하고 있는 거야."

다카사카 선생에 비해 시즈는 예스러운 말투와 표현을 사용

데드맨

했다. 틀림없이 유서 깊은 가문의 아가씨이리라. 열여덟 살이라고 했는데 학교는 괜찮은 걸까?

하지만 그보다 나는 시즈가 말한 '공기 좋은 이 지방'이라는 말에 신경이 쓰였다. 그러고 보니 나는 이 병원이 어디 있는지도 모르는 상태다.

"저어, 이 지방이라고 했는데, 여기가 대체 어디지?"

시즈의 웃음소리가 복도에 울려 퍼졌다. 잘 웃는 여자다.

"아아, 웃겨. 슌은 의외로 농담을 잘하네. 너무 웃겨서 눈물이 나올 지경이야."

그렇게 말하는 시즈는 손수건을 꺼내 눈가에 대고 있는 듯했다.

"여긴 가루이자와軽井沢*에 있는 병원이야. 요양소라고 하는 게 더 나을까? 저기 봐. 자작나무 보이지? 난 어렸을 때도 가루이자와에 여행을 온 적이 있어."

나는 복도 막다른 부분 위쪽에 있는 창문을 통해 밖을 내다보았다. 여태 깨닫지 못했는데 하얀 몸통을 지닌 나무가 여러 그루 서 있었다. 저게 자작나무인가? 그렇다면 이 병원은 시즈가 말한 대로 가루이자와 고원에 있는 모양이다.

---

* 나가노 현 기타사쿠 군에 있는 지역. 경치가 좋기로 유명하며 도쿄와 비교적 가까워 별장이 많다.

"아름다워."

시즈가 꿈이라도 꾸는 듯한 목소리로 말했다. 아마 자작나무를 멍하니 바라보고 있는 듯했다.

내 눈에는 자작나무의 모습이 흐릿하게만 보였다. 하지만 그 아름다운 색은 느낄 수 있었다. 지금은 초봄인가? 자작나무 가지 끝에서 옅은 녹색 잎이 돋아나기 시작하는 중이리라. 푸른 하늘, 연두색 어린 잎사귀, 새하얀 나무줄기. 그 대비가 선명했다. 나도 그 아름다움에 마음을 빼앗겨 시즈와 함께 한동안 자작나무를 바라보았다.

"맞다!"

시즈가 갑자기 크게 소리를 질렀다. 그 소리에 나는 정신이 돌아왔다. 가부도 깜짝 놀라 삼십 센티미터 정도는 펄쩍 뛰어올랐다.

시즈가 불쑥 목소리를 죽이고 이렇게 속삭였다.

"아무한테도 이야기하면 안 돼. 알았지?"

"아, 그래. 알았어. 그런데 왜?"

"나는 말이야, 다른 사람의 미래를 볼 수 있어."

나는 시즈가 눈치채지 못하도록 얕은 한숨을 내쉬었다. 한창 꿈 많은 시절이라고 하는데, 젊었을 때는 누구나 몽상가다. 특히 젊은 여자들은.

데드맨

"어제 오래간만에 고등학교 동창생이 병문안을 와주었어. 정말 기뻤지. 그래서 내가 정신없이 수다를 떨었는데……. 슌, 지금 듣고 있어? 그런데 동창생이 점점 아줌마 얼굴로 보이는 거야. 이상하잖아? 내가 왜 이럴까, 하고 수다를 떨면서도 내내 그 생각만 했다니까."

시즈는 흥분한 표정으로 열심히 설명을 이어나갔다.

"그래서 난 결국 깨닫게 된 거야. 내게는 그 동창생의 미래가 보인다는 걸! 그렇게 생각하지 않으면 도무지 설명할 길이 없잖아? 슌, 당신 미래도 봐줄까?"

"아, 아니야. 난."

나는 완강히 사양했다. 하지만 시즈는 멋대로 내 얼굴을 빤히 들여다보는 듯했다. 그러다가 천연덕스럽게 이렇게 말했다.

"모르겠어. 분명히 지금과 크게 다를 바 없는 미래일 거야."

물론 시즈가 진짜로 내 미래를 볼 수 있을 거라는 생각은 하지 않았다. 하지만 조금 실망한 것도 사실이다.

"저어, 그 원숭이는 이름이 뭐지?"

시즈는 내 발치에 있는 가부를 가리켰다. 시즈의 관심은 눈 깜빡할 사이에 나에서 가부 쪽으로 옮겨 갔다. 내가 이름을 가르쳐주자 시즈는 가부, 가부, 이리 온, 하며 손짓을 했다. 가부는 붙임성 있게 쪼르르 달려가 시즈의 무릎 위로 폴짝 뛰어올랐다. 시즈는 잠깐 놀랐지만 이내 기쁜 듯이 가부를 껴안고 머리를 살살 어루만졌다.

"어머, 이름도 예쁘네. 가부. 그래, 그래. 착하지."

나는 변변치 못한 시력 때문에 시즈의 얼굴을 제대로 볼 수 없었지만 그녀가 가부를 들어 올려 품에 안으며 부드럽게 미소를 짓고 있다는 것은 알 수 있었다. 가부도 특별히 싫어하는 기색은 보이지 않았다. 시즈가 쓰다듬어 주자 눈을 가늘게 뜨고 가만히 있는 듯했다.

"슌."

시즈가 불쑥 이쪽을 바라보았다.

"나 이제 슬슬 방으로 돌아가야 해. 의사 선생님한테 걱정을 끼쳐드리면 안 되니까."

"그래? 조심해서 가."

그렇게 대답한 내게 시즈가 또 뾰로통한 목소리로 말했다.

"뭐야, 그 말투가. 빨리 가버리면 좋겠다는 투잖아?"

"하지만 바로 돌아가야 한다면서?"

"그야 그렇지만."

시즈는 고개를 숙였다. 하지만 바로 돌아서지는 않았다.

"저어."

시즈가 또 말을 걸었다.

"뭔데?"

"슌은 언제 퇴원해?"

"글쎄, 언제가 될까?"

"빨리 퇴원하면 좋겠다."

"그래."

우리의 대화는 거기서 끊어졌다. 그러자 시즈는 침묵을 견디기 힘든지 다시 밝은 목소리로 이렇게 말했다.

"저어, 오늘 날이 따뜻했지?"

"따스했지."

"하지만 요즘 약간 싸늘해졌어."

"그렇지."

의미 없는 대화가 가부의 머리 위로 오갔다. 가부는 시즈의 무릎 위에서 목소리가 나오는 쪽 얼굴을 번갈아 바라보는 듯했다.

"거짓말이야."

시즈가 툭 내뱉었다.

"뭐가?"

내가 문자 둑이라도 무너진 듯이 시즈가 말을 쏟아냈다.

"어제 동급생이 찾아왔다고 했지만 거짓말이야. 어제가 아니라 훨씬 전이지. 그 전에 누가 병문안을 와준 건 또 그보다 여러 해 전이고. 아버지나 어머니는 이미 여러 해 전부터 전혀 병문안을 와주지 않았어. 난 그동안 내내 아팠으니까 분명히 버림받은 걸 거야. 퇴원한다고 해도 어디로 가야 할지 모르겠어."

시즈는 고개를 숙이고 있는 것 같았다. 목소리가 가늘게 떨리고 있었다.

시즈는 외톨이였다. 그리고 나도 외톨이다. 가부 또한 마찬가지다. 외톨이들. 친해지지 않을 수 없다.

"다시 여기로 오면 되지."

내가 시즈에게 말했다. 시즈가 번쩍 고개를 들었다.

"언제든 다시 이리 오면 돼. 그리고 가부와 함께 놀아줘."

시즈는 아무런 말도 없었다. 내 얼굴을 가만히 바라보고 있는 듯했다.

"하지만 내가 여기 다시 오면 슌이 야단맞을 텐데."

시즈가 작은 목소리로 말했다. 코를 훌쩍거리는 작은 소리가 한동안 복도에 울려 퍼졌다.

"나 말이야!"

갑자기 시즈가 큰 소리로 말했다.

"만약에 퇴원한 뒤 너무 한가해서 견딜 수 없게 되면 슌에게 편지 써줄게. 주소가 어떻게 돼?"

나는 솔직하게 이야기했다. 물론 전부 다 털어놓은 것은 아니지만.

데드맨

"사실은 나 여기 오기 전에 있었던 일들을 아무것도 기억하지 못해. 그래서 주소도 몰라."

"그랬어? 내가 괜히 물었네."

시즈는 그렇게 말하더니 고개를 숙였다가 이내 다시 들었다.

"그럼 이 병원으로 편지를 보낼게! 만약 슌이 퇴원했다면 집으로 전달해달라고 겉봉에 적어 보내면 되니까. 그렇게 할게!"

시즈는 밝은 목소리로 말하고는 가부에게 뭔가를 주었다.

"가부, 슌에게 이걸 갖다 줘."

그리고 시즈는 가부를 안아 바닥에 내려놓았다. 가부는 시즈를 돌아보면서 뭔가를 품에 안고 내 쪽으로 달려왔다. 가부가 가져온 것은 시즈가 품에 안고 있던 보라색 꽃다발이었다.

"슌, 편지할 테니 기다려. 가부, 잘 있어. 또 만나자. 바이바이!"

시즈는 그렇게 말하며 휠체어를 유턴시켜 내게 등을 보인 채 바퀴를 굴리기 시작했다. 이윽고 엘리베이터 문이 열리고 시즈가 탄 휠체어는 그 안으로 사라졌다. 그때 시즈가 나를 돌아보았는지 어땠는지 내 시력으로는 볼 수 없었다.

그래, 엘리베이터.

불현듯 머릿속에 떠오른 생각이 있었다. 지금이라면 저 엘리베이터를 탈 수 있을지도 모른다. 나는 얼른 휠체어 핸들을 돌려 엘리베이터 앞으로 갔다. 하지만 전원이 이미 꺼졌는지 버튼에 불이 들어와 있지 않았고, 눌러도 아무런 반응이 없었다.

시즈가 사라진 엘리베이터 문을 향해 가부가 꽃을 손에 든 채로 서운한 듯이 끼이, 하고 소리를 질렀다.

방으로 돌아오니 다카사카 선생이 기다리고 있었다.

"누구하고 이야기했어요?"

선생이 불쑥 물었다. 아마 나하고 시즈가 이야기하는 모습을 본 모양이다. 나는 당황할 필요도 없는데 괜히 허둥대며 변명했다.

"아뇨, 시즈라는 여자애가 길을 잘못 들어서 우연히."

다카사카 선생은 더 이야기하지 않아도 된다는 표정으로 미소를 지으며 말했다.

"꾸짖는 게 아니에요. 친구가 생기는 건 좋은 일이죠. 어머?"

다카사카 선생은 가부가 들고 있는 꽃다발을 본 모양이다.

"그 꽃은?"

"시즈가 준 겁니다. 이게 무슨 꽃인가요?"

여자아이에게 꽃을 받았다는 사실이 나를 점점 더 당황스럽게 만들었다. 나는 가부가 들고 있는 보라색 꽃을 보면서 아무 의미도 없이 다카사카 선생에게 물었다.

다카사카 선생은 잠시 입을 다물고 있다가 이윽고 대답했다.

"그건 '귀신잡초'라고 해요. 그냥 잡초죠."

귀신잡초. 그 꽃은 가련한 빛깔과 모습에 어울리지 않게 무시무시한 이름을 지니고 있었다. 게다가 잡초라니. 시즈가 내게 준 꽃인데, 다카사카 선생의 말투는 싸늘했다.

"나중에 꽃병에 꽂아줄게요."

그렇게 말한 뒤 다카사카 선생은 무슨 까닭인지 지그시 눈을 감았다.

10. 추리

어서, 서둘러, 어서…….

나는 초조했다. 이유는 모르겠지만 어쨌든 속이 바짝바짝 타 흰 종이 위에 정신없이 연필로 글을 적고 있었다. 서둘러야 한다. 이제 곧 동이 튼다.

하지만 종이 위에 내가 쓰고 있는 것은 지렁이가 기어간 것처럼 의미를 알 수 없는 곡선들이었다. 이래서는 안 된다. 글렀다. 나는 그런 생각을 하면서도 다시 백지 위에 터무니없는 선들을 그려나갔다. 제기랄, 제기랄, 하고 중얼거리면서. 내가 대체 무얼 쓰려고 하는 거지? 왜 이리 초조해하는 거지? 아무것도 모른 채 나는 의미를 알 수 없는 선으로 종이를 채워갔다.

그때 문을 두드리는 소리가 났다. 이런, 이제 끝장이다. 나는 절망감에 휩싸여 천천히 고개를 들어 문 쪽을 바라보았다.

그때 잠에서 깼다. 정신을 차려보니 나는 침대에서 상반신을 일으킨 채 숨을 헐떡거리고 있었다. 온몸이 땀에 흠뻑 젖었다. 두 손은 이불을 꼭 움켜쥐고 있었다. 빠르게 뛰던 심장박동이 조금씩 정상을 되찾았다.

또 이 꿈인가? 나는 피로와 안도감이 뒤섞인 한숨을 푹 내쉬었다. 요즘 종종 이 기묘한 꿈을 꾼다. 완전히 의미를 알 수 없는 꿈인데 왠지 무서우리만치 생생한 느낌이 들었다. 이 꿈을 꾸게 된 게 언제부터일까? 바로 다니야마 시즈를 만난 날부터가 아닐까?

시즈와 만난 지 벌써 한 달쯤 지났다. 그 뒤로 나는 내내 시즈 생각만 했다. 그때 시즈는 이제 곧 퇴원하게 될 거라고 했다. 퇴원하면 내게 편지를 보내겠다고 말했다.

시즈는 이미 퇴원했을까? 정말로 내게 편지를 보낼까? 혹시 시즈가 쓴 편지는 지금쯤 우편배달부의 가방 속에서 내가 있는 이 병원으로 오고 있는 게 아닐까?

침대 위에서 그런 생각을 하다가 고개를 저었다. 편지가 온다면 어떻게 해야 하는 걸까. 내가 시체를 모아 만든 괴물이라는 사실을 내내 숨기고 펜팔이라도 해야 하는 건가? 만약에 내가 나중에 퇴원하게 된다면 시즈를 만날 작정인가? 호적도 없고 주민등록도 되어 있지 않은 내가?

　일반 여성과 사귀는 일이 내게 허용될 리 없다. 하지만 내게는 작은 친구가 있다. 만약 퇴원을 하게 되더라도 가부를 데리고 가자. 그리고 일거리를 찾아 어디서든 가부와 함께 살아가자. 나는 혼자가 아니다. 내겐 가부가 있다.

　"그렇지, 가부?"

　침대 끄트머리에 오도카니 앉아 있는 가부의 머리를 쓰다듬었다. 가부는 이상하다는 듯이 고개를 갸웃거리며 커다란 눈으로 이쪽을 바라보았다.

　나는 혼자 쓴웃음을 지었다. 편지가 올 리 없다. 그건 가루이자와라는 시골에 요양하러 온 어느 귀한 집 아가씨가 그저 심심풀이 삼아 한 이야기였을 뿐이다. 분명히 퇴원하는 순간 나 따위는 완전히 잊었으리라.

　나는 마음을 가다듬고 태블릿 PC를 집어 들었다. 요즘 나는 태블릿 PC를 이용해 일기를 쓰기 시작했다. **태어난 날**까지 거슬러 올라가 하루하루 있었던 일들을 모두 적고 있다. 손가락 훈련이 될 테고 어쩌면 두뇌 활동에도 좋지 않을까?

　문득 태블릿 PC 첫 화면에서 낯선 표시가 보였다. 화면 구석에 있는 봉투 모양의 단추가 깜빡거리고 있었다. 나는 사용한 적

데드맨

이 없었지만 다카사카 선생은 이것이 편지를 주고받을 수 있는 표시라고 했다.

그렇다면 누가 내게 편지를?

그 봉투 모양을 눌렀다. 그러자 몇 개의 네모난 창 같은 것이 열렸다. 제목을 나타내는 것 같은 굵은 글자가 여러 개 적혀 있는 가운데 한 줄이 눈에 들어왔다. 거기에는 '시즈입니다'라고 적혀 있었다.

시즈가 보낸 편지였다. 그런데 이걸 어떻게 해야 읽을 수 있지? 나는 잠시 머뭇거린 뒤 일단 그 굵은 글자를 손가락으로 눌러보았다. 그러자 창 같은 것 아래 부분 공간에 다음과 같은 내용이 나타났다.

가미무라 슌 님에게

잘 지내나요? 시즈입니다.

종이 편지를 쓸까 생각했지만 이쪽이 더 빠를 것 같았고

가미무라 씨가 태블릿 PC를 쓴다는 이야기를 들었습니다.

그래서 어떻게 하면 편지를 보낼 수 있는지에 대해 병원에 계신 분에게 물어보았습니다.

저는 지난주에 퇴원하여 지금은 집에서 요양 중입니다.

가미무라 씨도 빨리 퇴원하면 좋겠네요.

시즈는 나를 잊은 게 아니었다. 나는 시즈가 보낸 편지를 읽으며 솟아오르는 기쁨을 억누를 수 없었다.

하지만 솔직하게 말하면 적이 실망하기도 했다. 편지가 마치 낯선 사람에게 보낸 것 같다고나 할까, 틀에 박힌 말투라고나 할까. 친밀감이 느껴지지 않았다. 하지만 거기까지 바라는 것은 사치이리라. 시즈가 편지를 보내주었다는 사실만으로도 나는 충분히 기뻤다.

추신:

신문을 보다가

가미무라 씨와 똑같은 이름을 발견해 깜짝 놀랐습니다.

정말 끔찍한 사건의 피해자였습니다.

부디 마음 상하지 마시기 바랍니다.

http://xxxxxx.co.jp/xxxxxx/

시즈 드림

나는 긴장했다. 영문도 모른 채 등골이 오싹했다. 그리고 끄트머리에 적혀 있는 알파벳과 기호가 신경 쓰였다. 이건 대체 뭘

데 드 맨

까? 밑줄이 그어져 있고 파란 글씨로 되어 있는데……. 나는 다시 손가락으로 그 부분을 눌렀다.

그러자 태블릿 PC 화면에 가로쓰기로 되어 있는 잡지 같은 것이 나타났다. 제목에는 '○○신문 Web판'이라고 큼직하게 적혀 있었다. 웹이라는 말의 뜻은 모르지만 이 신문사가 발행하는 또다른 신문이 아닐까? 나는 거기 적혀 있는 글자를 얼른 읽었다.

'아조트 연속살인사건' 수사, 여전히 난항

작년 11월에 첫 희생자인 가미무라 씨(당시 27세)의 시체가 머리 부분이 없는 상태에서 발견된 뒤로 니토 쓰토무 씨(당시 28세), 산토 다이키 씨(당시 28세), 시노자키 요스케 씨(당시 25세), 고토 다카시 씨(당시 26세), 무사카 유코 씨(당시 29세)까지 남성 다섯 명, 여성 한 명에 이르는 희생자를 낸 연속살인사건, 속칭 '아조트 연속살인사건'. 올 4월로 만 5개월이 지났지만 범인이 중년에서 장년 사이의 남성이며 의학 관계자일 가능성이 있다는 점 이외에 유력한 단서는 전혀 찾지 못해 수사는 여전히 난항을 겪고 있다. 한편 '아조트'란 추리소설에 등장하는 말로, 이번 사건이 그 추리소설 작품 속에 등장하는 '여섯 명의 시체 일부를 모아 한 사람으로 되살려낸다'고 하는 비정상적인 계획과 흡사하다는 이유로 붙여졌다.

≪경시청 형사국 수사 1과 가부라기 데쓰오 특별수사본부장
대행의 말≫

"수사본부는 인원을 더욱 늘려 물러서지 않겠다는 각오로 수
사에 임하고 있다. 수사는 진전을 보이고 있으며 머지않아 흉악
범이 체포될 것으로 확신한다."

(4월 15일 10시 07분 ○○신문)

태블릿 PC를 쥔 손이 부들부들 떨렸다. 머리 부분이 없는 시
체로 발견된 남자의 이름이 가미무라 슌. 다카사카 선생이 붙여
준 내 이름과 똑같았다.

그러고 보니 처음에 내가 정신이 들었을 때 다카사카 선생은
나를 '아조트'라고 부르지 않았나? 여섯 사람 가운데 한 명은 여
성. 그 여성은 내 가느다란 왼쪽 다리의 원래 주인이 아닐까? 여
섯 명의 시체에서 일부분을 떼어내 한 사람으로 되살린다……
이건 바로 내 이야기 아닌가.

학질에 걸린 사람처럼 나는 오한을 느끼며 부들부들 떨었다.
온몸에 식은땀이 흐르고 이가 부딪혀 딱딱 소리가 났다. 현기증
이 나 그대로 정신이 아득해졌다. 필사적으로 손가락을 움직여

데드맨

그 신문을 닫았다.

　정신을 잃기 직전에 가부가 쏜살같이 방을 뛰어나가는 모습을 보았다.

　정신을 차리니 다카사카 선생이 내려다보고 있었다. 내가 눈을 뜨자 가부는 작은 소리로 끽끽대고 울면서 내 몸 쪽으로 엉덩이를 들이밀어 찰싹 달라붙었다. 걱정이 되었던 모양이다.

　가부가 다카사카 선생을 불러온 것이다. 나는 손을 뻗어 가부의 등을 살며시 쓰다듬었다. 폭신폭신한 연갈색 털을 만지자 기분이 좋아져 몸도 점점 편안해졌다.

　다카사카 선생이 내게 말했다.

　"뇌파나 혈압, 심전도에도 이상은 없는 것 같은데……, 왜 그런 거죠?"

　나는 애써 아무렇지도 않은 척하며 대답했다.

　"훈련을 너무 많이 해서 지쳤나? 이제 괜찮습니다."

　"그래요? 그럼 다행이지만. 어디 몸이 이상하다 싶으면 망설이지 말고 의논을 해야 돼요. 알았죠?"

　내가 말없이 고개를 끄덕이자 다카사카 선생도 미소를 지으며 고개를 끄덕인 뒤 방을 나갔다.

　뭐든 의논을 해야 돼요……. 다카사카 선생의 말을 되새겼다.

하지만 의논을 할 수 없었다. 만약 태블릿 PC에서 읽은 신문기사가 사실이라면, 즉 누군가가 한 인간을 만들기 위해 여섯 명을 죽였다면, 그리고 내가 그 살해된 여섯 명의 몸으로 만들어졌다면.

다카사카 선생은 우리 여섯 명을 죽인 살인마를 알고 있다는 건가?

나는 설레설레 고개를 저었다. 그럴 리가 없다. 다카사카 선생은 틀림없이 그런 사정을 모를 것이다. 그저 의사로서 열심히 연구를 한 나머지 어떤 내력이 있는지도 모르고 시체의 일부분을 구해 자기 연구를 성취했다. 틀림없이 그럴 것이다. 그렇지 않을 리가 없다.

하지만 아무리 부정하려고 해도 소용이 없었다. 적어도 다카사카 선생이 여섯 건의 살인에 관계되어 있다고밖에 생각할 수 없다. 신문 기사를 보니 연속살인사건은 세상을 떠들썩하게 하는 화제가 되어 있는 모양이다. 아무리 세상과 담을 쌓고 사는 사람이라도 모를 리가 없다. 설사 누구한테서 시체의 일부를 손에 넣었더라도 그 살인 사건의 시체라는 사실을 몰랐다는 변명은 통할 리 없다.

결국 다카사카 선생은 적어도 나를 이루는 각 부분이 살해된 여섯 명의 것이라는 사실은 알고 있으리라. 무엇보다 결정적인

데드맨

근거는 나에게 가미무라 슌이라는 이름, 즉 머리의 주인이었던 남자의 이름을 붙여주었다는 사실이다. 이것은 내 뇌가 이름을 기억해냈을 때를 대비하여 보험을 들어둔 것이 아닐까?

아니, 설사 다카사카 선생이 여섯 건의 살인 사건과 관련되어 있다고 해도 나는 다카사카 시온이라는 여성이 그렇게 무시무시한 사람이라고는 생각할 수 없었다. 그렇다면.

나를 죽인 사람은 누구인가?

왜 우리 여섯 명을 죽여야 했는가.

이 의문을 밝혀내야만 한다. 그러지 못하면 앞으로 살아갈 수 없다. 이게 내 사명이다.

나는 이렇게 확신했다. 온몸에서 치솟는 강렬한 충동이었다. 가미무라 슌의 뇌가 그렇게 생각하고 있을 뿐이라는 생각은 하지 않았다. 내 몸을 이룬 여섯 부분의 주인들이, 즉 살해된 여섯 명 모두의 모든 세포가 그러기를 바라고 있다. 내게는 그렇게 느껴졌다.

그런데 어떻게 해야 되나? 어찌할 바를 몰랐다. 경찰이 파악한 범인에 대한 정보는 신문에 따르면 '중년에서 장년 사이의 남성'이라는 사실뿐인 듯했다. 휠체어가 없으면 움직이지 못하고 병원에서 나갈 수 없는 내가 경찰이 필사적으로 수사해도 이르지 못한 정답에 어떻게 도달할 수 있겠는가. 얼마 전까지만 해도 시체였던 내가⋯⋯.

문득 정신을 차리니 가부가 침대 위에 있는 내 태블릿 PC를 들여다보고 그 화면을 손가락으로 쿡쿡 찌르고 있었다. 내가 사용하는 걸 보고 흉내를 내는 모양이었다.

쓴웃음을 지으며 태블릿 PC를 빼앗았다.

"가부, 함부로 만지면 안 돼. 이건 소중한⋯⋯."

문득 아이디어가 떠올랐다.

시즈다. 시즈라면 나를 도와줄지도 모른다. 시즈에게 편지를 보내자.

태블릿 PC 화면에 있는 봉투 모양을 눌렀다. 나타난 창 안에서 시즈의 편지를 열었다. 자, 어떻게 해야 하지? 잠시 헤매다가 창 구석 쪽에 있는 '답장'이라는 글자를 발견했다. 이걸 누르면 되는 건가? 그 글자를 누르자 다른 편지지 같은 것이 열리더니 화면 아래 부분에 타자기 자판 같은 그림이 나타났다.

나는 더듬거리며 집게손가락 끝으로 자판을 하나씩 눌러 시즈에게 편지를 쓰기 시작했다. 가부가 옆에 앉아 이상하다는 듯이 바라보고 있었다.

시체라도 이런 정도는 할 수 있다. 안 그래, 가부? 어쨌든 시간은 충분하다. 나는 처음으로 내 몸 안에서 의지 같은 것이 샘솟는 것을 느꼈다.

그리고 시즈로부터 답장이 온 것은 내가 편지를 보낸 바로 다음 날이었다.

가미무라 슌 님에게

답장 주셔서 감사합니다.

이유는 모르겠지만

그 여섯 명이 살해된 사건을 조사하고 싶은 거죠?

그렇다면 조금은 도움이 될 수 있을지도 모르겠습니다.

사실은 신문에서 이번 희생자 여섯 명의 이름을 보다가

생각난 것이 있습니다.

돌아가신 제 할아버지는

예전에 도쿄 도에서 병원 사무를 보고 계셨는데

오래된 사진 가운데 근무하던 병원에서

의사 선생님 세 분과 함께 찍은 사진이 있습니다.

그리고 그 사진 여백에

'가미무라 선생, 니토 선생, 산토 선생과 함께'라고 적혀 있더군요.

우연일까요?

이번에 불행한 일을 당한 여섯 명 가운데

세 사람과 성이 같은 분이 그 사진에 찍혀 있는 겁니다.

도저히 우연이라고는 생각할 수 없습니다.

특히 이 사진에 찍힌 가미무라 선생이라는 분은

어쩌면 댁의 할아버님이 아닐까요?

왠지 무섭습니다.

지금 제가 알 수 있는 것은 여기까지입니다.

또 뭔가 알게 되면 연락하겠습니다.

시즈 드림

태블릿 PC를 그만 떨어뜨릴 뻔했다.

시즈의 할아버지 사진에 이번 사건 희생자와 성이 같은 사람이 세 명. 세 사람 모두 그리 흔한 성씨는 아니다. 굳이 따지자면 드문 성씨다. 도저히 우연이라고는 생각할 수 없었다.

중요한 점은 살해된 세 명과 같은 성을 쓰는 인물이 시즈의 할아버지와 함께 찍혀 있다는 사실이다. 그렇다면 사진에 찍혀 있는 세 명의 의사는 이번 희생자 가운데 가미무라, 니토, 산토의 '할아버지'가 아닐까?

데 드 맨

그러면 이번 연속살인사건을 수사하는 경찰은 우리 '할아버지' 대까지 거슬러 올라가 수사를 하고 있을까? 부모까지라면 몰라도 그렇게 몇십 년 전 조부모 시절까지 조사하지는 않는 게 아닐까?

우리들의 '할아버지' 시대에 대체 무슨 일이 있었던 걸까. 나는 끙끙거리며 궁리하기 시작했다.

우리 여섯 명 가운데 세 명의 할아버지는 같은 병원에 근무한 의사였다. 그리고 수십 년 뒤 그 의사 세 명을 포함해 여섯 명의 '손자, 손녀'가 줄줄이 살해되었다. 그렇다면 수십 년 전에, 살해당한 우리 여섯 명의 '할아버지'들에 뭔가 '접점'이 있었다고 볼 수 있으리라.

그리고 그 '접점' 때문에 '할아버지' 여섯 명이 누군가의 원한을 사, 각자의 '손자, 손녀'인 우리 여섯 명이 살해되었다는 이야기가 된다.

알 수 없는 것은 범인이 왜 이제 와서 여섯 명의 '손자, 손녀' 인 우리를 죽였는가 하는 문제인데…… 아니, 모든 걸 단번에 해결하려고 해봐야 무리다. 우선 수십 년 전에 여섯 명의 '할아버지'들이 원한을 산 '접점'이 무엇인지 생각해보자.

같은 병원 의사가 세 명이나 누군가에게 원한을 산다면 어떤 이유가 있을까? 가장 가능성이 높은 것은 '의료사고' 아닐까? 그리고 여섯 명 가운데 세 명이 의료사고로 원한을 샀다면 나머지 세 사람도 마찬가지로 의료사고의 책임자들이 아닐까?

틀림없다. 왠지 내 생각이 옳다는 확신이 점점 단단해졌다. 다른 이유는 생각할 수 없었다.

다시 시즈가 보내준 신문 기사를 읽었다. 시노자키 요스케, 고토 다카시, 무사카 유코. 이상이 나머지 세 명의 희생자. 즉 손자나 손녀의 이름이다. 시노자키, 고토, 그리고 무사카…….

무사카! 나는 흥분했다. 문득 무사카라는 성이 검게 가라앉은 기억의 늪 밑바닥에서 떠올랐던 것이다. 현재 **후생성*** 장관을 맡고 있는 사람의 성이 바로 무사카 아닌가? 이번에 살해된 무사카가 정치가 집안의 자식이라고 한다면 그 '조부'도 정치가였을 가능성이 크다. 그것도 후생성 관련 정치가일 것이다. 어쨌든 일본의 정치가는 대부분 세습이니까.

역시 '할아버지'들의 시대에 심각한 의료사고가 있었던 것 같다. 정부마저 휘말릴 만큼 뿌리 깊은 의료사고가 수십 년 전에 있었을 것이다.

정리해보자. 이번에 일어난 여섯 건의 연속살인은 수십 년 전에 일어난 의료사고가 발단이었다. 살해된 우리 여섯 명은 그 수

---

* 후생성은 국민의 복지를 담당하는 정부 부처였다. 1938년 처음 만들어졌으며 1947년에 노동 행정 부문을 노동성으로 분리했다가 2001년에 다시 통합하여 후생노동성이 되었다.

데드맨

십 년 전에 일어난 의료사고 당사자나 책임자의 '손자'이다. 그리고 우리를 죽인, 중년에서 장년 사이인 남자라고 하는 범인은 틀림없이 그 의료사고 때 희생된 사람과 관계가 있는 사람이다.

그런데 범인은 왜 당사자나 그 아들딸이 아닌 우리 '손자'들을 죽였을까. 그걸 이해할 수 없다. 그리고 범인은 왜 우리 여섯 명의 시체에서 한 사람(그게 나지만)을 만들 수 있는 신체 부위를 잘라낸 걸까. 그 이유도 모르겠다.

여기까지다.

포기해야만 했다. 할 수 있는 것은 여기까지. 나머지는 경찰에 맡길 수밖에 없다. 경시청에 연락하자. 어차피 내게는 정보가 이것뿐이다. 정보를 더 모으려고 해도 이 병원에서 한 걸음도 나갈 수 없다.

경찰은 시즈의 할아버지 사진을 모른다. 우선 그 사진에 대해 경찰에 알려야 한다. 가미무라, 니토, 산토라는 세 피해자의 할아버지가 같은 병원에 근무한 의사였다는 정보만으로도 수사는 상당히 진전될 것이다. 경찰이 우리 여섯 명의 할아버지 대까지 거슬러 올라가 인물 관계를 조사하면 틀림없이 뭔가 범인과 연결된 단서를 얻을 수 있다.

그러나……

갑자기 불안해졌다. 경찰이 내가 하는 말을 믿어줄까? 아니,

그 이전에 나라는 '존재'를 믿어줄까? 내가 살해된 여섯 명으로 만들어진 프랑켄슈타인 같은 괴물이라는 사실을. 나 자신도 믿을 수 없었는데.

하지만 그 이야기를 하지 않으면, 내가 여섯 명의 희생자로 만들어진 괴물이라는 이야기를 하지 않으면 내 말을 장난으로 여길 가능성이 크다. 어쨌든 나는 문제의 사진을 가지고 있지 않다. 적어도 내가 되살아난 시체라고 하면 믿어주지는 않는다 해도 정보에는 눈길을 주지 않을까? 나는 경찰이 범인을 꼭 잡아주기를 바랐다.

결심했다. 망설여봐야 소용없다. 어쨌든 경시청에 전화하자.

하지만…… 전화가 없다. 어떻게 하면 좋을까. 어찌할 바를 몰라 속이 탔다.

그때 가부가 내 무릎 위에 놓아둔 태블릿 PC로 슬쩍 손을 뻗었다. 이 기계가 어지간히 마음에 드는 모양이다. 나는 가부를 노려보면서 태블릿 PC를 두 손으로 들어 올렸다.

"가부, 안 된다고 했잖아. 이건 소중한……."

퍼뜩 머릿속에 떠오르는 생각이 있었다. 맞아. 이 태블릿 PC다. 이거면 가능한 방법이 있을지도 모른다.

나는 서둘러 태블릿 PC 화면을 들여다보았다. 시즈가 보내준 신문 기사가 펼쳐져 있었다. 나는 그 기사가 표시되어 있는 창

데 드 맨

오른쪽 위에 작은 공간이 있다는 사실을 깨달았다. 거기에는 돋보기 그림이 있었다. 이건 뭘까?

손가락으로 그 돋보기 그림을 누르자 아래쪽에 타자용 자판이 나타났다. 뭔가를 쓰라는 이야기인가? 내가 경시청이라고 자판을 치자 '경시청'이라는 글자가 나타났다. 그걸 손가락으로 눌렀다.

그러자 신문 기사는 다른 페이지로 바뀌더니 '경시청'이라는 글자가 포함된 문자열 목록이 나타났다. 일단 맨 위에 '경시청'이라고만 적혀 있는 행을 눌렀다.

'경시청Metropolitan Police Department'이라고 큼직하게 적혀 있는 페이지가 나왔다. 그 아래 '채용', '안전 생활', '교통안전', '운전면허' 등이 적힌 제목이 가로로 늘어서 있다.

아마 여기가 맞는 모양이다. 나는 경시청이 발행하는 잡지 같은 페이지로 들어갔다. 이 기사 어딘가에 경시청에 편지를 보낼 수 있는 길이 있지 않을까 싶어 그 기사를 꼼꼼하게 살펴보았다.

그때 페이지 귀퉁이에서 이상한 문장을 발견하고 내 시선은 거기 고정되었다. 올해의 교통안전운동에 대한 공지 사항으로 보이는데 이상한 것은 그 문장 맨 앞에 있는 단어 때문이었다.

헤이세이平成 2X년 전국 교통안전운동에 대한 공지사항

헤이세이*?

나는 혼란스러웠다. 이건 대체 뭐란 말인가. 대개 이 자리에는 쇼와** 몇 년이라고 적어야 하는 거 아닌가? 헤이세이라는 것도 연호인가? 나는 어째서 연호가 바뀐 걸 모르는 걸까.

연호가 바뀌고도 20년 이상이나 지난 것 같다. 그렇다면 내가 시체가 되었다가 다시 살아나기까지 20년 이상이 걸렸다는 건가? 그럴 리 없다. 시체가 그렇게 오래 유지될 리 없다. 내가 미라였다면 몰라도. 신문 기사만 보더라도 사건 발생으로부터 이제 5개월이 지났다고 적혀 있었다.

일단 복잡한 문제는 나중에 고민하기로 하자. 경시청에 편지를 보내는 게 먼저다. 나는 다시 화면을 자세히 들여다보았다. 그러자 아래 부분에 '의견 및 정보 제공'이라는 글자가 보였다. 그 글자를 눌렀다.

우리를 죽인 연속살인사건 담당자의 이름은 안다. 시즈가 보낸 신문 기사에 적혀 있었다. 수사 1과 가부라기 데쓰오라는 사람이다.

발신자 이름을 어떻게 할까. 나는 정확하게 이야기하면 가미

* 1989년부터 사용된 일본의 연호.
** 1926년부터 1988년까지 사용된 일본의 연호.

데드맨

무라 슌이 아니다. 그건 내 머리의 주인이었던 남자 이름일 뿐이다. 나는 살해당한 여섯 시체의 집합이다. 그리고 이제 완전히 독립된 한 명의 **죽은 사람**이다.

그래. '데드맨'이라는 이름을 쓸까?

11. 접촉

황금연휴도 중반에 접어든 5월 2일 오후 3시.

가부라기, 마사키, 히메노, 그리고 사와다는 그날 밤에도 특별 수사본부에서 쓰고 있는 경시청 육 층 회의실에 있었다.

벌써 몇 번째일까? 며칠마다 소집되는 수사 회의는 이날도 이렇다 할 보고 없이 끝이 났다. 수사관들은 해산했지만 네 사람은 그대로 회의실에 남아 그날의 수사 결과를 정리해 수사 회의록과 수사본부 일지를 작성하고 있었다. 수사관들은 황금연휴 기간인데도 쉬지 못하고 수사에 매달려 있었다.

아직까지 수사에 눈에 띄는 진척은 없었다. 벌써 5월이다. 첫 시체가 발견된 지 반년이 흘렀다. 교대도 있었고 추가된 사람도 있어 연인원 수백 명에 이르는 수사관들의 피로는 육체적으로나 정신적으로나 극에 달해 있었다.

피해자 여섯 명은 이리저리 조합해보더라도 접점을 찾을 수 없었다. 이 여섯 명은 서로 한 번도 만난 적이 없었다. 여섯 명이 사용하던 컴퓨터나 휴대전화 기록, SNS나 온라인 커뮤니티의 기록을 조사해보아도 어떤 교류의 흔적도 찾을 수 없었다.

굳이 찾자면 다들 일류 기업에 근무하거나 자영업자이며 독신으로 꽤 부유한 편에 속하는 사람들이라는 공통점은 있었다. 하지만 그뿐이었다. 현금이나 신용카드, 손목시계 등 돈이 될 만한 물건도 그대로 남아 있었고 은행 계좌의 잔액도 그대로였다. 생명보험을 새로 들었거나 보험금이 가족 이외의 다른 사람에게 넘어간 사례도 없었다.

여섯 사람의 교우 관계를 샅샅이 훑었지만 아무것도 나오지 않았다. 공갈이나 스토킹을 당한 사실도 없었고 누구에게 원한을 사거나 남녀 관계로 갈등을 빚었다는 소문도 들리지 않았다. 여섯 명 모두 부모의 인간관계까지 조사했다. 하지만 결과는 마찬가지였다.

수사는 완전히 제자리걸음이었다.

가부라기는 회의실에 남은 세 명을 바라보았다. 동료인 마사키, 부하이자 파트너인 히메노, 과학경찰연구소에서 파견 나와 있는 사와다. 모두 고개를 숙인 채 얼굴에는 지친 기색이 역력

했다.

가부라기가 입을 열었다.

"힘든 상황이지만 수사관들은 모두 기를 쓰고 뛰어다니고 있어."

세 사람이 고개를 들어 가부라기를 보았다.

"매일 비슷한 작업만 하게 해서 미안하지만 오늘도 지금까지 들어온 보고를 정리하고 내일 수사에 쓸 자료를 정리해야지."

히메노와 사와다는 고개를 끄덕였다. 하지만 마사키는 팔짱을 낀 채 움직이려고 하지 않았다.

"무리야."

마사키가 중얼거렸다.

"이런 상태로 수사를 계속해봐야 아무것도 나오지 않을 거야."

그 말을 듣고 히메노가 벌떡 일어서더니 마사키에게 대들었다.

"선배, 갑자기 무슨 소리예요!"

히메노는 화를 내며 입술을 부들부들 떨었다.

"솔직하게 말해서 마사키 선배는 머리도 나쁘고 말버릇도 나쁘고 얼굴도 형편없어요! 그저 끈질긴 집념 하나만 봐줄 만한 장점이잖아요! 선배가 그 유일한 장점을 포기하면 어쩌자면 겁니까?"

긴 테이블을 쾅, 치더니 마사키가 벌떡 일어났다.

"시끄러, 이 자식아! 사람 말을 끝까지 들어야지! 제기랄, 제멋대로 지껄이고 있네. 말이 심하잖아!"

마사키는 사와다 쪽을 바라보았다.

"야, 과학경찰! 아니, 사와다!"

사와다는 허를 찔려 멍하니 마사키를 쳐다보았다.

"이럴 때야말로 네가 나서야 할 차례 아니야? 네가 그 프로필 뭐라던가 하는 걸 해보라고!"

"프로파일링 말입니까?"

사와다는 감정이 느껴지지 않는 목소리로 마사키에게 물었다.

"그래! 수사관들은 다들 피로, 수면 부족과 싸우면서 범인을 잡겠다는 일념으로 아침부터 밤까지 박박 기고 있어. 이를 갈면서 단서를 찾아다니고 있다고. 뭔가 해줘야 하는 거 아니야? 너라면 뭔가 방법이 있지 않아?"

"기대가 너무 크군요."

사와다는 고개를 설레설레 저었다. 그의 목소리에서 자학적인 느낌이 묻어났다.

"저도 필사적으로 고민했습니다. 하지만 소용없었죠. 역시 프로파일링이란 것은 과학인 척하는 망상에 불과합니다. 수사관들이 이렇게 목숨 걸고 수사하는데 여러분들이 모르는 것을 제가 알 리 없잖아요? 하느님도 아니고."

"멍청한 자식!"

사와다가 앉아 있는 긴 테이블을 마사키가 두 손으로 쾅, 하고 내리쳤다.

"하느님이 뭐 어쩌고 어째? 범인을 잡을 수만 있다면 하느님 이건 부처님이건 산타클로스건 누구에게든 절을 하겠어! 하지 만 그래 봤자 아무 소용없잖아! 그래서 네게 이렇게 부탁하는 거 아냐!"

사와다는 손깍지를 낀 손을 테이블 위에 얹은 채 아무 말도 없었다. 마사키는 숨을 고르더니 이번에는 나직한 목소리로 말 했다.

"난 말이야, 프로파일링이 과학이건 망상이건 나발이건 그런 건 아무 상관없어. 중요한 건 네 머리로 범인의 꼬리를 잡는다, 그게 프로파일링이라는 거 아니야? 육감이건 상상이건 뭐든 괜 찮아. 네가 이 사건에 대해 생각하고 있는 걸 말해보란 말이야."

마사키는 사와다를 가만히 내려다보았다. 가부라기와 히메노 도 사와다를 바라보았다.

사와다가 천천히 일어났다. 그리고 화이트보드 앞으로 가더니 검은색 펠트펜을 들고 단숨에 적어 내려갔다.

1. 여섯 명을 살해하고 시체의 일부분을 잘라냈다.

2. 장기 보존액, 수면 유도제, 메스, 라텍스 장갑 등의 흔적을 남겼다.

3. 현장에 잘라내고 남은 시체를 방치했다.

4. 희생자 가운데 한 명만 여성이다.

"이 네 가지가 이번 범인의 행동입니다. 범인이 이런 네 가지 행동을 한 이유는 무엇인가. 저는 내내 이 문제를 고민해왔습니다. 그 결과 한 가지 결론에 이르렀는데, 그 뒤로는 완전히 막다른 골목입니다."

사와다는 고뇌에 찬 목소리로 말했다.

그 말을 들은 마사키가 어처구니없다는 듯이 말했다.

"인마, 결론이 났으면 빨리 말을 해야지! 왜 여태 입을 다물고 있었어?"

"너무 어처구니없고 완전히 황당무계한 결론이기 때문입니다."

사와다는 그렇게 대답하더니 고개를 돌려 가부라기를 보았다.

"가부라기 선배, 선배는 두 번째 시체를 발견했을 때 이렇게 말씀하셨죠? 범인의 목적은 머리 부분과 몸통 부분을 가지고 가는 게 아니라 현장에 **나머지 부분을 놔두고 가는 것**이 아니겠느냐고요."

"응? 그, 그랬나?"

가부라기가 자신 없는 목소리로 대답하자 사와다는 고개를 끄덕였다.

"그 말을 듣고 저는 이게 모두 범인의 '어필 행동'이 아닐까 하고 생각했습니다. 범인은 누군가에게 '시체의 이 부분을 가지고 갔다'고 가르쳐주기 위해 시체의 나머지 부분을 놓아두고 간 거죠. 그리고 범인의 계산대로 우리 경찰은 시체 발견 상황을 매스컴에 발표했고, 매스컴은 '시체 부활을 위한 살인이다'라고 대대적으로 보도했습니다. 아마 그 **누군가**에게도 전해졌겠죠."

사와다는 화이트보드를 손바닥으로 짚고 말을 이었다.

"여섯 구의 시체에서 일부분을 잘라냈다. 의학적인 조치를 제대로 했다. 그 잘라낸 부분으로 한 사람을 만들 수 있다. 그 가운데 왼쪽 다리만 여자 것으로 가지고 갔다. 이게 모두 범인이 **누군가**에게 어필하려는 메시지라면 대체 누구에게 보내는 것일까요?"

"그 누군가는 누구지?"

가부라기가 물었다. 잠시 뜸을 들였다가 사와다가 대답했다.

"시체입니다."

"시체?"

여우에게 홀리기라도 한 듯한 표정을 짓는 세 사람을 바라보며 고개를 끄덕이고 사와다가 결연히 선언했다.

"범인은 여섯 구의 시체에서 잘라낸 부분을 조합해 한 인간을 만든 겁니다. 그리고 그 되살아난 시체에게 이런 사실을 알리려고 한 거죠. 이게 제 결론입니다."

"뭐라고?"

가부라기는 충격을 받아 할 말을 잃었다.

히메노의 표정이 굳어졌다.

마사키는 입을 쩍 벌린 채 꼼짝도 하지 않았다.

사와다가 아주 빠른 말투로 설명하기 시작했다.

"이 네 건의 어필 행동은 '누구'를 향한 것인가? 그것이 가장 큰 의문이었습니다. 흑마술을 믿는 컬트 집단의 시위 행동인가? 아니면 변태적인 쾌락범일까? 아닙니다. 어쨌든 세상을 떠들썩하게 만들 목적이라면 그 밖에도 사회를 향해 남긴 메시지가 있어야 할 겁니다. 그리고 시체를 의학적으로 처리했다는 사실을 보여주려고 할 필요도 없겠죠."

사와다는 화이트보드를 손바닥으로 탕 내리쳤다.

"그러면 납득 가능한 결론은 하나밖에 남지 않습니다. 이 네 차례의 어필 행동은 '넌 틀림없이 이 여섯 구의 시체로 만들었어'라고 되살아난 시체에게 알려주려는 메시지라는 거죠. 그렇게 생각하지 않으면 설명이 되지 않습니다."

"자, 잠깐만."

마사키가 오른손을 이마에 대면서 말했다.

"너, 네가 무슨 소리를 하고 있는지 알아?"

"물론 상식적이지 못한 말이라는 걸 저도 알고 있습니다. 하지만……."

사와다는 초조한 모습을 감추지 못하며 말을 이었다.

"애초에 범인이 여섯 구의 시체에서 딱 한 사람 몫의 신체 부위를 절단해 가지고 간 이유는 과연 무엇일까요? 그 신체 부위를 이용해 한 사람을 조합하기 위한 거라는 생각 이외에 합리적인 설명이 가능할까요?"

"어, 아니. 그게…… 뭐야."

마사키는 말을 잇지 못했다. 하지만 바로 사와다에게 소리쳤다.

"그럼, 그럼 내가 묻지. 범인은 왜 왼쪽 다리만 여성 시체에서 잘라 가지고 갔지?"

사와다가 대답했다.

"그 여성의 왼쪽 다리야말로 제가 이러한 결론에 이르게 만든 포인트였습니다. '너는 바로 이 시체들의 일부를 조합해 만들어졌다.' 이런 사실을 납득시키기 위해서는 그만한 증거가 필요하죠. 그 증거로 왼쪽 다리만 여성의 것을 사용한 게 아닐까요?"

가부라기는 아무 말도 할 수 없었다.

사와다 스스로 이야기했듯이 너무도 어처구니없고 황당무계한 결론이었다. 여섯 구의 시체를 이용해 만들어진 한 인간이 되살아났다. 그런 일이 정말로 일어날 리가 없지 않은가. 하지만 난처하게도 사와다의 설명에서는 그 어떤 모순도 발견할 수 없었다.

놀라운 현상 A가 관찰되었다.

하지만 가정 B를 세우면 A는 당연한 결과가 된다.

그렇다면 가정 B는 옳다고 생각해도 되지 않을까?

사와다의 가설은 정확한 게 아닐까?

시체가 되살아날 리 없다는 것쯤은 알고 있다. 하지만 가부라기는 머릿속에서 고개를 든 이 확신을 도저히 부정할 수 없었다. 모순된 두 생각이 머릿속에서 다람쥐 쳇바퀴 돌듯이 빙빙 돌았다. 자신의 맥박이 마구 빨라지는 것이 느껴졌다.

마사키가 불쑥 비명 같은 소리를 질렀다.

"사와다! 누, 누, 누, 누가 그런 말도 안 되는 소리를 하라고 했나! 머릿속만 더 복잡해졌잖아. 쓸데없는 소리 그만해, 인마!"

사와다도 언성을 높이며 대들었다.

"뭐든 생각하는 걸 이야기하라고 선배가 시켰잖아요! 저도 이런 이야기를 해서 제정신이 아니라는 소리를 듣고 싶지는 않았어요!"

그때 불쑥 히메노가 소리를 지르며 일어났다.

"아앗!"

가부라기, 마사키, 그리고 사와다는 깜짝 놀라 일제히 히메노를 바라보았다.

히메노는 잠시 멍하니 서 있더니 갑자기 노트북컴퓨터가 놓인 긴 테이블로 달려갔다. 히메노는 허둥지둥 파이프 의자를 끌어다 노트북 앞에 앉더니 액정 화면을 집어삼킬 듯 들여다보면서 터치패드를 손가락으로 조작하기 시작했다.

"왜 그래? 뭐 하는 건가?"

가부라기가 히메노에게 물었다. 히메노는 노트북 화면을 들여다보며 대꾸했다.

"그 되살아난 시체가 선배에게 이메일을 보냈습니다."

가부라기, 마사키, 사와다는 히메노의 뒤에 서서 노트북 화면을 들여다보았다.

"이번 연속살인사건에 대한 정보 제공은 모든 경찰청 서버로부터 전송받고 있습니다. 신빙성이 없는 것도 모두 다."

히메노는 이메일 프로그램에 만든 '제공 정보' 폴더 안을 재빨리 스크롤했다.

"그리고 어젯밤에 들어온 이메일 가운데 가부라기 선배 앞으로 온 이상한 메일이 있었습니다. 아무리 생각해도 장난치는 것 같아 무시했었는데…… 이겁니다."

히메노가 가부라기 앞으로 왔다는 이메일을 열었다.

데드맨. 메일을 보낸 사람의 이름이었다. 죽은 사람이라는 뜻이리라. 가부라기는 메일의 내용을 훑어보았다.

경시청 수사 1과 가부라기 데쓰오 님에게

데드맨이라고 합니다.

저는 죽은 사람입니다.

당신이 수사 중인 연속살인사건의

여섯 시체에서 잘라낸 부분으로 만들어진 사람입니다.

당신이 우리 여섯 명을 죽인 범인을 잡아주시면 고맙겠습니다.

그리고 왜 우리 여섯 명이 살해되었는지, 그 이유를 알고 싶습니다.

이번에 사건 수사에 도움이 되리라 ㅇ여겨지는 정보를 손에 넣었습니다.

그건 친구의 할아버지 사진입니다.

다만 저는 아직 살아난 지 얼마 되지 않아서 ㅅ손가락을 제대로 쓰지 못합니다.

자판을 하나씩 눌러 ㄱ긴 문장을 쓰기가 무척 힘이 듭니다.

그래서 지금까지 손가락 훈련을 겸해 써온 제 일기를 덧붙입니다.

제가 살아난 날의 일과 그 사진에 대해 적혀 있습니다.

저는 지금 가루이자와입니다.

오오미야大宮는 곤란합니다.

범인을 반드시 ㅊ체포해주세요.

데드맨으로부터

"웃기는 녀석이로군."

마사키가 내뱉듯이 말했다.

"이런 건 순 엉터리지. 꼬마 녀석 장난이야."

"히메."

가부라기가 화면을 보면서 말했다.

"이 메일과 첨부 파일 내용을 네 부 프린트 해줘. 함께 제대로 읽어보자고."

데 드 맨

히메노가 컴퓨터를 조작했다. 회의실 벽 쪽에 놓인 레이저 프린터에서 무선 랜을 통해 바로 출력물이 쏟아져 나오기 시작했다.

"아니, 가부. 너 여기 괜찮은 거야? 이건 종이 낭비야."

자기 머리를 쿡쿡 찌르면서 말하는 마사키를 향해 가부라기는 어깨를 으쓱했다.

"밑져봐야 본전이지. 그리고 이메일 문장에서 좀 마음에 걸리는 부분도 있어."

히메노가 출력물을 나누어주었다. 네 사람은 긴 테이블에 앉아 자료를 읽기 시작했다.

"확실히 이건……."

마사키가 종이를 넘기며 신음했다.

일기에 적혀 있는 내용은 놀라웠다. 죽음에서 살아나 사지가 접합되고 서서히 말을 할 수 있게 되기까지의 과정이 당시의 심리 상태와 함께 생생하게 묘사되어 있었다. 그야말로 시체를 이용해 되살아난 사람이 쓴 내용이라고 생각할 수밖에 없는 글이었다.

일기에는 구체적인 인명이 여럿 등장했다. 다카사카 시온이라는 젊은 여의사. 다니야마 시즈라는 열여덟 살 소녀. 그리고 사람은 아니지만 가부라고 불리는 간병 원숭이. 데드맨 자신은 머리 부분의 주인이었던 가미무라 슌이라는 이름으로 불리고 있었다.

또 데드맨은 현재 가루이자와에 있는 병원에 있는 모양이다. 창문으로 자작나무*가 보인다는 점도 틀림없이 그것을 뒷받침하는 증거로 보였다.

무엇보다 주목할 만한 내용은 다니야마 시즈가 가지고 있다는 할아버지의 사진이었다. 데드맨도 실물을 보지 못한 모양인데, 가미무라, 니토, 산토라는 세 희생자의 조부가 같은 병원에 근무한 의사였다는 이야기는 만약 사실이라면 수사본부가 처음으로 파악한 귀중한 정보다.

그리고 데드맨은 수십 년 전에 이 세 명의 의사가 연관된 '의료과실 사건'이 존재하는 게 아닐까 하고 추리하고 있었다.

"시체가 되살아나다니, 설마…….."

사와다가 믿을 수 없다는 표정으로 중얼거렸다. 마사키는 발로 긴 테이블을 걷어찼다.

"네가 한 말이잖아. 이런 게 오다니. 이거 믿어도 되는 거야? 아니면 엉터리 정보인가?"

사와다는 잠시 말없이 생각하더니 이윽고 세 사람을 향해 말

---

* 자작나무는 일본의 고원지대를 대표하는 수종이다. 표고가 높은 나가노 현의 가루이자와도 자작나무로 유명하다.

했다.

"세 가지 가능성을 생각해볼 수 있습니다. 우선 악질적인 장난. 그다음은 범인이 보낸 허위 정보. 마지막으로는 진짜 되살아난 시체가 보낸 이메일."

사와다의 이마에 살짝 땀이 맺혔다.

"제가 범인이라면 이메일을 보내며 자기가 되살아난 시체라고 밝히지는 않겠죠. 메일 자체가 무시당할 가능성이 높으니까요. 그렇다면 이 이메일은 장난이거나 진짜, 둘 중 하나입니다."

"사와다의 말이 맞아."

가부라기도 천천히 고개를 끄덕였다.

"나는 이 남자…… 데드맨이 한 말을 믿어보겠어."

가부라기는 단호하게 말하더니 히메노를 바라보았다.

"히메, 이 이메일이 어디서 발송된 건지 알 수 있나?"

"예? 아. 예. 이메일에 있는 헤더가 표시되도록 하면 메일을 발신한 프로바이더를 알아낼 수 있습니다만……."

히메노는 노트북을 조작했다.

"알아냈습니다. 전국 서비스를 하는 인터넷 프로바이더를 통해 보냈습니다. 하지만 이메일 발신인에 대한 개인 정보를 그 회사에서 쉽게 알려주지는 않을 겁니다. 이 이메일 자체에 범죄성이 있다면 정보 공개를 요구하는 영장을 법원에서 받아낼 수 있겠지만 이건 그냥 제보 메일에 지나지 않죠. 게다가 우리 경찰도 제보에는 익명을 보장하고 있기도 하고요."

"그 프로바이더를 직접 교섭하면 어떨까?"

가부라기의 말에 히메노가 눈썹을 찌푸렸다.

"상당히 어려울 겁니다. 프로바이더에게 고객의 개인 정보는 가장 중요한 기밀 사항이니까요. 이런 이메일 한 통 가지고는……."

말하다 말고 히메노가 고개를 들었다.

"아, 참! 허위 정보를 제공해 수사를 방해했다고 하면 위계에 의한 업무방해라고 해서 정보를 얻어낼 수 있을지도 모르겠군요. 해보겠습니다."

"부탁해, 히메. 그리고 마사키, 가루이자와가 무슨 현이지?"

"엥? 그게 나가노 현長野県과 군마 현群馬県에 걸쳐 있지 않나?"

"아뇨, 같은 지명인 곳이 더 있어요."

마사키의 대답을 히메노가 옆에서 고쳐주었다.

"나가노 현과 군마 현 이외에도 이와테 현, 미야기 현, 아키타 현, 야마가타 현, 후쿠시마 현, 니가타 현, 지바 현, 시나가와 현, 시즈오카 현, 그리고 나라 현에도 가루이자와라는 지명이 있을 겁니다. 지금 확인해보겠습니다. 일기에 적힌 내용으로 미루어 일단 나가노에서 군마 현에 걸쳐 있는 가루이자와로 보입니다만 단정하기는 이릅니다."

"마사키, 그럼 가루이자와라는 지명이 있는 모든 현경에 연락해서 데드맨의 일기에 나오는 조건에 맞는 병원을 찾아봐. 다카사카 시온이란 젊은 여의사가 있고 간병하는 원숭이를 쓰며 최근까지 다니야마 시즈라는 열여덟 살 소녀가 입원해 있던 병원이야."

"야, 히메, 처음부터 다시 불러. 제길, 쓸데없는 소리를 해서."

마사키는 투덜거리면서도 히메노가 불러주는 현의 이름을 수첩에 열심히 받아 적었다.

"문제는 다니야마 시즈가 이야기한 할아버지 사진이야."

생각에 잠기듯 가부라기가 중얼거렸다.

"가미무라, 니토, 산토라는 성을 쓰는 세 명의 피해자 할아버지가 흰 가운을 입고 함께 찍혀 있으며 각자 선생님이라고 불렸어. 안타깝게도 사진 실물을 첨부하지는 않았지만 조사해볼 가치는 있겠어. 어차피 우리 수사는 완전히 막힌 상태였으니까."

"내일 일찍 일본의사회를 통해 옛날 기록을 조사해보겠네. 그러면 진짜인지 장난인지 알 수 있겠지."

마사키는 고개를 들고 그렇게 말하더니 다시 수첩에 적어 넣었다.

"사와다, 일기 내용 가운데 뭔가 신경 쓰이는 부분이 있나?"

가부라기의 물음에 사와다는 고개를 끄덕였다.

"데드맨이 정말로 되살아난 시체이고, 뇌는 가미무라 슌의 것이라고 가정했을 때, 이 일기에는 마음에 걸리는 부분이 네 군데 있습니다. 모두 데드맨의 기억에 관한 내용입니다만."

출력한 일기를 보면서 사와다가 말을 이었다.

"우선 데드맨은 자기에 관한 기억을 완전히 잃어버린 모양입니다. 이름은 물론이고 자기가 가미무라 슌이라는 자각조차 없습니다. 그런데도 생활에 필요한 정도의 기억만은 확실하게 지니고 있죠. 그러니 기억이 전부 사라진 것은 아닐 겁니다. 이게 어떻게 된 걸까요?"

"분명히 그렇군."

마사키가 고개를 꼬았다.

"다음으로 데드맨은 다른 물건에 대한 기억은 잘하면서도 태블릿 PC나 이메일 같은 것은 전혀 모르는 걸로 보입니다. 가미무라 슌은 스물일곱 살의 회사 경영자이니 태블릿이나 이메일을 모른다는 생각은 할 수 없겠죠."

"당연하지. 또 뭐가 마음에 걸리지?"

가부라기의 말에 고개를 끄덕이더니 사와다는 대답했다.

"세 번째로, 데드맨은 '헤이세이'라는 연호를 완전히 까먹은 모양입니다. 하지만 '쇼와'는 기억을 하고 있고요."

세 사람 모두 고개를 갸웃거렸다.

"그리고 마지막으로, 지금 후생성 장관은 무사카라고 적혀 있습니다. 아시다시피 2001년부터 후생성은 후생노동성으로 명칭이 바뀌었고 또 현재 후생노동성 장관은 야마모토 세이조山本精三입니다. 무사카라는 성을 지닌 사람이 아니죠."

"착각한 것으로 보기도 힘들겠군. 무사카와 야마모토라는 성은 전혀 비슷하지도 않으니까."

히메노가 팔짱을 끼며 말했다.

사와다가 설명을 마치자 가부라기가 말했다.

"내가 신경 쓰이는 건 이메일 본문이야."

"타이핑 실수가 몇 군데 있지만 그건 아닐 테고요. 아, 여기 말씀하시는 거죠?"

히메노가 손가락으로 가리킨 부분은 이메일 본문 끝에 있는 두 줄이었다.

저는 지금 가루이자와입니다.

오오미야大宮는 곤란합니다.

가부라기가 고개를 끄덕였다.

"여기 '나는 지금 가루이자와입니다'는 이해가 돼. 일기에도 적혀 있으니까. 하지만 '오오미야는 곤란합니다'는 무슨 뜻일까? 오오미야라는 지명도 전국에 여러 곳 있을지도 모르지만 대개 오오미야라고 하면 전에는 사이타마 현 오오미야 시, 지금은 사이타마 시 오오미야 구일 텐데. 왜 오오미야라면 곤란하다는 거지?"

"가루이자와는 세련되었기 때문에 괜찮지만 오오미야에는 살기 힘들다고 하는 건가?"

"너 말 함부로 하지 마. 사이타마 주민들에게 혼나."

마사키가 바로 히메노를 나무랐다.

"그럼 데드맨은 이제 곧 오오미야 쪽으로 옮기게 되는 걸까요? 그래서 이메일을 보낼 수 없게 된다거나……."

"음, 그럴지도 모르지. 어쨌든 한시 바삐 범인을 검거해야만 한다는 사실에는 변함이 없어."

가부라기는 세 사람을 둘러보며 말했다.

"마사키, 히메, 내일 바로 수사관들을 데리고 움직여. 사와다, 이 이메일과 일기를 더 자세하게 분석하도록. 뭔가 중요한 힌트가 아직도 숨어 있을지 몰라."

마사키, 히메노, 사와다는 고개를 끄덕였다.

"그리고 히메, 이메일을 내게 전달해줘. 내 자리로 가서 데드맨에게 답장을 써야겠어."

"어, 가부라기 선배. 이메일 쓸 줄 아세요? 도와드릴까요?"

히메노의 말에 가부라기는 쓴웃음을 지었다.

"무시하지 마. 이래 봬도 옛날에는 중고 PC-98*로 컴퓨터 통신도 한 사람이야."

"아, 예."

가부라기의 말을 제대로 알아듣지 못했는지 히메노는 모호하게 고개를 끄덕였다.

자리로 돌아가려고 이메일을 출력한 종이를 접던 가부라기는 문득 손길을 멈췄다. 그리고 종이를 펼친 뒤 다시 읽기 시작했다.

'귀신잡초.' 이 네 글자가 눈에 들어왔다.

다니야마 시즈가 품에 안고 있던 보라색 꽃. 데드맨이 가련하다고 생각한 꽃. 다카사카가 그냥 잡초라고 말한 꽃. 대체 어떤 꽃일까? 이 으스스한 이름 때문일까. 왠지 가부라기는 불길한 느낌을 떨칠 수 없었다.

오전 9시. 마사키와 히메노를 포함한 수사관들은 일제히 새로운 수사에 몰입했다.

우선 호적과 주민등록에서 다카사카 시온과 다니야마 시즈라

---

*　1980년대부터 1990년대까지 일본전기주식회사(NEC)에서 생산하던 PC.

는 이름을 지닌 여성을 뽑아냈다. 동명인 여성이 각각 몇 명씩 발견되었다. 하지만 기묘하게 그 목록 안에는 이, 삼십 대인 다카사카 시온도 없었고 십, 이십 대인 다니야마 시즈도 존재하지 않았다.

다음에는 각지의 경찰서를 통해 전국에 있는 가루이자와라는 지명에 있는 모든 병원에 대한 수사를 시작했다. 이메일의 내용을 믿는다면 어느 병원에 다카사카 시온이라는 이름을 지닌 여의사와 다니야마 시즈라는 열여덟 살 소녀, 가부라고 하는 이름을 지닌 간병 원숭이, 그리고 메일을 보낸 수수께끼의 남자, 데드맨이 있을 터였다.

네 명을 제외한 수사관들에게는 정보의 출처를 알리지 않고 그냥 익명의 제공자가 보내온 유력한 정보라고만 설명했다. 또 이 수사 내용에 대해서는 매스컴에 흘러나가지 않도록 해달라고 함구령을 내렸다.

데 드 맨

12. 자립

나는 양쪽 겨드랑이에 낀 은색 목발을 짚고 병원 복도에 서 있었다. 바로 옆에서 다카사카 선생이 가만히 나를 지켜보고 있었다. 그 발 옆에서 가부가 불안한 얼굴로 나를 바라보고 있었다.

"괜찮아요. 당신은 걸을 수 있어요. 자, 용기를 내서 걸어요."

다카사카 선생이 말했다. 나는 고개를 끄덕이고 오른발을 한 걸음 앞으로 내밀었다.

갑작스레 모든 풍경이 기울어졌다. 요란한 소리가 두 차례 콘크리트 복도에 울려 퍼졌다. 목발이 쓰러지는 소리였다. 가부가 깜짝 놀라 끼이, 하고 울었다. 눈에서 불꽃이 튀고 코 안쪽이 뜨거워졌다.

정신을 차리니 정면에 천장에 달린 형광등이 보였다. 결국 나는 병원 복도에서 벌렁 자빠지고 만 것이다. 뒤통수와 무릎에 심한 통증이 느껴졌다. 넘어졌을 때 바닥에 호되게 부딪힌 모양이다.

"아팠어요? 하지만 매트 위에서 걷기 훈련을 하면 머릿속에 넘어져도 괜찮다는 의식이 박히게 되어 걷는 게 너무 늦어져요. 자, 다시 한 번."

그러면서 다카사카 선생은 내 양 옆구리에 손을 집어넣고 일으켜 세웠다.

나는 깜짝 놀랐다. 다카사카 선생은 나보다 십 센티미터 이상 키가 작은 데다 호리호리한 몸매인데 나를 간단하게 일으켜 세웠다.

"그렇게 프로레슬링 선수 보듯 하지 말아요. 사람을 일으켜 세우는 데는 요령이 있어요. 두 손을 이렇게 해서……."

다카사카 선생은 두 손을 등이 마주보도록 비틀면서 앞으로 내밀었다.

"몸의 틈새에 밀어 넣으면 사람을 간단하게 들어 올릴 수 있죠. 거꾸로 손바닥을 위로 하면 쉽게 들어 올릴 수 없어요. 들려는 사람 허리만 아프죠."

다카사카 선생은 이게 '옛날 무술'을 간병에 이용한 것이라고

데드맨

했다. 간병 현장에서 일하는 사람들 가운데는 여성이 많다. 그런데 수십 킬로그램이나 나가는 사람의 몸을 일으켜 세우거나 옮겨야 할 일이 생긴다. 그래서 주목받게 된 것이 사람을 최소한의 힘으로 조종하는 기술, '옛날 무술'이라고 한다. 그렇다면 다카사카 선생은 옛날 무술을 할 줄 안다는 이야기다. 분명히 마음만 먹으면 남자 어른도 간단하게 쓰러뜨릴 수 있으리라.

다카사카 선생은 내 팔다리를 뒤에서 부축해 체조 평행봉 같은 곳에 서게 했다. 나는 '낙타'라고 불리는, 라쿠고落語의 등장인물을 떠올렸다. 나가야長屋*에 사는 주민이 '낙타'라는 별명을 지닌 남자의 시체를 뒤에서 조종하여 춤을 추게 해서 고집 센 집주인을 겁준다는 이야기다. 머리 부분의 주인이 라쿠고를 좋아했나 싶어 속으로 쓴웃음을 지었다.

평행봉을 잡고 일어서면서 생각했다. 이렇게 잡고 일어설 수 있다는 것은 다리 근육 자체가 내 체중을 지탱할 수 있다는 이야기다. 이제 남은 일은 쓰러지지 않고 움직일 수 있느냐 하는 문제다. 결국 내가 걸을 수 없다면 연결된 다리의 옛 주인 잘못이 아니라 머리의 주인 잘못인 셈이다.

다카사카 선생의 도움을 받아 나는 다시 목발을 짚고 복도에

---

* 옛날 집단주거주택의 한 형태.

섰다. 아직도 무릎이 아팠다. 눈을 감고 머릿속으로 한 걸음씩 걷는 내 모습을 상상했다. 괜찮아, 걸을 수 있어. 나는 그렇게 확신했다. 그리고 이번에는 넘어지지 않도록 두 개의 목발과 오른쪽 발로 체중을 지탱하면서 조심스럽게 왼쪽 발을 한 걸음 앞으로 내밀었다.

몸의 균형이 무너지며 비틀거렸다. 하지만 넘어지지는 않았다. 그대로 목발을 앞으로 짚으며 가느다란 왼쪽 발에 체중을 싣지 않도록 얼른 오른쪽 발을 앞으로 내밀었다. 쿵, 하고 왼쪽 발뒤꿈치에 지독한 통증이 밀려왔다. 하지만 넘어지지는 않았다.

걸었다.

기쁨을 참으며 뒤를 돌아보니 다카사카 선생이 눈이 휘둥그레져 나를 뚫어지게 바라보고 있었다.

"선생님, 걸었습니다."

내가 다카사카 선생에게 말했다. 순간 코끝이 시큰했다.

"선생님 덕분입니다. 고맙습니다."

간신히 이렇게 말할 수 있었다.

다카사카 선생의 얼굴이 일그러졌다. 이윽고 눈에서 굵은 눈물이 뚝뚝 떨어져 내렸다. 다카사카 선생은 두 손으로 얼굴을 가린 채 흐느끼기 시작했다.

"잘했어요."

다카사카 선생은 겨우 들릴 정도의 작은 목소리로 울먹이며
말했다.

"정말 잘했어요. 이제 팔다리를 제대로 움직일 수 있게 되었
네요."

가부가 팔짝팔짝 뛰며 달려왔다. 그리고 재빨리 몇 미터 앞으
로 이동하더니 장난스러운 표정으로 나를 돌아보았다.

"또 술래잡기를 하자는 거니? 좋아, 내가 잡는다."

나는 또 왼발을 앞으로 내딛고 목발을 앞쪽에 짚으면서 바로
오른발을 내밀었다. 이번에는 거의 비틀거리지 않고 걸었다. 그
러자 가부는 또 얼른 몇 미터 앞으로 도망쳤다.

"가부, 너 정말. 거기 서."

나는 그렇게 말하며 허겁지겁 가부의 뒤를 따라가려고 했다.

바로 그때 다리가 휘청했다. 나는 다시 요란한 소리를 내며 복
도에 자빠지고 말았다.

벌렁 누운 자세로 천장을 바라보는데 갑자기 우스워졌다. 나
는 걸었다. 목발을 사용했지만 다른 사람의 도움을 받지 않고 걸
었다. 나는 큰 소리로 웃기 시작했다. 배 속에서 치밀어 오르는
웃음을 멈칠 수 없었다. 차가운 콘크리트 복도에 벌렁 드러누워
계속 웃었다.

가부는 커다란 눈을 뒤룩거리며 이상하다는 표정으로 나를 바라보았다.

그날 밤, 나는 잠들기 전의 일과가 된 일기를 쓰려고 태블릿 PC를 집어 들었다. 전원을 켜고 화면을 보니 구석에 있는 봉투 표시가 눈에 들어왔다. 나는 봉투 모양을 손가락으로 눌러 메일의 수신함을 열었다.

데드맨 님에게

경시청 수사 1과에 근무하는 가부라기입니다.

연락해주셔서 감사합니다.

보내주신 정보 덕분에

수사는 큰 진전을 보이게 될 겁니다.

연락을 주신 용기에 깊은 감사를 드립니다.

저희 수사관들 모두 사건 해결을 위해 온 힘을 기울이겠습니다.

그러기 위해 가능하면 직접 만나

더 자세한 설명을 듣고 싶습니다.

아니, 솔직하게 말씀드리겠습니다.

저는 당신과 만나고 싶습니다.

데 드 맨

만나야만 합니다.

당신이 하는 이야기를 들어야만 합니다.

왠지 그래야 할 것 같다는 생각이 듭니다.

실례지만 보내주신 메일을 보고

계신 곳을 찾으려고 했지만

여러 가지 장애가 있어 실패하고 말았습니다.

지금 어디에 계시는지

알려주실 수 없겠습니까?

답장을 기다리겠습니다.

경시청 수사 1과 가부라기 데쓰오

경시청 형사로부터 답장이 왔을 때 나는 솔직히 감동했다. 곰곰이 생각해보니 내가 이야기를 나누어본 사람이라고는 다카사카 선생과 다니야마 시즈 두 사람뿐이었다. 편지이기는 하지만 병원과 관계없는 외부 인물과 처음으로 대화를 나눌 수 있었던 것이다. 나는 무척 기뻤다.

내가 가부라기라는 형사에게 보낸 정보는 틀림없이 사건 수사에 도움이 되었으리라. 내 머리 부분과 몸통, 그리고 오른팔의 주인이었던 남자, 즉 가미무라, 니토, 산토라는 세 남자의 할아버지가 옛날에 같은 병원에서 근무했다는 사실은 나도 시즈가 보낸 편지로 우연히 알게 된 사실이다. 그러니 경찰은 내 편지가 없었다면 그 사실을 영원히 몰랐을 거다.

편지를 보내기 전까지 몇 번이나 스스로에게 물었다. 이제 와서 우리를 죽인 범인을 찾아내 어떻게 할 건가? 차라리 모든 과거를 잊고 이대로 내 인생을 살아가는 편이 더 낫지 않을까?

하지만 그건 안 된다. 자나 깨나 내 몸 안에서는 누군가에게 목숨을 빼앗긴 이들의 목소리가 늘 소용돌이치고 있다. 나를 죽인 범인을 찾아다오. 잡아다오. 그리고 한을 풀어다오. 그런 비통한 절규가 몸 안에서 들려온다.

그것은 마치 내가 태어난 날, 시체의 각 부분을 접합해 되살아난 날보다 훨씬 전부터, 아직 여섯 명이 제각각 살아 있던 때부터, 아니 그보다 훨씬 전부터 들렸던 듯한 착각이 들 정도로 몸 깊은 곳에서 솟아오르는 소리였다.

가부라기 형사는 내게 호감을 갖고 있는 걸까? 답장을 읽고 그런 생각이 들었다. 물론 내 정보 덕분에 사건을 해결해 공로를 세울 수 있다면 내게 감사해야 하는 게 당연할지도 모른다. 하지만 내게는 그것만이 아니라 나에 대한 호의가 느껴졌다.

솔직히 내 마음속에서도 가부라기라는 형사에 대한 친근감이 솟아나고 있었다. 형사라고 하면 대개 나쁜 짓을 하지 않았어도

데 드 맨

가까이하기 싫은 부류다. 하지만 나는 아마 한 번도 만난 적이 없을 이 형사에게 그리움에 가까운 친근감을 느꼈던 것이다. 어쩌면 정성껏 쓴 답장 때문이리라.

가부라기 형사에게 답장을 쓸까?

또 그런 욕구를 느꼈다. 하지만 고개를 저었다. 가부라기는 살인 사건을 수사하는 형사이고, 나는 그 사건의 희생자로 만들어진 존재다. 내가 벌을 받아야 할 일은 없을 테지만 증인으로 오래 경찰에 얽매이거나 구경거리가 되기는 싫다.

무엇보다 내게는 지난번에 보낸 내용 이상의 정보가 없다. 나 자신이 지금 가루이자와의 어디쯤에 있는지도 모른다. 해야 할 일은 했다. 그리고 가부라기 형사는 내 편지에 반응을 보여주었다. 이걸로 충분하다. 이제 접촉하지 않는 게 낫다.

나는 내 오른쪽을 보았다. 가부가 옆에서 배를 고스란히 드러내고 대자로 누워 쿨쿨 자고 있었다. 왜 저런 모습으로 자고 있는 거지? 나는 잠자는 가부의 무방비한 모습을 보고 쓴웃음을 지었다. 처음 목발을 짚고 걷는 나를 보며 흥분하느라 지친 모양이다.

이 말 못 하는 친구와 만났다는 사실에 감사했다. 가부가 없었다면 나는 아마 스스로 식사도 하지 못했을 테고 휠체어로는 이동할 수 있었을지 몰라도 목발을 짚고 걸을 수 있게 되지는 못했을 것이다.

아니, 그보다 말을 못하기 때문에 내 과거에 대해 캐묻지 않아, 마음 상할 일도 없고 동정받을 일도 없었다. 그저 서로 살아 있는 존재로서 선의로 가득한 관계를 유지해주었다.

내게 어떤 보물이 있다면 그건 가부뿐이다. 내겐 소유물이 하나도 없을 뿐만 아니라 기억마저 전혀 없다. 있는 것이라고는 가부와 지낸 몇 개월의 추억뿐. 고통스럽고 피를 토할 것처럼 고된 훈련이 이어졌지만 가부가 있었기 때문에 견뎌냈다. 가부 덕분에 절망하지 않고 내 운명을 받아들일 수 있었다.

그때 문득 시즈 생각이 났다. 딱 한 번 만난 열여덟 살 소녀. 게다가 조금 떨어져서 보면 모든 것이 뿌옇고 일그러져 보이는 이 눈 때문에 얼굴마저 제대로 모른다. 그런데도 독특하고 사랑스러운 성격과 밝은 목소리는 내 마음속에 내내 남아 있었다.

나와 가부, 그리고 시즈가 셋이서 함께 살 수 있을까?

시즈는 자기가 외톨이라고 했다. 나도 그렇고 가부도 마찬가지다. 시체와 소녀, 그리고 꼬리 달린 짐승. 아무런 관계도 없는 남남인 셋이서 가족이 될 수 있을까?

다카사카 선생은 나를 어떻게 할 작정인가? 내가 귀중한 실험 재료라는 사실은 분명하다. 정기적으로 내 몸을 검사하고 싶으리라. 나도 그걸 거부할 생각은 없다. 그게 아마 시체에서 되살아난 내가 해야 할 일일 테니까.

하지만 목발을 짚고 걸을 수 있게 되었으니 일반 입원 환자라면 퇴원할 가능성도 있을 것이다. 슬슬 다카사카 선생과 앞으로 어떻게 할 것인지 상담해야 할 때가 왔는지도 모른다. 좁은 연립주택이라도 괜찮다. 이 병원 가까운 곳이라고 해도.

할 수만 있다면 가부도 함께. 그리고 시즈도.

내가 그런 생각을 하고 있을 때였다. 불쑥 '받은 편지함' 안에 굵은 글자가 나타났다. 새 편지가 도착한 것이다. 굵은 글자는 '시즈입니다'라는 다섯 글자였다.

시즈로부터 할아버지 사진에 관해 쓴 편지를 받고 나는 시즈에게 고맙다는 답장을 썼다. 하지만 그 뒤로 시즈는 연락이 없었다. 그렇다고 내가 다시 편지를 쓰기도 꺼려져 애를 태우고 있었다.

나는 얼른 굵은 글자를 손가락으로 눌렀다. 시즈가 보낸 편지가 나타났다.

그 편지에는 놀라운 내용이 적혀 있었다.

13. 과거

"글렀습니다."

데드맨으로부터 온 이메일과 일기를 읽고 이틀이 지난 5월 4일 오후 3시. 도쿄 지방법원에서 돌아온 히메노가 긴 테이블 쪽 의자에 털썩 주저앉으며 말했다.

가부라기가 아쉬운 표정을 지으며 히메노에게 말했다.

"영장을 못 받았나?"

"예. 지방법원 영장 담당자는 '그런 이메일만으로는 위계에 의한 업무방해에 해당되지 않는다'면서 물러서지 않습니다. 그 정도야 저도 알죠! 이메일을 보낸 사람을 알고 싶어서 그런다는 걸 왜 눈치채지 못하는 건지! 제기랄!"

히메노는 분하다는 듯이 테이블을 내리쳤다.

히메노가 안달하는 것도 무리는 아니다. 가루이자와라는 지명이 있는 각지의 경찰서로부터 올라온 보고에 따르면 조건에 맞는 병원은 찾을 수 없었다. 다카사카 시온이라는 여의사도 없고 다니야마 시즈라는 입원 환자의 기록도 찾을 수 없었다. 간병 원숭이를 도입한 병원 또한 한 곳도 없었다.

"가부라기 선배, 역시 다카사카라는 여의사는 가짜일까요?"

"마사키도 이제 곧 돌아올 거야. 그 보고를 기다려보자고."

마사키는 지금 일본의사회 본부에 가 있다. 데드맨이 쓴 일기에 있던 수십 년 전 사람으로 여겨지는 세 명의 의사, 가미무라, 니토, 산토라는 이번 연속살인사건의 피해자와 같은 성을 쓰는 의사가 정말로 존재했는지 확인하러 갔다. 동시에 다카사카 시온이라는 여의사와 간병 원숭이 활용 실태에 대해서도 알아보고 오기로 되어 있다.

"여의사의 이름은 가명이라고 해도 이상하지야 않지만, 일기에 따르면 데드맨은 다니야마 시즈라고 하는 열여덟 살짜리 여자아이와 직접 만나서 이야기를 했어요. 젊은 여성 입원 환자가 가명을 썼을 리는 없겠죠."

히메노가 고개를 꼬았다. 가부라기가 중얼거렸다.

"데드맨이 잘못 들은 걸까? 다니야마가 아니라 와니야마鰐山, 시즈가 아니라 스즈鈴라거나."

가부라기가 이렇게 말하자 히메노는 기가 막힌다는 표정을 지었다.

"선배, 그렇게 의심하면 아무것도 조사할 수 없어요! 다니야마 시즈와 와니야마 스즈는 완전히 다른 사람이에요. 애초에 우리는 데드맨을 믿기로 했잖아요?"

"그, 그랬지. 미안."

가부라기가 머리를 긁적였다.

그때 회의실로 다가오는 큰 발소리가 들려왔다.

"있었어! 나왔다고! 그 의사 세 명이 진짜 있었다니까!"

회의실로 성큼성큼 들어온 사람은 마사키였다.

"아, 히메. 너 여기 있었냐? 도키오는?"

마사키는 처음에 사와다 도키오를 '과학수사'라고 부르다가 '사와다'로 바꾸더니 이제는 '도키오'라고 부른다. 아마 마사키 딴에는 그만큼 친해졌다고 생각해 승격시켜 준 셈이다.

"사와다는 일단 과학경찰연구소로 돌아가 데드맨의 이메일과 일기를 자세히 분석하고 있어. 지금까지 해왔던 문서 해석 기록과 대조해보고 싶다더군."

"그래? 그 녀석도 애쓰는군. 그런데 이건 빅뉴스야!"

마사키는 기쁜 듯이 가방에서 무슨 서류 복사본을 꺼냈다.

"가미무라, 니토, 산토라는 의사는 분명히 존재했어. 게다가

데 드 맨

1967년부터 1972년까지 세 사람 모두 같은 병원에서 근무했지. 세 사람 다 이미 세상을 떠났지만."

가부라기와 히메노는 마사키가 가지고 온 서류를 보았다.

'1965년~1974년 의료법인 세타가야시기칸世田谷至義館 병원 의사 명부'라고 인쇄된 서류였다. 이 서류에 따르면 틀림없이 마사키가 이야기하는 6년간, 세 사람은 이 병원 소속이었던 셈이다.

"그리고 역시 이 세 사람은 이번 사건의 피해자인 가미무라, 니토, 산토의 할아버지였어. 구청과 시청에서 주민등록을 확인했으니 틀림없어. 당시 이 병원에 다니야마라고 하는 사무원이 있었는지 어떤지는 파악하지 못했지만."

"이 정도만 해도 큰 수확이야, 마사키."

고개를 끄덕이는 가부라기에게 마사키는 분한 표정으로 고개를 저었다.

"아니야. 전에 피해자의 부모 주변까지는 조사를 했었는데 설마 할아버지 대에서 피해자들이 연결될 줄이야. 그때 한 걸음만 더 깊숙이 들어갔으면 좋았을 텐데. 제길."

가부라기는 마사키의 어깨를 두드렸다.

"몇십 년 전에나 있었던 일이 이번 사건의 발단이 될 줄은 나도 상상하지 못했어. 다음은 이 의사 세 명과 나머지 세 명, 시노자키, 고토, 무사카의 할아버지가 어떤 관계였는지를 알아봐야겠지."

"한 사람이라면 알아냈지."

마사키는 양복 안주머니에서 수첩을 꺼냈다.

"무사카 유코의 할아버지는 예전에 국회의원을 지낸 무사카 노보루六坂昇인데 그 양반이 그 무렵 딱 1년 후생성 장관을 지냈어."

마사키가 말하자 히메노는 눈이 휘둥그레졌다.

"그럼 데드맨이 쓴 일기에 적혀 있던 내용은……."

마사키가 고개를 끄덕였다.

"틀리지는 않아. 다만 아주 오래된 정보라는 거지. 무사카가 후생성 장관을 지낸 때는 지금으로부터 40년 전이니까. 왜 데드맨이 그렇게 오래된 옛날 일과 현재를 혼동했는지 이해가 안 되는군. 데드맨의 머리가 스물일곱 살이라면 태어나기도 전에 있었던 일인데."

"무사카 노보루가 후생성 장관을 지내던 시절 연호는 쇼와였지."

가부라기가 생각에 잠기며 이렇게 중얼거렸다.

"그리고 당시에는 태블릿 PC나 이메일 같은 건 없었는데……."

데 드 맨

마사키는 초조한지 수첩을 보면서 이야기를 이어나갔다.

"그래서 문제는 나머지 두 명이야. 시노자키와 고토라는 성을 지닌 사람이 가미무라, 니토, 산토, 무사카와 관계가 있느냐 아니냐인데……."

"재판 기록을 조사해보겠습니다."

히메노가 노트북을 펼치더니 급히 조작하기 시작했다. 재판 기록 데이터베이스에 접속하는 모양이다.

"의사에 후생성 장관이라면 접점은 의료에 관한 사회문제겠죠. 데드맨도 일기에서 수십 년 전에 의료사고가 있었을 가능성을 이야기하고 있습니다. 만약 데드맨이 한 추리가 옳다면 이 여섯 명이 함께 얽힌 재판이 40년 전에 있었을지도 모르죠. 유명한 소송은 아니니 아마 지방법원일 테고. 의사 세 명이 근무하던 곳은 세타가야에 있는 병원이니까……."

가부라기와 마사키는 히메노가 조작하는 노트북 화면을 마른침을 삼키며 들여다보고 있었다.

"빙고. 데드맨이란 친구, 시체인데도 대단하군."

히메노는 집게손가락으로 화면을 가리켰다.

쇼와 44년, 그러니까 1969년에 도쿄 지방법원에서 판결이 난 재판 기록에는 이번 연속살인사건 피해자와 같은 성을 쓰는 여섯 명이 피고로 적혀 있었다.

• 원고

다니야마 분지로谷山文次郎(48세, 회사원)

소송 대리인 변호사　××××

• 피고

가미무라 타로神村俊太郎(46세, 의사)

니토 마사오仁藤雅夫(49세, 의사)

산토 겐지山東憲二(52세, 외과과장)

시노자키 요이치篠崎洋一(51세, 세타가야시기칸병원 원장)

고토 유스케後藤佑輔(52세, 일본정신학회 이사장)

무사카 노보루六坂昇(66세, 후생성 장관)

노자와 다이지野沢太治(27세, 수련의)

소송 대리인 변호사　××××

同　　　　××××

同　　　　××××

"어, 이거. 피고가 여섯 명이 아니야. 한 명 더 있어."

틀림없이 마사키가 손가락으로 가리킨 부분에는 일곱 번째 피고인의 이름이 적혀 있었다.

데드맨

노자와 다이지野沢太治(27세, 수련의)

"노자와 다이지라면, 이건?"

마사키가 가부라기의 얼굴을 보았다.

"그래."

가부라기는 천천히 고개를 끄덕였다.

"지금 관방장관*으로 있는 인물이지."

노자와 다이지, 70세. 48세에 의사 생활을 청산하고 참의원 선거에 출마하여 의학계를 배경으로 삼아 처음 당선되었다. 그러다 중의원으로 옮겨 22년에 걸쳐 국회의원 자격을 유지하고 있다. 여당인 자유평화당의 거물 국회의원으로 꼽힌다. 의학계 출신이라는 경력과 인맥을 활용해 후생노동성 장관에 취임한 뒤, 2년 전부터 내각 관방장관 자리에 앉아 있다.

가부라기가 히메노에게 물었다.

"일본정신학회는 무슨 단체지?"

재빨리 검색한 히메노가 대답했다.

"사단법인 일본정신학회는 쇼와 20년대**에 정신과와 신경과

---

* 일본 내각에서 국가를 대표하는 총리를 보좌하며 내각의 실무 전체를 조정하는 역할을 맡는 부서의 장관.

** 1945년~1954년.

의사들이 설립한 단체 같습니다. 지금도 비슷한 명칭을 지닌 조직이 있지만 전혀 다른 단체예요."

"그래, 이 재판 내용은 뭐지?"

"재판하기 2년 전, 그러니까 지금으로부터 45년 전에 이 병원이 원고의 딸에게 실시한 정신외과 수술 결과 딸이 심각한 정신장애를 일으켰다고 피고 일곱 명의 책임을 물어 손해배상을 청구한 재판입니다."

히메노의 설명에 마사키는 고개를 갸웃거렸다.

"히메, 그 **정신외과 수술**이란 게 뭐지? 정신과인데 수술을 하나?"

"그랬었죠."

히메노가 진지한 표정으로 고개를 끄덕였다.

"흔히 로보토미lobotomy라고 불리는 수술입니다. 일본에서는 1975년 이후 사라졌지만 예전에는 정신에 문제가 있는 환자의 뇌에 메스를 대는 행위가 치료라는 이름 아래 자주 있었습니다. 당시엔 효과가 있다고 인정을 받았던 치료법이죠. 1949년에는 이 로보토미 수술을 처음으로 환자에게 실시한 의사가 노벨 생리학상과 의학상을 받았을 정도니까요."

히메노는 설명을 이어나갔다.

로보토미 수술이란 머리 윗부분이나 다른 부분을 도려내거나 백질*이라고 불리는 전두엽의 일부를 절개하는 수술을 말한다. 공격성이 강한 원숭이의 전두엽을 절단하자 얌전해졌다는 사례를 바탕으로 1935년에 처음 인간 환자를 대상으로 수술이 이루어졌고, 한때 세계적으로 확산된 수술이다.

하지만 뇌의 각 부위가 지닌 기능은 아직도 완전히 밝혀지지 않은 상태이며, 애당초 로보토미는 의학적으로 명확한 근거가 있는 수술도 아니었다. 그래서 수술 뒤에 환자에게 새로운 정신 장애나 인격장애 등이 생기는 일도 드물지 않았다. 그 결과 정신외과 수술은 많은 소송에 휘말리게 되었다. 한편 환자의 인권에 대한 의식도 조금씩 높아지고 항정신성의약품 개발도 빠른 발전을 보였다.

그리고 1975년, 드디어 일본정신학회는 '정신외과 수술을 부정하는 결의'를 채택했다. 그 뒤로 일본에서는 정신외과 수술은 하지 않게 되었다. 그런데 이 결의가 나오기까지 일본에서만 3만에서 12만 명이 이 수술을 받았다고 한다. 세계적으로 따지면 수십 만에서 수백만 명이 될 것이다. 물론 몇 건이나 되는 수술이 이루어졌는지 기록이 남아 있지 않기 때문에 추측할 수밖에 없다.

---

* 뇌의 회백질 사이를 연결하는 조직으로 정보를 전달하는 통로.

마사키도 심각한 표정으로 고개를 끄덕였다.

"나도 그런 이야기 들은 적 있어. 로봇처럼 감정이 없어지기 때문에 로보토미라고 하는 거지?"

"아뇨. 로봇robot과는 철자가 완전히 달라요. 그냥 전두엽을 절개한다는 뜻입니다. 이 사건 말고도 재판까지 간 케이스가 몇 건 있습니다. 환자가 수술을 받은 뒤 어떤 상태가 되었는지에 대해서도 설명이 되고 있죠."

그러면서 히메노는 해당 페이지를 노트북 화면에 띄웠다. 가부라기와 마사키는 등 뒤에서 그 화면을 들여다보았다.

첫 번째 사례. 1964년, 한 남자가 로보토미 수술을 받았다. 그 사람은 전직 저널리스트. 가정 폭력 사건을 일으켜 체포되었고, 관할 경찰서에서 정신감정을 의뢰한 결과 당시 용어로 '정신병질 인격psychopathic personality'이라는 판정을 받았다. 남자는 강제 입원 후 내장 수술이라고 속여 정신외과 수술을 받게 되었는데 수술 뒤에 사고력이 저하된 상태에서 사후 수술 동의서에 도장을 찍게 되었다.

수술 뒤 그는 얌전해지기는 했지만 집중력이 현저히 떨어져 글을 쓸 수 없게 되었고 직장을 잃었다. 또 두통과 경련 때문에 고통을 받으며 수면제를 계속 이용하지 않을 수 없게 되었다. 하는 일마다 실패해 마침내 강도짓을 하다가 징역형을 받았다. 그

데 드 맨

리고 수술한 지 15년 뒤인 1979년에 담당 의사와 동반 자살을 하기 위해 그의 집에 침입했다. 때마침 의사는 집을 비웠고, 그는 부인과 모친을 살해한 뒤 무기징역을 받았다.

두 번째 사례. 1965년, 전신경련 발작을 일으킨 초등학생이 검사를 받기 위해 입원했고, 이튿날 로보토미 수술을 받았다. 수술한다는 사실을 본인은 물론 가족도 몰랐다. 그 후 투약을 통해 증세가 진정되기는 했지만 1970년에 갑자기 병원에 불려가 다시 로보토미 수술을 받았다. 이때도 병원에서는 검사를 위한 입원이라고 설명했고 수술한 사실은 나중에 밝혀졌다. 이듬해 소년은 일방적으로 퇴원을 당했다.

수술 뒤 소년은 무기력한 상태에 빠져 하루 종일 누워서 텔레비전 만화영화 주제가만 들으며 지냈다. 복용하는 약이 부작용을 일으켜 음식물도 씹을 수 없게 되었고 유동식도 혼자 힘으로는 섭취할 수 없었다. 만성적인 구토와 호흡곤란을 겪었으며 잘 때도 턱을 치켜든 상태가 아니면 숨을 쉴 수 없었다. 결국 그는 1974년에 소송이 진행되던 중에 몸이 쇠약해져 열여덟 살 나이로 세상을 떠나고 말았다.

세 번째 사례. 1973년, 당뇨병에 간과 위에 질환이 있어 입원한 스물아홉 살의 남성이 정신과 병원으로 옮겨졌다. 그는 병원에서 만성 알코올중독, 폭발형·의지박약형 정신병질로 진단받아 향정신성의약을 대량으로 투여받은 다음 로보토미 수술을 받았다. 본인이나 가족도 수술 동의서를 쓴 사실이 없었다.

그는 퇴원한 뒤 인격이 완전히 바뀌었다. 행동은 느리고 집중력이 없으며 남을 배려할 줄 모르고 무슨 일을 하더라도 쉽게 포기했다. 기억장애도 일어나 신변 정리를 하지 못했고 늘 오줌을 지리면서도 옷을 갈아입지 못했다.

환자는 피해를 호소하며 소송을 걸었다. 재판은 12년이나 이어졌는데, 재판 기간 중에 환자가 갑자기 병원에서 납치되기도 했다. 이 의료사고에서 병원 쪽에 협조했던 전직 경찰관이 그 사실이 드러날까 두려워 저지른 범행이었다. 환자는 4개월 뒤에 발견되었으나 전직 경찰관은 이미 자취를 감춘 뒤였다. 재판은 결국 환자가 마흔한 살이 되어서야 돈으로 보상하고 화해하는 것으로 마무리되었다.

"어떻게 이럴 수가……."

마사키는 분노를 이기지 못해 목소리를 짜냈다.

"이게 치료인가? 수술 전보다 더 나빠졌잖아! 왜 이런 수술을 허락한 거지?"

가부라기도 말없이 한숨을 토해냈다.

"전직 경찰관이 병원 측에 가담한 사례까지 있군. 이러니 피해 발생을 막을 수 없고 진실 규명도 불가능하지."

히메노도 침통한 표정으로 고개를 끄덕였다.

"재판을 해도 대부분의 경우 실형 판결은 나지 않고 돈을 주고받는 화해로 마무리되는 모양입니다. 환자는 애당초 정신 질환으로 진단을 받았기 때문에 수술과 장애 사이의 인과관계를 증명하기가 매우 힘들죠. 게다가 환자의 가족들 모두 환자의 장기간 입원, 통원, 간호 때문에 정신적·육체적으로는 물론 경제적으로도 피폐해진 상태니까요."

가부라기는 예전에 정신외과 수술이 일으킨 여러 비극을 보며 그 잔혹함에 현기증이 났다. 기억을, 사고력을, 감정을 잃어가는 공포. 자기 자신이 망가졌다는 절망. 인간일 수 있는 권리를 빼앗긴 고통과 슬픔은 상상할 수도 없다.

정신외과 수술이란 실제로 과학적 근거를 갖고 있을까? 정말로 치료로서 의미가 있었던 걸까? 의사가 아닌 가부라기로서는 알 수 없는 일이다. 1935년 이후 전 세계 몇십 만 혹은 몇백 만 명에 이르는 사람들에게 이 수술이 행해졌다고 하니, 어쩌면 수술 덕분에 병으로 고생하다가 해방된 경우도 많을지 모른다.

하지만…… 수술이 실패로 끝나고 절망의 늪에 빠진 환자와 그 가족에게는, 효과를 본 경우가 아무리 많더라도 전혀 관계없다.

설사 재판에서 이겨 보상금으로 몇 푼 받는다고 해도 환자와 가족의 싸움은 그때부터가 시작이다. 환자의 가족은 그 뒤에도 회복 가능성이 없는 환자를 돌보며 살아가야 하기 때문이다. 몇 십 년 동안, 어쩌면 살아 있는 내내 오랜 투병과 간병이 이어지는 인생을 살아야 한다.

'어쨌든 데드맨이 추리한 그대로였어.'

가부라기는 고개를 저으며 중얼거렸다.

"이번 연속살인사건의 피해자는 모두 이 정신외과 수술 소송에 피고로 되어 있는 자들의 손자와 손녀였어. 그리고 이 재판에서 피고는 여섯 명이 아니라 한 명 더 있고. 당시 인턴이었던 노자와 관방장관도 이름이……."

마사키가 히메노에게 물었다.

"히메, 노자와 장관이 왜 피고 가운데 한 사람이 된 거지?"

히메노가 다시 재판 기록을 읽었다.

"그러니까…… 노자와 장관은 사건 당시 스물다섯 살이었고 이른바 인턴이었는데, 의과대학을 졸업한 뒤 아직 의사 면허를 따지 않은 상태였는데도 이 병원에서 일상적으로 외과 치료에 참여하고 있었답니다. 따라서 이 수술에도 조수로 참여했을 거라고 보아 고소한 모양입니다."

인턴 제도란 1946년부터 1968년까지 실시된 의대생 실습 제도다. 의과대학 학생이 의사 면허를 취득하기 전에 병원에서 치료 실습을 하는데, 그 내용에 따라 무자격 의료가 될 우려가 있어 지금은 실시하지 않는다.

"원고 측은 과거에 이 병원에서 여러 입원 환자가 사망했다는 사실을 들어 엉터리 치료가 일상적으로 이루어지고 있었다고 주장하고 있습니다."

"하지만 이 재판에서 원고 측 주장은 받아들여지지 않았네."

가부라기는 판결문을 보며 말했다.

"예. 말하자면 이 재판에서는 '정신외과 수술은 유효성이 확인되어 있으며 수술에서도 잘못이 보이지 않아 수술을 합법이라고 한 정부와 합법화를 추진한 학회, 수술을 한 병원도 무죄'라는 판결이 내려졌습니다. 또한 인턴이었던 노자와도 병원에서는 외과 치료에 전혀 참여하지 않았다는 주장이 인정되었죠."

히메노의 설명을 듣고 마사키는 어깨를 움츠렸다.

"결국 노자와는 용케 위기를 모면한 셈이로군. 그때 그 병원에서 우연히 실습 중이었는데 병원이 실수를 했다고 해서 덩달아 고소되었겠지. 경력에 흠집이 날지도 모를 위기였어."

가만히 판결문을 읽고 있던 가부라기가 입을 열었다.

"마사키, 히메. 눈치채지 못했나?"

"엥?"

"예, 뭘요?"

어리둥절한 표정을 짓는 두 사람에게 가부라기가 판결문에 있는 원고의 이름을 가리켰다.

다니야마 분지로. 마사키와 히메노는 흠칫 놀라 서로 얼굴을 마주보았다.

"다니야마⋯⋯ 다니야마라고 하면."

"선배, 설마?"

가부라기는 고개를 끄덕이며 노트북 화면을 보았다.

히메노는 서둘러 화면을 스크롤해 판결문 일부를 소리 내어 읽었다.

"원고 다니야마 분지로는 이 병원에서 장녀인 **다니야마 시즈**(당시 18세)에게 한 수술로 심각한 정신장애와 후유증을 남겼다고 하여⋯⋯."

마사키가 버럭 소리를 질렀다.

"유, 유령? 아니면 타임슬립이라도 했다는 말인가? 하기야 시체를 모아 되살아났다고 하니 유령이 등장한다고 해도 이상한 일은 아니지만."

"다니야마 시즈는 이 수술을 받고 죽은 게 아니에요. 그리고 타임슬립이라니. 이게 무슨 연극도 아니고."

히메노가 마사키를 바라보며 냉정하게 말했다.

"가부라기 선배, 이게 우연일까요? 우연히 동성동명인 소녀가

데 드 맨

데드맨이 있는 병원에?"

"상식적으로 생각하면 다른 사람이지."

가부라기는 생각에 잠긴 표정으로 대꾸했다.

"데드맨이 쓴 일기에 등장하는 다니야마 시즈는 이 병원에서 근무하던 사무원의 손녀라고 했어. 그 할아버지가 찍혀 있는 사진을 바탕으로 우리는 이 재판 기록에 도달한 셈이니까."

"아, 그런가? 그랬지."

마사키가 마음이 놓인다는 듯이 자기 이마를 오른쪽 손바닥으로 쳤다.

"그렇다고 해도 이렇게 좁은 범위에서 동성동명인 사람이 나타난다는 건 아무래도 이상해요."

히메노가 의문을 제기했지만 가부라기는 말이 없었다. 분명히 그렇다.

하지만 여기서 그런 문제로 고민해봐야 별 도리가 없다. 일단 수수께끼는 수수께끼인 채로 남겨둘 수밖에 없다. 가부라기는 그렇게 생각했다. 적어도 연속살인사건의 희생자 여섯 명이 관계가 있다는 사실은 밝혀냈다. 여섯 명 모두 43년 전에 열린 정신외과 수술 재판에서 피고인이 된 사람들의 손자, 손녀였다. 수사에는 큰 진전이다.

다만 범인이 왜 여섯 명이나 되는 '손자, 손녀'를 죽여 그 시체에서 일부분을 잘라내 데드맨을 만들었는지는 여전히 알 수 없었다. 게다가 다니야마 시즈라는 이름을 지닌 여성이 두 명으로 늘었다. 수사는 사건의 핵심에 접근하는 듯하면서도 오히려 점점 멀어지는 느낌이었다.

"어쨌든 다카사카 시온이라는 여자를 찾아야 해."

가부라기는 새삼스럽게 마사키와 히메노에게 그렇게 말했다.

"데드맨이 쓴 일기에 따르면 그 여자가 여섯 시체의 일부분을 손에 넣어 데드맨을 만든 것으로 되어 있어. 그렇다면 그 여자가 사건에 관여했을 가능성이 매우 높지. 그리고 다카사카 시온이 있는 병원에는 데드맨이 가부라는 이름을 지닌 간병 원숭이와 함께 있을 거야."

히메노가 방금 생각이 났다는 듯이 말했다.

"마사키 선배, 그러고 보니 의사회에 다녀왔잖아요? 다카사카 시온이라는 여의사에 대해 뭔가 나왔나요?"

"아, 그렇지."

마사키는 수첩을 꺼내더니 급히 페이지를 뒤적였다.

"그러니까 의사회 리스트에는 다카사카 시온이란 이름이 올라와 있지 않대. 그렇다면 가명을 쓰고 있거나 본명이라면 의사 면허가 없거나 둘 중 하나겠지."

"가명이거나 의사가 아니거나……."

가부라기가 혼잣말처럼 중얼거렸다.

"또 한 가지. 일본에서 간병 원숭이를 도입한 병원이 얼마나 되는지 물어보았지. 하지만 일본에서는 장애인을 돌보는 동물로 개밖에 인정하지 않는다더군. 신체장애인 보조견법에 따른 개가 아니라면 등록할 필요도 없으니 어디에 몇 마리가 있는지도 파악할 수 없대."

마사키가 아쉬운 표정을 지으며 수첩을 덮었다.

그때 회의실로 들어온 사람이 있었다. 과학경찰연구소에 돌아가 있던 사와다 도키오였다.

"아, 도키오. 데드맨이 보낸 이메일을 분석했다면서? 뭐 좀 나왔나?"

"도키오?"

사와다는 순간 당황한 표정을 지었지만 바로 보고를 시작했다.

"사소한 내용뿐입니다. 태블릿 PC에서는 터치패널에서 자판을 조작하기 때문에 오래 누르면 오타가 나는 경우가 있습니다. 데드맨이 보낸 메일 본문 가운데 보이는 오타는 그런 이유 때문에 나타난 거죠."

마사키가 맥이 빠진다는 듯이 사와다에게 말했다.

"그것뿐이야?"

"**그것뿐**입니다. 도움이 되지 못해 면목이 없습니다."

사와다가 한숨을 섞어 대답하더니 지칠 대로 지친 모습으로 긴 테이블 쪽 의자에 앉았다.

가부라기가 사와다에게 말을 건넸다.

"사실은 방금 이번 사건의 배후일 법한 43년 전 재판을 발견했어."

"43년 전이라고요? 어떤 재판인데요?"

깜짝 놀라는 사와다에게 가부라기가 옆에 앉아 설명하기 시작했다.

그 모습을 보면서 히메노가 마사키에게 다가가 작은 목소리로 말했다.

"마사키 선배. 이제 할 수밖에 없겠네요."

"하다니, 뭘 말이야?"

팔짱을 끼면서 마사키도 목소리를 낮추며 물었다.

"전국에 퍼져 있는 입원 시설을 지닌 병원 모두 인해전술로 직접 탐문하는 거죠. 다카사카 시온이라는 여자 이름에 짚이는 구석은 없는지, 간병 원숭이가 있는지, 다니야마 시즈라는 열여덟 살 환자가 있었는지를 직접 병원을 방문해 의사나 직원, 환자에게 묻는 거죠."

"하지만 전국 경찰에 협조를 요청한다고 해도 그런 병원을 전부 찾아다니려면 엄청난 인원과 시간이 들잖아?"

"그럼 다른 방법이 있습니까?"

"……없지."

마사키는 고개를 크게 끄덕였다.

"좋아! 전화하지. 히메, 너도 도와줘. 나는 북쪽 홋카이도 도경부터 시작해 걸 테니까 넌 남쪽 오키나와에서……."

"그럴 틈이 없습니다."

갑자기 큰 목소리가 회의실에 울려 퍼졌다.

사와다였다. 그는 우뚝 서서 마사키와 히메노를 무섭게 노려보고 있었다. 가부라기는 옆에서 어처구니없다는 표정을 지으며 파이프 의자에 앉아 있었다.

"아니, 야, 도키오. 왜 그러는 거야? 갑자기 소리를 버럭 지르고."

"그렇게 한가한 수사를 하고 있을 시간이 없어요. 범인을 막아야 해요!"

사와다가 빠른 말투로 말했다.

"범인을 막는다고? 범인이 무슨 짓을 한다는 거지?"

가부라기가 진지한 표정으로 물으며 자리에서 일어섰다.

"노자와 장관 암살입니다."

가부라기, 마사키, 히메노가 의아한 표정을 지으며 사와다를 바라보았다.

"아니, 정확하게 말하겠습니다."

사와다는 숨을 고르며 말했다.

"노자와 관방장관 살해가 범인의 최종 목적일 가능성이 있습니다."

사와다는 세 명의 얼굴을 차례로 바라보았다.

"43년 전 재판에는 피고가 일곱 명입니다. 그 가운데 여섯 명의 손자, 손녀가 처참한 죽음을 당했는데 딱 한 사람의 가족만 무사합니다. 이게 어떻게 된 걸까요?"

"그야 노자와는 그 수술에 참가하지 않았기 때문이 아닐까? 판결도 그렇게 나왔잖아?"

마사키가 눈썹을 찡그리며 사와다에게 물었다.

"그럴지도 모르죠. 하지만 나머지 여섯 명도 판결은 무죄였습니다. 그런데도 가족 전원이 살해되었죠. 이 판결은 실상을 제대로 파악하고 내린 걸까요? 그 수술에는 중대한 비밀이 숨어 있는 게 아닐까요?"

세 사람을 둘러보면서 사와다가 의문을 제기했다.

"비밀? 그 수술에 뭔가 있었다는 건가?"

가부라기의 질문에 사와다가 대답했다.

"어쩌면 45년 전에 그 정신외과 수술을 실제로 집도한 사람은 세 의사가 아니라 당시 인턴이었던 노자와 다이지가 아닐까요? 원고 측은 그랬을 가능성도 감안하여 수사를 통해 해결되기를 기대해 노자와를 제소한 건지도 모릅니다."

가부라기는 등골이 오싹했다.

틀림없이 그 재판에서 원고 측은 피고의 병원에서 실시된 정신외과 수술 때문에 다른 여러 사고가 일어났다고 주장했다. 환자가 사망한 예도 있다고 하니 상당히 허술한 수술이 반복되었다고 할 수밖에 없다. 만약 의사 면허가 없는 인턴이 집도했다면 수긍이 가는 결과다.

게다가 노자와 다이지의 아버지는 의료계에서 거물로 통했다고 한다. 만약 노자와가 집도해서 번번이 사고를 일으켰다고 해도 슬쩍 뭉갤 수 있었으리라. 또한 다른 정신외과 수술 재판 판례와 비교해보더라도 수술한 지 2년 만에 무죄 판결이 났다는 것은 매우 이례적인 일이라고 하지 않을 수 없다.

사와다가 다시 말을 이었다.

"그렇다면 범인이 가장 증오하는 사람은 노자와가 되죠. 범인은 우리가 이러고 있는 지금도 노자와를 죽일 기회를 엿보고 있을지도 모릅니다."

사와다는 하소연하듯 세 사람을 차례로 바라보았다.

"설마……, 그런……."

히메노가 겨우 그렇게 중얼거렸다. 그리고 불쑥 가부라기를 보며 말했다.

"가능성은 있습니다. 경호과에 노자와 관방장관에 대한 특별 경호를 부탁하죠."

"잠깐만, 히메. 경호과에 대체 뭐라고 설명해야 하지?"

마사키가 서둘러 끼어들었다.

"43년이나 된 재판이잖아? 더구나 그 수술을 노자와가 집도했다는 증거도 전혀 없어. 분명히 지금까지 살해된 사람은 노자와를 제외한 나머지 여섯 피고인의 손자와 손녀야. 하지만 여섯 번째 피해자가 나온 지 이미 4개월 동안 아무 일도 일어나지 않았어. 그런데 앞으로 노자와가 살해될 거라니. 아무래도 비약이 너무 심하지 않아?"

"그래도 가능성이 제로는 아니잖아요!"

히메노는 마사키의 얼굴에 자기 얼굴을 들이밀며 거칠게 반론을 제기했다.

"조금이라도 노자와 관방장관이 살해될 가능성이 있다면 무슨 소리를 듣건 경호에 만전을 기해야 합니다!"

마사키도 히메노의 얼굴을 노려보며 소리쳤다.

"닥쳐! 그건 나도 알아! 하지만 조직이란 **이럴지도 모른다**는 정도로는 움직이지 않는단 말이야, 제기랄!"

"사와다."

가부라기가 긴장한 목소리로 말했다. 마사키와 히메노가 가부라기와 사와다를 보았다.

"네 가설이 옳다고 했을 때 범인은 어떤 인물이지?"

사와다는 바로 대답했다.

"아마 45년 전에 정신외과 수술을 받은 환자인 다니야마 시즈와 매우 가까운 인물일 겁니다. 범인은 최근에 수술의 진상을 알게 되어 일단 수술 책임자 여섯 명의 손자와 손녀를 죽이고 마지막으로 수술을 집도한 당사자인 노자와 장관의 목숨을 노리고 있는 거죠."

가부라기는 다시 질문했다.

"범인은 어떻게 인턴 시절의 노자와 장관이 수술을 집도했다는 사실을 알았지?"

"그건…… 모르겠습니다."

사와다가 아쉽다는 듯이 말했다.

"범인은 왜 피고 여섯 명의 손자, 손녀를 죽였지?"

"모르겠습니다."

"범인은 왜 시체의 일부분을 가지고 데드맨을 만들어 되살려 냈지?"

"모르겠습니다."

"여섯 사람을 죽인 뒤 넉 달 동안 범인은 왜 전혀 움직이지 않지?"

"모르겠습니다."

"그렇다면…… 노자와 장관이 위험하다는 생각은 완전히 감에 불과하다는 건가?"

"예. 그렇지만 프로파일링 전문가가 느끼는 감입니다."

사와다는 가부라기를 똑바로 바라보았다.

"선배, 망상이라고 하건 머리가 이상하다고 하건 상관없습니다. 하지만 이 사건으로 두 명이 죽은 뒤, 또 다음 살인이 일어날 거라는 사실을 알면서도 저는 그걸 막지 못했습니다. 이번에는 다음 범죄가 일어나는 걸 막고 싶어요. 이제 더는 사람이 죽어선 안 됩니다."

가부라기는 망설였다. 그리고 필사적으로 생각했다.

사와다는 진실로 비약하여 그 진실을 움켜쥔 걸까?

아니면 상상의 함정에 빠지고 만 것일까.

사와다의 말은 모두 추측에 지나지 않는다. 노자와 관방장관의 암살에 대비한다고 하면 이 특별수사본부 이외에도 경호과를 비롯해 본청과 관할 경찰서의 여러 사람들이 말려든다.

아니, 그뿐만이 아니다. 노자와 관방장관의 목숨을 노리는 사

데드맨

람이 있다는 주장은 그가 인턴 시절에 무자격 수술로 환자를 살상한 '범죄자'라고 공언하는 것이나 마찬가지다.

하지만 분명히 43년 전 재판에서 피고인이었던 일곱 명 가운데 여섯 명은 가족이 살해되었고, 노자와 관방장관 주변에서만 아무런 일도 일어나지 않은 채 4개월이란 시간이 흘렀다.

이 4개월이라는 시간은 무엇을 의미하는 걸까?

이미 범인의 복수는 끝난 걸까? 아니면 아직 끝나지 않은 걸까?

만약 끝나지 않았다면……

"마사키."

가부라기는 마사키를 불렀다.

"경호과에 노자와 관방장관에 대한 특별 경호를 요청하겠어. 그 재판의 피고 일곱 명 가운데 여섯 명의 가족이 살해되었다는 사실 이외에 노자와 장관이 위험하다는 신빙성 있는 이유를 만들어줘."

마사키는 체념한 듯이 한숨을 내쉬었다.

"나 참, 도키오에게 그렇게까지 휘둘릴 거야?"

그러더니 서둘러 양복 상의를 걸치면서 말했다.

"만약 범인이 노자와 장관을 노리고 있다면 오히려 더 간단하지. 장관을 지켜보고 있으면 범인이 기어 나올 테니까. 가부, '노자와 장관을 죽이겠다'는 협박 전화가 1과로 직접 걸려왔다고 하면 되겠나?"

"미안해. 그리고……"

"수술을 받은 다니야마 시즈, 그리고 그 사람의 가족을 찾자는 거지? 알았어, 알았다니까."

가부라기를 등진 채 오른손을 흔들며 마사키는 잰걸음으로 회의실을 나갔다.

"저는 다시 데드맨의 이메일이 발송된 인터넷 프로바이더 사무실에 다녀오겠습니다. 데드맨이 있는 곳을 알아내면, 그곳에 다카사카 시온도 있을 테니까요."

히메노는 양복 상의를 움켜쥐고 회의실 출입구로 달려 나갔다.

"아, 그렇지."

출구를 나서자마자 히메노가 갑자기 멈춰서더니 이렇게 말했다.

"방금 가부라기 선배와 마사키 선배, 꽤 멋졌어요."

그리고 히메노는 요란한 발소리를 내면서 육 층 복도를 전력 질주했다.

"그런데 말이야, 사와다. 너 조금 전에 데드맨이 오타를 냈다고 했잖아?"

"아, 이메일 본문에 있던 네 군데의 오타 말이군요."

사와다는 주머니에서 이메일 내용을 프린트한 용지를 꺼내 가부라기에게 보여주었다. 종이에는 빨간 글자가 적혀 있었다.

『ㅇ 여겨지는お思える』= oomoeru

『ㅅ 손가락っ指が』= yyubiga

『ㄱ 긴ん長い』= nnagai

『ㅊ 체포っ逮捕』= ttaiho

"그러니까 이 네 군데의 오타는 모두 첫 글자가 두 번 눌려서 생긴 거라는 사실을 알게 되었습니다. 그런데 이게 왜요?"

가부라기는 사와다의 말이 들리지도 않는지 빨간 글자만 뚫어지게 들여다보고 있었다.

"사와다!"

느닷없이 가부라기가 얼굴을 들며 소리쳤다. 사와다는 깜짝 놀라 가부라기의 얼굴을 바라보았다.

"아, 예?"

"지금부터 네게 질문을 하겠어. 이번 사건과 관련이 있는지 없는지는 생각하지 않아도 돼. 선입관을 떨쳐버리고 대답해주겠나?"

"알겠습니다."

사와다는 긴장해서 고개를 끄덕였다. 가부라기가 바로 질문을 시작했다.

"자기 자신에 대해 이름에서부터 모든 것을 완전히 잊어버린 남자가 있어. 하지만 일상생활에 필요한 것들은 기억하지. 어떤 인물일까?"

"선배, 그건……."

"데드맨에 대해서는 잊어. 선입관 없이 대답해."

"아, 예."

사와다는 고개를 숙인 채 기를 쓰고 머리를 굴렸다. 그러다 머리를 들더니 이렇게 말했다.

"틀림없이 일종의 기억상실자일 겁니다. 하지만 심인성일 경우에는 그 정도까지 진행되지는 않을 겁니다. 아마 약물이나 심리 조작을 이용해 인위적으로 선택적인 기억 은폐가 이루어진 인물이겠죠."

사와다는 자기가 말을 해놓고 눈이 휘둥그레졌다.

"선배……."

"다음 질문."

가부라기는 사와다를 바라보며 고개를 끄덕인 뒤 두 번째 질문을 시작했다.

"현재 이 사회를 살아가면서 태블릿 PC나 이메일을 모르는 남자가 있어. 어떤 사람일까?"

"예. 일본에 처음으로 IPS, 즉 인터넷 접속 서비스를 제공하는 프로바이더가 탄생한 것은 1992년입니다. 그러니 그 사람은 20년 전부터 사회와 접점이 없었던 인물로 봐야겠죠. 예를 들면 20년 이상 교도소에 복역한 사람, 격리·입원해 있던 사람, 의식 장애가 있던 사람, 산속이나 외딴섬에서 살던 사람 혹은 히키코모리 상태였던 사람이겠죠."

가부라기는 세 번째 질문을 던졌다.

"현재 이 사회를 살아가면서 헤이세이라는 연호를 모르는 남자가 있어. 어떤 인물일까?"

"마찬가지입니다. 헤이세이 원년은 1989년이니 역시 23년 이상 전부터 사회와 접점이 없었던 인물이겠죠."

"후생노동성을 지금도 후생성이라고 생각하는 남자가 있어. 어떤 인물이지?"

네 번째 질문에 사와다가 대답했다.

"후생성이 후생노동성으로 바뀐 것은 2001년입니다. 그러니 역시 최소한 11년은 사회와 접점이 없었던 인물이죠."

"마지막 질문."

가부라기는 사와다의 눈을 쳐다보며 물었다.

"43년 전에 1년간 후생성 장관을 지낸 무사카 노보루 씨가 지금도 현직 장관이라고 생각하는 남자가 있어. 어떤 인물일까?"

사와다도 가부라기를 바라보며 천천히 대답했다.

"43년 전까지는 남들과 마찬가지로 사회생활을 했지만 그로부터 43년 동안 내내 사회와 접점이 없는 상태에 있다가 최근에야 의식이 돌아온 인물입니다."

가부라기는 천천히 고개를 끄덕였다. 그리고 이렇게 중얼거렸다.

"데드맨의 정체를 알 것 같군."

"데드맨의 정체를?"

허를 찔린 사와다는 저도 모르게 온몸이 굳어졌다.

"정체라니, 그 사람은 되살아난 시체라고 하지 않았나요?"

가부라기는 어처구니없다는 듯이 말했다.

"넌 정말로 그런 소리를 믿었던 거야? 다카사카 시온이라는 여자가 시체의 일부분을 모아 살려냈다는 이야기를?"

"아, 아뇨. 하지만 선배가 데드맨이 하는 말을 믿어보자고 하셔서."

"물론 지금도 믿어."

가부라기가 천천히 고개를 끄덕였다.

"43년 전 정신외과 수술 소송, 그리고 이번 여섯 명 연속살인

사건. 이 양쪽 사건의 진상을 누구보다 알고 싶어 하는 인물이

한 명 있지. 그게 데드맨이야."

가부라기는 불쑥 회의실 벽 쪽에 놓인 전화로 달려갔다. 그리

고 수첩을 꺼내 수화기를 들더니 번호를 눌렀다. 전화가 연결되

자 가부라기는 빠른 말투로 말하기 시작했다.

"수사 1과 가부라기입니다. 조사를 부탁하고 싶은 게 있습

니다."

상대방은 경찰인 모양이었다. 수첩에 메모를 하면서 한동안

통화를 계속한 뒤, 가부라기는 고맙다는 인사를 하고 전화를 끊

었다. 그리고 바로 수화기를 들더니 다른 번호를 눌러 통화를

했다.

몇 차례 통화를 마친 뒤 가부라기는 수화기를 내려놓고 한숨

을 푹 내쉬었다. 그리고 수첩을 양복 안주머니에 집어넣었다.

"사와다. 좀 나갔다 올게."

"예? 어디를?"

"내가 햇병아리일 적에 1과에 아주 뛰어나고 무서운 선배가

있었지."

사와다는 가부라기가 갑자기 엉뚱한 이야기를 하는 바람에 당

황했다.

"오래전에 정년퇴직한 분인데 생각해보니 벌써 10년이나 만

나지 못했네. 오래간만에 만나 뵙고 야단 좀 맞고 올게."

"아, 저어, 선배!"

어안이 벙벙한 사와다를 남겨두고 가부라기는 잰걸음으로 회의실을 나갔다.

14. 집념

같은 날, 그러니까 5월 4일 오후 5시. 신주쿠 역 중앙 출구.

역사 일 층에 있는 그 카페는 15년쯤 전에 긴자에 처음 상륙한 미국계 체인점인데, 지금은 전국에 1천 개가량의 점포를 갖고 있다. 젊은이들 사이에서 절대적인 인기를 누리고 있는 이 카페가 있느냐 없느냐에 따라 그 거리가 도시적이냐 아니냐를 판단할 정도다.

이 카페에서 만나 쇼핑을 하거나 식사라도 하러 가려는지 가게 안에는 많은 젊은이들로 붐비고 있었다. 가게 안쪽은 통유리로 되어 있어 역 앞을 지나가는 사람들이 환히 보인다. 보도에 쏟아지는 누런 햇살이 해 질 녘 분위기를 자아냈다.

창가 자리에는 이 카페와는 어울리지 않는 두 남자가 앉아 있었다. 둘 다 등받이 없는 은색 의자에 걸터앉아 창 바깥쪽, 즉 오가는 사람들을 바라보며 앉아 있었다. 두 사람 사이에는 자그마한 둥근 테이블이 있고 커피가 담긴 머그컵이 두 개 놓여 있었다.

"나카 선배님. 늘 이렇게 세련된 카페에 오십니까?"

두 사람 가운데 젊은 쪽이 상대를 흘끔 보면서 말했다. 가부라기 데쓰오였다.

나카 선배라고 불린 또 한 남자는 거리를 바라보며 대답했다.

"찻집에는 시간이나 때울 겸 자주 가지만 여기는 절대 오지 않지. 담배를 피울 수 없으니까. 자네 근무 중이지? 여기라면 역사 안이니 자네가 좀 편하게 움직일 수 있을 거야."

나카야마 슌페이中山俊平. 전직 경시청 수사 1과 제1계 형사다. 10년 전에 정년퇴직했으니 올해로 일흔 살이 되는 셈이다.

"신경 써주셔서 감사합니다."

가부라기가 고개를 숙이자 나카야마는 흥, 하고 콧방귀를 뀌었다.

"신경 써준 게 아닐세. 쓸데없이 시간 낭비해 세금을 헛되게 쓰지 않도록 하려는 뜻이지."

가부라기는 머리를 긁적였다. 나카야마는 가부라기가 수사 1과에 왔던 서른 살 때 이미 쉰다섯 살의 베테랑 형사였다. 그로

데드맨

부터 정년퇴직하기까지 5년 동안 수사할 때는 늘 함께 행동했으며 형사의 기본은 나카야마로부터 배웠다고 생각한다.

"가부. 자네는 제5인지 특명인지 쪽으로 소속이 바뀐 건가?"

나카야마가 가부라기에게 물었다. 제5, 즉 수사 1과 제5 강력범 수사와 특명, 즉 특명수사대책실은 모두 미해결 사건을 계속 수사하는 부서다.

"아뇨. 왜요?"

가부라기가 묻자 나카야마는 여전히 창밖을 내다보면서 손만 움직여 머그컵을 집어 들었다.

"10년 만이지? 그냥 보고 싶어서 만나러 왔을 리는 없고. 나처럼 은퇴한 영감탱이에게 물어볼 게 있다면 보나 마나 옛날 사건 이야기겠지."

"졌습니다. 그럼 본론을 말씀드리죠."

가부라기는 커피를 한 모금 마시고 나카야마에게 이렇게 말했다.

"선배님이 젊었을 때 1과에 한쪽 다리가 불편한 선배님 또래의 형사가 계셨죠?"

나카야마는 손길을 멈췄다. 그리고 비로소 옆에 앉은 가부라기를 바라보았다.

"그분 다리가 불편한 까닭은 근무 중에 허벅지 뒤쪽에 부상을 입은 게 원인입니다. 그리고 그분은 이십 대에 병 때문에 퇴직했고요."

나카야마는 머그컵을 테이블에 내려놓았다.

"이미 총무 쪽이나 연금과 쪽은 알아보았을 테지?"

"예. 그렇지만 그분의 거처를 알 수 없었습니다. 부모님은 일찍 돌아가셨고 형제도 없더군요."

"그래?"

나카야마는 창밖으로 시선을 돌리더니 눈이 부신 듯 눈을 가느다랗게 떴다.

"아는 분이죠?"

나카야마는 다시 머그컵을 집어 들었다. 그리고 한 모금 마신 뒤 테이블에 내려놓더니 나지막한 목소리로 말하기 시작했다.

"겐다 슈조源田修三는 나보다 한 살 아래였어. 지독한 근시라서 늘 우유병 밑바닥처럼 두꺼운 안경을 썼지. 그래도 스물네 살에 **지점**에서 경시청으로 스카우트될 정도로 우수한 형사였어. 권총 솜씨가 대단하다는 소문이었지."

지점이란 관할 경찰서를 말한다. 경시청은 본점이다.

"그때는 탐문 수사도 요즘처럼 파트너와 함께 움직이는 게 아니라 단독으로 했기 때문에 누가 어떤 건을 추적하고 있는지도 쉽게 알 수 없었어. 혼자서 하나부터 열까지 몰래 조사한 뒤에 불쑥 뚜껑을 열어 범인을 검거하는 식이었는데, 뭐랄까 멋진 수사 방법이었던 셈이지. 그래서 겐다도 언제였는지 조폭이 뒤에서 습격했을 때 구급차를 불러줄 녀석이 없어 한쪽 다리를 절게되었던 거야."

가부라기는 말없이 고개를 끄덕였다. 요즘 형사들은 수사할 때 반드시 2인 1조가 의무로 되어 있지만 당시에는 그렇지 않았다. 형사가 외로운 늑대처럼 행동하던 시절이었다.

"겐다 선배는 어쩌다 퇴직하게 되었죠?"

가부라기가 물었다. 나카야마는 다시 설명을 시작했다.

"겐다는 그때도 단독으로 뭔가 큼직한 건을 뒤쫓고 있는 듯했어. 하지만 그게 어떤 사건인지는 아무도 몰랐지. 그러던 어느 날 겐다가 돌연 입원했네."

"입원? 부상을 당했나요? 아니면 병이라도?"

가부라기가 깜짝 놀라며 묻자 나카야마는 고개를 저으며 자기 옆머리를 손가락으로 쿡쿡 찔렀다.

"여기."

가부라기는 말없이 고개를 끄덕였다.

"소문으로는 건망증이 심해지거나 이상한 소리를 늘어놓기도 해서 스스로 치료를 위해 유명한 병원에 들어갔다는 이야기였어. 젊은 나이였기 때문에 공로를 세우려고 애를 태우며 무리를 했겠지. 그게 화근이 되었는지도 몰라."

나카야마는 거리를 걷는 양복 입은 청년을 멍하니 바라보고 있었다. 겐다의 모습을 찾고 있는지도 모른다. 나카야마는 한숨을 내쉬고 이렇게 말을 이었다.

"그러던 중에 겐다가 보낸 사표가 수사 1과에 도착했네. 총무쪽에서는 병원으로 상태를 파악하러 갔는데 다른 전문 병원으로 옮겼다던가 해서 그 병원에는 이미 없었지. ……내가 아는 내용은 여기까지야."

가부라기는 은색 의자에서 일어섰다.

"정말 감사합니다. 덕분에 귀중한 단서를 얻었습니다."

"그 토막 살인 여섯 건 관련인가?"

"예."

나카야마는 유리창 너머를 바라보며 말했다.

"자네도 너무 무리하지는 말게. 주변에 쓸 만한 친구들은 있어?"

가부라기는 미소를 지었다.

"집념이 강한 동료와 앞뒤 가리지 않는 부하 녀석들이 있습니다."

"그래? 그럼 다행이군."

나카야마는 슬쩍 웃으며 고개를 끄덕였다. 그리고 유리창 밖으로 시선을 향한 채 가부라기에게 이렇게 말했다.

"볼일 마쳤으면 얼른 돌아가. 난 여기 좀 더 있을 테니까."

"예. 그럼 실례하겠습니다. 정말 감사합니다."

가부라기는 다시 고개를 숙였다. 나카야마는 가부라기에게는 시선도 주지 않고 오른손을 슬쩍 들었다.

카페 출입구로 가려다가 문득 뒤를 돌아보았다. 나카야마는 여전히 유리창 밖을 바라보며 긴 그림자를 끌고 오가는 사람들을 가만히 바라보고 있었다.

가부라기는 순간 깜짝 놀랐다. 그리고 다시 나카야마에게 다가가 등 뒤에 대고 말했다.

"나카 선배. 혹시 지금 미아타리見当たり를?"

미아타리란 전국에 5천 명이 넘는 지명수배범을 체포하기 위해 그 얼굴의 특징을 외워 거리에 서서 기억력과 감만으로 범인을 찾아내는 지루하고 고독한 수사 방법을 말한다.

잠시 침묵한 뒤 나카야마는 혼잣말을 하듯 이렇게 말했다.

"옛날에 내가 놓친 범인이 지금쯤 어디선가 어슬렁거리며 돌아다닐지도 몰라서……. 그런 생각을 하면 집에 멀거니 앉아 있을 수가 없더군. 틈만 나면 그만 이렇게 거리가 보이는 찻집에서 하루를 보내고 있네."

가부라기는 의자에 앉은 나카야마의 등을 향해 세 번이나 깊숙이 고개를 숙였다. 그리고 잰걸음으로 카페를 나왔다. 이번에는 뒤돌아보지 않았다.

일흔 살이 된 전직 형사는 정년퇴직을 한 지 10년이 지난 지금도 여전히 범죄 수사 중이었다. 그리고 그 남자도…….

가부라기는 개찰구를 향해 역 광장을 걸으며 만난 적도 없는 남자에 대해 골똘하게 생각하고 있었다.

가부라기는 문득 멈춰 서서 바지 왼쪽 주머니에서 휴대전화를 꺼냈다. 상대방이 전화를 받자 가부라기는 나직한 목소리로 말했다.

"다키무라^{瀧村} 선배? 가부라기입니다. 좀 묻고 싶은 게 있어서요."

전화 상대는 감식과 다키무라 류이치였다.

"사람의 DNA 분석을 할 경우 혈액이나 모발이 아니라 소지품에서도 샘플을 채취할 수 있습니까? 가능해요? 예. 잠깐 기다려주세요."

가부라기는 휴대전화를 어깨와 턱 사이에 끼우고 통화하면서 수첩을 꺼냈다.

"모자, 칫솔, 일회용 면도기, 의류. 알겠습니다. 감사합니다. 그런데 선배, 죄송하지만 급한 부탁이 있습니다."

그러더니 가부라기는 전화기를 든 채로 다키무라를 향해 고개를 숙였다.

　"그 여섯 명 연속살인사건 말입니다. 처음과 두 번째, 즉 가미무라와 니토라는 피해자의 살해 현장에서 범인 것으로 보이는 머리카락이 발견되었습니다. 그 DNA 타입을 어떤 인물의 소지품에서 채취한 DNA 타입과 대조해주시면 고맙겠습니다. 그렇습니다. 급히 처리해주십시오."

15. 선고

가미무라 슌 님에게

시즈입니다. 안녕하세요?

용건부터 말씀드리겠습니다. 그 무서운 사건에 대해서입니다.

그 뒤로 저도 신경이 쓰여서

알고 지내는 경찰 관계자에게 어떤 상황인지 물어보았습니다.

그런데 엄청난 사실을 알게 되었습니다.

할아버지의 사진에 함께 찍혀 있던

가미무라, 니토, 산토라는 세 명의 의사는

잘못된 수술을 해서 환자를 재기 불능으로 만들었다는 이유로

환자의 부모로부터 고소를 당했습니다.

데드맨

그 밖에도 세 사람이 수술에 책임이 있다고 해서

함께 고소되었죠.

하지만 그건 겉으로 드러난 이야기 같습니다.

실제로는 당시 인턴으로 의사 면허도 없던

지금의 노자와 관방장관이

어설프게 서툰 수술을 했다는 겁니다.

노자와 장관의 아버지는 의료계에서 큰 권력을 지니고 있어

병원 관계자 그 누구도 거스를 수 없었다고 합니다.

그래서 표면적으로는 세 의사가 수술을 한 것으로 된 겁니다.

그리고 그 엉터리 수술 때문에

수술을 받은 환자는 큰 장애를 안게 되어

나머지 인생을 빼앗기고 말았습니다.

그 환자 측은 재판에 졌습니다.

아무런 보상도 받지 못한 겁니다.

그리고 환자는 심각한 장애를 안은 채

지금도 어디선가 살아가고 있다고 합니다.

어쨌든 할아버지 시절에 일어난 일입니다.

그때에 노자와 장관이 저지른 죄는 모두 공소시효가 지나

이제는 경찰도 손을 댈 수 없고

앞으로도 영원히

누구도 처단할 수 없다고 합니다.

시즈로부터

나는 깊은 밤 병실에서 태블릿 PC를 품에 안은 채 얼떨떨한 기분이었다. 머리맡에 있는 독서등이 어둠 속에서 흐릿하게 빛을 비추고 있었다.

내 몸을 구성하는 여섯 명은 형편없는 수술로 환자를 재기 불능 상태에 빠트린 여섯 명의 '손자, 손녀'였다는 이야기다. 경찰 관계자로부터 들은 이야기라니까 틀림없을 것이다.

분명히 이 연속살인사건을 저지른 범인은 그 여섯 명에 대한 원한의 칼날을 우리 손자 세대 쪽으로 겨누었다. 왜 이제 와서 그랬는지는 알 수 없다. 분명 진상을 최근에서야 알게 되었기 때문이리라. 그래서 우리는 살해되었다…….

분노가 부글부글 끓어올랐다. 실제로 수술을 한 사람은 우리 할아버지들이 아니다. 노자와라는 현역 관방장관이다. 그런데 그는 그런 사실을 숨기고 정계의 중심까지 올라가 지금도 여유롭게 살고 있다. 그리고 우리는 노자와 대신 살해되었다.

죽어야 할 인간은 노자와 장관이지 우리가 아니다.

우리를 죽인 범인에 대한 분노는 이미 옅어졌다. 범인 또한 피

데 드 맨

해자다. 사랑하는 가족이 엉터리 수술 때문에 재기 불능 상태에 빠지고 법에 호소했지만 효과가 없었다. 그런데 집도한 사람은 그사이 출세하고, 사건의 진상을 알게 되니 벌써 공소시효다. 경찰은 앞으로도 아무것도 해주지 못할 것이다. 그러니 범인으로서는 우리를 죽이는 일 이외에 한을 풀 방법이 없었으리라.

나는 어쩌면 좋지? 이제 무엇을 해야 하는 걸까?

그때 방문을 노크하는 소리가 들렸다. 꾸벅꾸벅 졸고 있던 가부가 펄쩍 뛰어오르더니 얼른 내 옆에 붙어 앉아 문 쪽을 바라보았다.

"잠깐 괜찮아요? 할 이야기가 있어서."

다카사카 선생 목소리였다.

"미안해요. 이렇게 늦은 밤에."

다카사카 선생은 내 침대 옆에 있는 파이프 의자에 앉았다. 틀림없이 내 몸 상태가 이상해서 찾았을 때 이외에 다카사카 선생이 이런 시간에 오는 일은 거의 없었다. 게다가 상당히 심각한 표정을 짓고 있었다. 불길한 예감이 들었다.

"무슨 급한 볼일이라도?"

옆에 앉아 있는 가부의 등을 쓰다듬으며 내가 물었다. 가부의 등을 쓰다듬으면 언제나 마음이 차분해진다. 가부는 방으로 들어온 사람이 다카사카 선생이라는 걸 깨닫고 기뻐하며 잠시 매달리다가 졸음이 오는지 다시 마음 놓고 꾸벅거리기 시작했다.

다카사카 선생은 내 물음에 바로 대답하지 않고 잠시 망설이 듯 허공을 바라보더니 문득 태블릿 PC로 시선을 돌렸다.

"사용법을 금방 익혔네요."

"태블릿 PC요? 음, 이제 편지를 주고받는 정도는 할 수 있죠."

"아, 편지를."

다카사카 선생은 고개를 끄덕였다. 나는 슬쩍 자랑스러워져 이렇게 대꾸했다.

"시즈가 이 태블릿 PC에 편지를 보냈습니다. 그래서 이리저리 해보았더니 답장을 보낼 수 있게 되었죠."

다카사카 선생이 물었다.

"그럼 시즈 씨로부터 온 편지도 전부 읽었어요?"

"예. 익숙해지니 쉽더군요. 두 손가락으로 펼치면 글씨를 크게 만들 수 있다는 것도 알게 되었고요."

나는 가슴을 쭉 폈다.

하지만 그 내용에 대해서는 이야기하지 않기로 했다. 게다가 경시청 가부라기 형사에게 메일을 보낸 일도 이야기하지 않았다. 왠지 그렇게 하는 게 나을 것 같았다.

다카사카 선생이 뜬금없이 물었다.

데 드 맨

"시즈에 대해 어떻게 생각해요?"

"어떻게라뇨? 그게 무슨 뜻이죠?"

내가 되묻자 다카사카 선생은 진지한 표정으로 다시 물었다.

"시즈 씨, 좋아해요?"

얼굴로 온몸의 피가 몰리는 느낌이 들었다. 갑자기 심장박동이 빨라졌다. 다카사카 선생은 그런 나를 여전히 진지한 표정으로 가만히 바라보고 있었다.

"글쎄요, 뭐랄까……."

나는 새삼 시즈를 어떻게 생각하는지 열심히 고민했다. 적당히 얼버무리는 짓은 시즈에게 실례라고 생각한 것이다.

"조금 이상한 사람이지만 전혀 싫지 않습니다. 오히려 그게 더 재미있다고나 할까요, 귀엽다고나 할까요."

그렇게 말하며 생각하는 중에 나는 딱 어울리는 표현을 찾았다.

"맞아. 처음 만난 느낌이 아니었습니다. 처음 보았을 때부터 아주 오래전부터 알고 지낸 기분이 들더군요. 그래서."

그래서 앞으로도 사이좋게 지낼 수 있지 않을까?

나는 마음을 정했다. 이번 기회에 다카사카 선생과 의논해보기로 결심했다.

"선생님, 저는 이 병원을 나가 생활하고 싶습니다. 목발이 있으면 걸을 수 있게 되었고 게다가 가부도 함께 있어줄 테고. 어떨까요?"

문득 다카사카 선생의 얼굴이 살짝 일그러졌다. 그리고 잠시 침묵한 뒤 이렇게 말했다.

"그렇게 해드리고 싶어요. 하지만……."

나는 다카사카 선생의 말을 중간에 끊고 애서 설득했다.

"선생님의 연구에 제 몸이 필요한 건 잘 알고 있습니다. 그래서 이 병원에서 멀리 떠날 생각은 없어요. 이 근처 어디든 괜찮으니 연립주택이라도 빌려 가부와……."

시즈와. 그렇게 말할 뻔했지만 겨우 참았다.

"당신은 이제 곧 죽을 거예요."

다카사카 선생이 툭 내뱉었다.

처음에는 다카사카 선생이 대체 무슨 말을 하는지 이해하지 못했다. 뭐라고 한 건 알겠는데 그 말이 이쪽 귀로 들어와 저쪽 귀로 쑥 빠져나가 내용이 머릿속에 들어오지 않았다.

"뭐라고요?"

나는 웃으며 그렇게 되물었다. 다카사카 선생은 진지한 표정으로 내 얼굴을 바라보며 입을 다물고 있었다. 그제야 다카사카 선생의 말이 들린 듯했다.

당신은, 이제, 곧, 죽을 거야.

아무래도 다카사카 선생은 내게 이렇게 말한 모양이다.

죽어?

죽는다니, 무슨 소리지? 나는 그 말의 의미를 이해하지 못했다.

나는 애당초 죽은 거 아닌가? 죽었던 여섯 명의 일부분을 다카사카 선생이 퍼즐을 짜 맞추듯 조합해 나를 만든 거 아닌가? 그런 내가 죽다니. 대체 무슨 소리일까?

"당신 몸 안의 세포가 점점 죽어가고 있어요. 성공한 줄 알았는데 아무래도 생명을 창조할 수는 없었네요. 역시 인간은 자연의 이치에 따라야 해요. 신을 거스를 수 없었어요. 미안합니다. 용서하세요."

억양이라고는 전혀 없는 차분한 목소리로 무슨 시라도 낭독하듯이 다카사카 선생이 말했다.

하지만 그런 말투 때문인지 나는 이상하게도 크게 동요하지 않고 다카사카 선생이 한 말을 받아들일 수 있었다.

그런가? 실패한 건가? 나는 이제 곧 원래대로 시체가 되고 마는 건가?

얼마 지나지 않아 내 의식은 사라져버릴 것이다. 나는 아무것도 생각하지 못하게 되고 느끼지도 못하게 되어 어디론가 사라져버릴 것이다. 갑자기 내 발아래 구멍이 뻥 뚫려 떨어져 내리는 것처럼 온몸이 오싹했다.

"언제까지 살아 있을까요?"

내가 물었다.

"앞으로 닷새……, 아니 사흘만 지나면 당신 몸은 점점 움직이지 못하게 될 거예요. 그리고 그 뒤로 며칠 지나면 아마도……."

정신을 차려보니 나는 옆에 앉아 있는 가부의 등을 손으로 쓰다듬고 있었다. 그 오른손이 파르르 떨렸다. 가부는 눈을 가늘게 뜨고 나를 돌아보며 가만히 내 얼굴을 바라보았다.

가부, 미안……. 나는 가부의 등을 쓰다듬으며 속으로 사과했다.

나는 이제 곧 너와 헤어져야만 할 것 같아. 이렇게 등을 쓰다듬어줄 수도 없게 될 거야. 네게 키위나 바나나처럼 좋아하는 과일을 줄 수도 없겠지. 함께 술래잡기도 할 수 없겠고. 모처럼 목발을 짚고 걸을 수 있게 되었는데…….

다음에는 시즈가 머릿속에 떠올랐다. 시즈에게는 내가 죽을 거라는 이야기를 하지 말자. 나는 그렇게 생각했다.

시즈는 외톨이라고 했다. 나는 시즈에게 특별한 사람은 아니더라도 적어도 친구이기는 했을 것이다. 또 누군가를 잃게 만들면 너무 측은하다. 어쨌든 내가 죽었다는 이야기는 전해 듣게 될지도 모른다. 그걸 하루라도 늦추고 싶었다.

"혹시 미련이 남는 일이라도 있어요? 내가 할 수 있는 일이라면 뭐든……."

다카사카 선생이 물었다. 나는 말없이 고개를 저었다. 가부와 시즈를 빼면 마음에 담아둘 것도 없다. 그 밖에는 아무것도 없다. 시체가 시체로 돌아간다. 그저 그뿐이다.

어린 시절 더운 여름날 반짝반짝 빛나는 강물에 얼굴을 담그고 물고기들이 헤엄치는 모습을 내내 구경하고 있었던 것 같은 기분이 든다. 이건 누구의 기억일까? 누구건 상관없다. 나는 요 몇 달간 어딘가 다른 곳에서 얼굴을 들이밀고 이 세상을 구경하고 있었다. 그리고 이제 고개를 들고 다른 곳으로 돌아갈 때가 왔다. 그뿐이다.

"신세 많았습니다. 짧은 기간이었지만."

나는 다카사카 선생에게 고개를 숙였다.

그러자 다카사카 선생이 말했다.

"사실 부탁하고 싶은 게 있어요."

부탁? 대체 뭘까? 나는 멍하니 그 말을 듣고 있었다. 이제 곧 사라지게 될 내가 무얼 할 수 있다는 걸까?

"내일, 5월 5일에 여기 입원한 사람들을 위문하기 위해 내각 관방장관인 노자와 다이지 씨가 오기로 되어 있어요."

노자와라고? 온몸에 전율이 일었다.

"노자와 장관은 의사 출신으로 후생노동성 장관을 지냈기 때문에 지금도 의료 시설이나 복지 시설과 밀접한 관계를 유지하고 있어요. 매년 수십 곳을 위문하러 다니죠. 뭐 선거용이라는 의미도 크기는 하지만. 그래서 여기 있는 동안 입원해 있는 사람들을 대표해서 누군가가 장관에게 감사의 꽃다발을 선물하게 되어 있는데 그 역할을 맡아주었으면 해서요."

노자와 관방장관이 내일 이 병원에 온다.

이게 무슨 기막힌 우연이란 말인가. 이게 하늘의 뜻이 아니면 무엇이란 말인가.

자기 죄를 우리 여섯 명의 할아버지에게 뒤집어씌운 남자가 이 병원에 온다. 진실을 숨긴 채 아무 일도 없었다는 듯이 편히 살아왔고, 앞으로도 결코 치벌받을 일 없는 남자. 우리 여섯 명이 살해된 원인을 제공한, 아니 죽음으로 몰아넣은 남자가 내일 내 손이 닿을 곳에 온다고 한다.

"당신이 한 번쯤 속이 후련해지는 순간을 느낄 수 있게 해주고 싶은데. 어때요? 받아들여 줄래요?"

다카사카 선생은 내게 그렇게 말했지만 이미 그런 건 아무런 상관도 없다. 내 몸을 구성하는 여섯 명의 원한과 슬픔이 몸속에 휘몰아치기 시작했다. 그리고 내 몸 안의 죽어가는 세포 하나하

데 드 맨

나가 격렬한 분노로 일제히 떨기 시작했다.

"하겠어요."

나는 애써 내면의 감정이 밖으로 드러나지 않도록 태연하게 말했다.

다카사카 선생은 안도한 듯이 미소를 지으며 내게 고맙다고 말했다.

그런 다카사카 선생은 아랑곳하지 않고 나는 속으로 눈앞에 나타날 그 인간을 어떻게 하면 확실하게 죽일 수 있을지 궁리하기 시작했다.

16. 설득

내각총리대신 관저, 통칭 수상 관저는 지요다 구 나가타 초永田町에 있다. 에도시대에 여러 다이묘大名*의 저택이 있던 4만 6천 평방미터에 이르는 드넓은 땅에 서 있다. 지상 오 층, 지하 일 층, 합치면 2만 5천 평방미터짜리 건물이다.

5월 5일 오후 2시. 수상 관저 동쪽 건물 현관에서 검은색 렉서스 LS600hL을 중심으로 세 대의 승용차가 미끄러져 나왔다. 앞뒤에 선 두 대는 역시 까만 크라운 마제스터. 위장 경호 차량이다. 그리고 그 주위를 네 대의 흰색 대형 오토바이가 둘러싸고 있다. 경호차와 흰색 오토바이는 경시청 경비부 경호과 경호 제

---

* 각 지방의 영토를 다스리며 권력을 행사하던 유력자.

데 드 맨

2계, 즉 장관 담당 근접 경호 부대. 그리고 한가운데 있는 렉서스가 장관 전용차다.

일반 도로로 통하는 관저 게이트까지 와서 세 대의 승용차와 흰색 오토바이는 급정차했다. 통로 중앙에 한 남자가 서 있었다.

흰색 오토바이가 그 남자를 바로 에워쌌다. 동시에 선두 경호차에서 양복 차림의 건장한 남자 몇 명이 양복 안주머니에 손을 넣으며 달려왔다.

"수고. 소란을 떨어 미안하군."

주름투성이의 회색 양복을 입은 그 남자는 바지 왼쪽 주머니에서 경찰수첩을 꺼냈다. 그리고 그걸 왼손에 펼쳐 들고 얼굴 높이까지 들어 올려 둘러싼 경찰들에게 보여주었다. 가부라기 데쓰오였다.

SP^Security Police* 가운데 한 명이 노골적으로 얼굴을 찌푸리며 가부라기에게 다가왔다. 젊은 남자였다.

"수사 1과에 계신 분입니까? 무슨 일입니까? 보시다시피 그쪽 요청을 받아들여 특별 경호를 하고 있습니다. 경호에 관한 요구라면 경호과를 통해 하십시오."

"자네들이 아니라 노자와 장관님에게 할 이야기가 있네. 총리

---

* 요인 경호를 담당하는 경시청 경찰관.

와 회담이 있어 이쪽에 왔다는 이야기를 들어서."

가부라기가 경찰수첩을 거두면서 말했다.

"그러면 장관님 비서관에게 연락하십시오. 비켜주시죠."

차갑게 대꾸하는 SP를 보면서도 가부라기는 물러서지 않았다.

"어떻게는 지금 당장 노자와 장관님을 만나야겠어."

"수사 1과가 관방장관님을?"

SP가 의아하다는 듯이 물었다. 가부라기는 고개를 끄덕였다.

"장관님에게 전해주겠나? 수사 1과 형사가 당신의 인턴 시절 이야기를 묻고 싶어 한다고. 당신 목숨이 걸린 문제라고 하더라고."

SP는 바로 심각한 표정이 되었다. 긴급사태라는 걸 눈치챈 듯했다.

"가부라기 경위라고 하셨죠? 반드시 지금이어야만 하는 겁니까?"

"지금 당장. 시간이 없네."

SP의 얼굴에 심각하게 망설이는 기색이 떠올랐다.

"하지만 비서관을 통하지 않고 장관님을 상대로 이런 무례를 범하면 간단하게 넘어갈 문제가 아닙니다. 자칫하면……."

"알아. 그래서 혼자 왔지."

데 드 맨

가부라기는 SP에게 이렇게 덧붙였다.

"미안하지만 자네에게 자세한 이야기를 할 수는 없네. 나는 지금 당장 노자와 장관님과 이야기를 해야 해. 만나게 해줘."

SP는 말없이 가부라기의 얼굴을 뚫어지게 바라보았다.

그러고는 불쑥 이렇게 말했다.

"수사 1과 가부라기 수사관이 특별 경호 내용을 상세하게 설명하기 위해 우리 경호과의 요청으로 노자와 관방장관과의 면담을 필요로 하는 거로군요."

가부라기는 잠깐 눈이 휘둥그레졌다가 이내 고개를 끄덕였다.

"10분 정도면 돼."

SP는 돌아서더니 무전기를 꺼내 작은 목소리로 뭔가 교신하기 시작했다. 그리고 바로 대화를 마치더니 가부라기를 향해 이렇게 말했다.

"딱 5분입니다. 전용차로 가시죠."

"고맙네. 정말 고마워."

SP에게 고개를 깊숙이 숙이고 가부라기는 검은색 렉서스 쪽으로 걷기 시작했다.

가부라기는 걸으며 문득 기묘한 느낌을 받았다.

나는 언제부터 이렇게 터무니없는 짓을 하는 인간이 된 걸까?

별 생각 없이 경찰관이 되어 하루하루 일에 떠밀리며 승진 시험도 완전히 포기했던 내가. 수사의 중심에 선 적도 없고, 어림짐작으로 하는 추리를 혼자 웅얼거리기나 하던 내가. 그래서 평소에는 전혀 두드러지지 않아 존재감이 희미하다는 놀림을 받던 내가. 수사본부장 대행이라는 큰 역할이 맡겨졌기 때문일까? 그렇지는 않은 것 같다.

그래, 틀림없이 마사키와 히메노, 그리고 사와다 때문이다. 그런 터무니없는 녀석들에게 둘러싸여 있으니 나도 이렇게 앞뒤 가리지 않고 행동해보고 싶어지는 거지.

가부라기는 그렇게 결론을 내리고 혼자 고개를 끄덕였다. 가부라기의 얼굴에 미소가 떠올랐다. 가부라기는 마음이 편했다.

장관 전용차 옆에 있던 다른 SP가 방탄유리를 끼운 뒷좌석 문을 열었다. 가부라기가 그 안으로 들어가자 안쪽에는 풍채 좋은 고령의 남자가 앉아 있었다.

일흔 살이라는 나이에 비해 머리카락이 검다. 올백으로 넘긴 머리. 광택이 나는 고급 옷감으로 만든, 가는 줄무늬가 들어간 진남색 양복. 빳빳하게 날이 선 새하얀 셔츠. 그리고 빨간 바탕에 굵은 줄무늬가 있는 레지멘탈 타이. 내각 관방장관 노자와 다이지였다.

가부라기가 옆에 앉자 노자와 장관은 팔걸이에 달린 버튼을 눌렀다. 앞좌석과 뒷좌석 사이에 두툼한 유리가 아래에서 위로 올라왔다. 전용차 뒷좌석 부분은 완전히 주위와 차단되었다.

"경시청 형사국 수사 1과 가부라기입니다."

양복 안주머니에 오른손을 넣은 가부라기에게 노자와 장관이 말했다.

"명함은 필요 없네. 막 외출하려는데 무슨 일인가? 난 바쁜 사람이야. 어서 용건을 말하게."

텔레비전에서 몇 차례 들었던 탁한 목소리였다. 하지만 기자 회견이나 국회 대정부 질문 때는 느낄 수 없었던 압도적인 위압감이 밀려왔다. 어떤 목소리를 내면 상대에게 어떤 느낌을 줄 수 있는지 아주 잘 아는 사람의 목소리였다.

가부라기는 주머니에서 손을 빼고 입을 열었다.

"43년 전, 도쿄 지방법원의 정신외과 수술 관련 재판에서 장관님은 피고 가운데 한 명이었죠?"

"그건 터무니없는 누명이었네. 재판 결과 결백하다는 사실이 증명되었어."

노자와 장관은 아무런 감정도 섞이지 않은 말투로 대꾸했다.

가부라기는 천천히 고개를 저었다.

"그 수술은 당시 스물다섯 살 인턴이던 장관님이 집도했습니다."

노자와 장관은 잠시 침묵한 뒤 살짝 콧방귀를 뀌었다.

"말도 안 되는 소리를. 누가 그런 헛소문을 퍼뜨리는지 모르겠군. 게다가 그 재판은 43년 전에 끝난 일이야."

"그렇습니다."

가부라기는 고개를 끄덕였다.

"하지만 그때의 원한을 풀려고 하는 사람에게는 몇십 년이 지났건, 공소시효가 끝났건 아무 의미가 없죠. 이미 그 사람은 여섯 명이나 살해했습니다."

"그 사건은 알고 있네. 무능한 경찰이 아직 범인을 체포하지 못했다는 것도."

노자와 장관이 야유를 섞어 대꾸했다.

"살해된 사람들은 그 재판의 피고 일곱 명 가운데 장관님을 제외한 여섯 명의 손자, 손녀입니다. 그런 내용도 알고 계십니까?"

노자와 장관이 짜증 섞인 말투로 대답했다.

"왜 범인이 그 사람들 손자, 손녀를 죽였지? 게다가 시체를 훼손했다면서? 어째서 그랬나?"

"그렇게 말씀하시면 정확한 답변을 드릴 수는 없습니다만."

가부라기는 한숨을 내쉬고 말을 이었다.

데드맨

"적어도 여섯 피고의 손자, 손녀를 죽인 이유에 대해서 저는 이렇게 생각하고 있습니다. 첫째, 장관님과는 관계없는 어떠한 목적 때문에. 둘째, 여섯 피고에 대한 복수. 그리고 나머지 하나는 장관님에 대한 살해 예고."

노자와 장관의 눈썹이 꿈틀 움직였다.

"여섯 명의 피고 가운데는 이미 세상을 떠난 사람도 몇 명 있습니다. 그래서 범인은 여섯 명 전원의 친족을 죽여서 장관님에게 45년 전 수술을 상기시키고, 자기가 그 진상을 알고 있다는 사실을 암시하면서 장관님을 살해하겠다는 예고를 한 것으로 생각할 수 있습니다."

노자와 장관은 침묵했다. 그의 이마에 땀이 맺혔다.

"다시 이야기하지만."

노자와 장관이 입을 열었다.

"그 재판은 43년 전에 끝났네. 설사 자네 말이 맞는다고 해도 이미 공소시효가 지나 내가 치를 죄는 존재하지 않아. 만약 누가 내 목숨을 노린다면 내 안전을 지키는 게 자네들 할 일 아닌가?"

"그래서 모든 이야기를 해달라고 하는 겁니다."

가부라기는 진지한 표정으로 말했다.

"45년 전 의사 면허가 없는 인턴이면서도 그 정신외과 수술을 집도한 사실을. 그리고 또 하나……."

잠시 뜸을 들인 뒤 가부라기는 말을 이었다.

"43년 전에 당신이 한 남자의 인생을 빼앗아버린 사실도."

노자와 장관의 몸이 파르르 떨리기 시작했다. 그 모습을 보며 가부라기는 자신의 추측이 맞았다고 확신했다.

"이 두 가지 문제에 대해 장관님으로부터 상세한 이야기를 들을 수 있다면, 아마 이번 사건에 관한 모든 배경을 해명하고 범인을 밝혀내 체포할 수 있을 겁니다. 그렇게 되면 앞으로 장관님 신변에 위험이 발생할 일은 없겠죠."

가부라기는 다시 말을 이었다.

"그리고 마음 놓으시기 바랍니다. 장관님이 저지른 불법행위의 공소시효는 당시 법률로 따지면 최장 7년입니다. 무면허로 수술을 한 의사법 위반도, 수술이 원인이 되어 정신장애를 일으킨 환자에 대한 상해죄도, 재판정에서 위증한 죄도 모두 공소시효가 성립했습니다. 앞으로 경찰이 장관님을 수사할 일도 없겠죠. ……안타깝게도."

노자와 장관이 빠른 말투로 대꾸했다.

"증거가 있나? 내가 죄를 지었다는 확실한 증거 말일세."

노자와 장관의 목소리가 가늘게 떨리는 듯했다. 가부라기는 고개를 저었다.

"아뇨. 지금은 아무것도 없습니다. 그래서 장관님에게 증언을 부탁드리고 있습니다."

가부라기가 대답했다.

"그런가? 그럼 돌아가게."

노자와 장관은 바로 냉정을 되찾으며 말했다. 그는 이미 떨지 않고 있었다.

"노자와 씨."

가부라기가 노자와 장관을 다그쳤다.

"당신은 예전에 사람들 목숨과 건강을 지켜야 할 의사였어. 그리고 지금은 이 나라의 정의와 치안을 지켜야 할 정부의 장관이고. 당신이 지금 해야만 할 일이 무엇인지, 그건 당신이 가장 잘 알고 있을 거요."

가부라기는 노자와 장관 쪽으로 얼굴을 쑥 들이대고 이렇게 말했다.

"당신이 한 짓을 모두 털어놔. 지금 당장. 바로 여기서."

"꺼져!"

노자와 장관이 버럭 소리를 질렀다.

그 목소리는 방탄유리를 흔들며 뒷좌석 밖에도 들렸다. 운전석과 조수석에 앉은 남자가 돌아보았다. 동시에 차 밖에 있던 몇 명의 SP가 일제히 뒷좌석을 둘러싸고 들여다보았다.

가부라기는 강판이 들어가 묵직한 문을 천천히 열고 차 밖으로 나왔다. 그리고 주위에 있는 SP를 향해 어깨를 으쓱해 보였다.

"재채기 소리 한번 요란하군. 장관님이 감기 기운이 있나 봐."

가부라기는 문을 닫으려다가 손길을 멈추고 차 안에 있는 노자와 장관에게 물었다.

"지금 어디로 가시죠?"

노자와 장관은 앞만 본 채 말이 없었다. 가부라기는 그의 얼굴을 뚫어지게 바라보며 문을 닫았다.

쿵, 하는 묵직한 소리와 함께 모든 것을 거절하듯 차 문이 닫혔다.

17. 흉기

뚝, 하는 소리와 함께 베개 아래서 유리가 깨졌다. 가부가 끼이, 하고 소리를 지르며 한 걸음 뒤로 물러섰다. 나는 베개를 치우고 깨진 유리 조각 가운데 길이가 이십 센티미터쯤 되는 파편을 조심스럽게 집어 들었다.

노자와 장관을 어떻게 죽일까. 그게 문제였다. 내 주변에는 사람을 해칠 수 있는 물건이 전혀 없었다. 그래서 고민 끝에 나는 유리 조각을 쓸 수 있지 않을까 생각했다.

드디어 오늘 노자와 장관이 이곳에 온다. 그 한 시간 전. 새 파자마를 입은 나는 목발을 짚고 살며시 내가 쓰는 방과 같은 층에 있는 화장실로 들어갔다.

화장실에는 거울이 없다. 아니, 내가 있는 층에는 거울이 전혀 없다. 그래서 나는 화장실 새시창의 유리를 빼내 그것을 깨서 흉기로 쓰기로 했다. 믿을 만한 흉기는 아니지만 갈비뼈를 피해 잘 찌르기만 하면 심장에 꽂을 수 있을지도 모른다.

나는 가지고 온 타월을 유리 조각의 넓은 부분에 감아 손잡이를 만들었다. 다 만든 뒤에야 깨달았다. 너무 크다. 이런 것을 가지고 노자와 장관에게 다가갔다가는 틀림없이 수상하게 여기리라. 어떻게 하면 좋지? 나는 속이 탔다.

"뭘 하는 거예요?"

뒤에서 불쑥 목소리가 들렸다. 나는 흠칫 몸을 움츠렸다. 조심조심 돌아보니 다카사카 선생이 허리에 두 손을 짚고 서 있었다.

"아, 아뇨. 아무것도……."

다카사카 선생은 내게 걸어오더니 말없이 내 눈을 들여다보았다. 그리고 오른손을 내밀었다. 손에 들고 있는 것을 내놓으라는 뜻이다.

"선생님, 못 본 척하세요."

"그걸 이리 줘요."

다카사카 선생이 냉정한 목소리로 말했다.

"선생님, 저는 알고 있습니다."

나는 타월에 싼 것을 가슴에 안고 다카사카 선생에게 말했다.

"선생님은 그 살해된 여섯 명의 시체로 나를 만들었죠?"

다카사카 선생은 표정 하나 바꾸지 않고 말없이 나를 바라보았다. 나는 말을 이었다.

"선생님이 누구한테 시체를 구했는지, 누가 우리 여섯 명을 죽였는지 그런 건 상관없습니다. 진짜 죽어야 할 사람은 이제 곧 여기 올 노자와 관방장관이죠."

다카사카 선생은 계속 침묵했다.

"선생님. 선생님은 제가 마음에 담아둔 것이 있다면 도울 수 있는 일은 돕겠다고 하셨죠? 제게 단 하나뿐인 미련은 그 노자와 장관이 느긋하게 살아가고 있다는 겁니다. 그놈이 저지른 짓은 모두 공소시효가 끝나 누구도 놈을 처단할 수 없죠. 그래서 제가 놈을 처단할 겁니다. 놈은 죽어야 합니다."

나는 필사적으로 설득했다.

"선생님에게는 폐를 끼치지 않겠습니다. 삐뚤어진 생각을 지닌 환자가 한 짓이라고 하시면 되죠. 선생님이 저를 만들었습니다. 그러니 선생님은 제 마지막 소원을 들어줄 의무가 있습니다."

다카사카 선생이 입을 열었다.

"그걸 이리 줘요."

싸늘한 목소리였다. 다카사카 선생이 내게 오른손을 내밀었다.

"안 주면 꽃다발 증정을 중지하고 병실에 감금할 거예요."

그렇게 되면 모든 게 끝이다. 병실에 갇히면 노자와 장관을 죽일 수 없다. 나는 천천히 유리 조각으로 만든 칼을 다카사카 선생에게 건넸다. 다카사카 선생은 그걸 두루 살펴더니 그대로 화장실 바닥에 던져버렸다. 빠직, 하는 작은 소리가 들렸다.

"이런 걸로 사람을 죽일 수 있을 것 같아요?"

그러면서 다카사카 선생은 마술처럼 은빛으로 빛나는 길쭉한 물건을 꺼내 내게 내밀었다.

그것은 의사가 쓰는 수술용 메스였다.

"칼날 쪽을 쥐면 손가락이 잘릴 거예요. 조심해요. 이거라면 노자와의 경동맥을 끊어놓을 수 있겠죠?"

나는 어안이 벙벙해 다카사카 선생의 얼굴을 바라본 뒤 그 오른손에 빛나는 메스를 보았다. 그리고 천천히 손을 뻗어 그 메스를 받았다. 손가락에 딱딱한 합금의 싸늘한 감촉이 느껴졌다.

"그리고 이거."

다카사카 선생은 흰 가운 주머니에서 가느다란 금속 테 안경을 꺼냈다. 귀에 거는 부분이 둥글게 구부러져 있어 잘 벗겨지지 않게 되어 있었다.

"당신 눈 상태에 맞게 만들었어요. 이걸 쓰면 **먼 곳도 가까운 곳도** 다 잘 보일 거예요."

데드맨

나는 그 안경을 써보았다. 순간 눈에서 뿌연 막이 벗겨진 듯이 주변 풍경이 선명해졌다. 아쉽게도 화장실 안이기는 하지만 나는 시야의 극적인 변화에 감동하면서 희고 윤기 있게 빛나는 타일이 붙은 벽이나 변기를 둘러보았다. 그리고 처음으로 초점이 맞는 눈으로 다카사카 선생을 바라보았다.

"잘 어울리는군요."

다카사카 선생은 만족스러운 듯이 나를 바라보며 미소를 지었다. 정말 미인이었다.

이제 할 수 있다. 그놈을 죽일 수 있다.

나는 오른손에 든 메스를 보았다. 손잡이를 꼭 쥐었다. 메스는 내 손 안에서 개울을 헤엄치는 작은 물고기가 잠깐 배를 드러낼 때처럼 반짝 눈부시게 빛났다.

18. 대결

"가부! 대체 어디 갔다 온 거야!"

회의실에 돌아온 가부라기를 보자마자 마사키가 자리에서 일어나 버럭 소리를 질렀다. 옆에는 과학경찰연구소의 사와다가 앉아 있었다.

"잠깐 노자와 관방장관을 만나러."

가부라기는 한숨을 쉬면서 대답했다. 마사키는 눈이 휘둥그레졌다.

"노, 노자와라고? 너 왜 또 그런…… 아, 아니. 내가 먼저 이야기해야겠군. 소식을 듣고 정말 놀랐어. 다니야마 시즈를 찾아냈대."

"다니야마 시즈를?"

가부라기는 깜짝 놀랐다. 마사키가 고개를 끄덕이며 흥분을 감추지 못하고 떠들기 시작했다.

"그래. 45년 전에 정신외과 수술을 받은 다니야마 시즈를 총출동해서 찾았는데 주민등록상의 주소에는 없고 부모도 세상을 떠났어. 형제자매도 없고 결혼하지 않았기 때문에 자녀도 없지. 친척 가운데 거처를 아는 사람도 전혀 없고 연락을 취하는 친구나 지인도 찾을 수 없었어. 그래서 말이야."

마사키는 빠른 말투로 설명을 이어갔다.

"데드맨이 만난 열여덟 살 다니야마 시즈는 어쩌면 정신외과 수술을 받은 다니야마 시즈의 유령일지도 모르겠다는 생각이 들어서 혹시나 싶어 법무성에 가서 요 43년간 기록된 사망신고서를 샅샅이 조사하고 왔지."

"저도 그 유령 찾기에 끌려갔습니다."

사와다가 살짝 한숨을 내쉬었다.

"오래된 사망신고서와 최근 몇 개월 사이에 들어온 사망신고서는 데이터베이스에 담겨 있지 않기 때문에 산더미 같은 종이 파일을 전부 직접 체크했어요."

"지금 세상에 유령이라니, 그럴 리가……. 사와다, 어쨌든 수고했다."

가부라기는 어처구니없는 표정을 지으면서도 한편으로는 마사키가 수사할 때 보여주는 끈기에 감탄했다.

"사람 말은 끝까지 들어야지. 그랬더니 겨우 한 달 전 날짜로 도쿄 도내 병원에서 낸 다니야마 시즈의 사망신고서가 들어와 있더군. 예순세 살의 나이로 죽었다고 하니 그 여자가 45년 전에 정신외과 수술을 받은 다니야마 시즈겠지? 그렇다면 계산이 맞지를 않아."

그렇게 말하며 마사키는 고개를 꼬았다.

"데드맨이 쓴 일기에 따르면 휠체어를 탄 다니야마 시즈의 유령을 만난 게 한 달보다 더 오래되었어. 그러니까 다니야마 시즈라는 여성이 살아 있는 동안에 유령이 나타난 셈이지. 안 그래? 이상하지? 아니면 원한이 사무쳐 살아 있는 사람인데도 원령이 나타난 건가?"

"그래?"

가부라기는 오른손으로 얼굴을 감싸며 측은하다는 듯이 눈을 감았다. 이윽고 눈을 뜨더니 마사키에게 이렇게 말했다.

"틀림없어. 세상을 떠난 사람은 45년 전 정신외과 수술의 피해자야. 그리고 데드맨이 만났다는 사람은 열여덟 살 소녀지. 유령도 아니고 살아 있는 사람의 원령도 아니야. 정말 만난 거지."

"에엥?"

혼란스러운 마사키가 두 손을 내저으며 말했다.

"너 지금 무슨 말을 하고 있는 건지나 알아? 데드맨이 만났다는 다니야마 시즈는 열여덟 살이잖아? 유령이 아니라면 어떻게 예순세 살과 열여덟 살이 동일 인물이라는 거지?"

긴장한 표정으로 가부라기가 대꾸했다.

"나중에 설명할게. 그보다 그 병원은? 다니야마 시즈가 내내 입원해 있었다면 그곳에 다카사카 시온과 데드맨, 가부도 있을 텐데."

"아니. 그 병원이 아니야."

마사키는 수첩을 꺼냈다.

"그러니까 사망신고서를 낸 병원에 따르면 다니야마 시즈는 죽기 일주일 전까지 도쿄 도 안에 있는 노인양호시설에 있다가 들어왔다는 거야."

"노인양호시설이라고?"

가부라기가 억울한 표정으로 소리를 질렀다.

"병원이 아니었군, 제기랄! 그래서 병원을 뒤져도 아무것도 나오지 않았던 건가! 그래서 다카사카 시온은 의사 면허가 없었던 건가!"

"엥? 그러면 그 노인양호시설에 다카사카 시온과 데드맨과 원숭이가?"

"아마도."

가부라기가 고개를 끄덕였다.

"데드맨이나 우리나 다카사카 시온이 의사라고 생각하고 있었어. 하지만 그게 아니로군. 그 여자는 아마 이학요법사Physical Therapist거나 작업요법사Occupational Therapist일 거야. 노인과 장애인의 재활에 대해 아주 잘 아는 직업이고 의사의 지시 아래 실제로 치료를 돕는 일도 있어. 라텍스 장갑은 물론 메스를 사용하는 경우도 있을 테고, 장기이식 현장과도 아주 가깝지."

"요, 요법사?"

"마사키, 그 노인양호시설이 어디에 있지?"

"아, 아니. 그건 물어보지 않았는데. 사망신고서를 낸 병원에 한 번 더 전화해볼게."

그때였다.

"가부라기 선배! 마사키 선배! 알아냈습니다!"

히메노가 회의실로 뛰어들었다.

"그 프로바이더로부터 데드맨이 메일을 발신한 태블릿 PC를 계약한 사람을 알아냈습니다. 그게 말이에요, 병원도 아니고 가루이자와에 있지도 않았습니다! 데드맨이 있는 곳은 바로 도쿄도 안입니다."

"노인양호시설인가?"

마사키의 말에 히메노는 눈이 휘둥그레졌다.

"어떻게 그걸 아세요?"

"그 문제보다 너 용케 프로바이더를 설득했구나. 영장도 없는데."

그러자 히메노는 빙긋 웃었다.

"물론 영장을 가져가서 보여주었죠. 안 그러면 가르쳐주지 않을 테니까요."

가부라기가 고개를 갸웃거렸다.

"하지만 법원에서는 영장을 발부하지 않을 거라고 했지 않은가?"

"만들었습니다."

히메노는 아무 일도 아니라는 듯이 말했다.

"뭐, 뭐라고?"

이번에는 가부라기의 눈이 휘둥그레졌다.

"프로바이더는 압류 영장 같은 걸 구경할 기회가 없었을 테니까요. 진짜인지 가까인지 알 수 없겠죠. 뭐라고 하면 서류 양식이 바뀌었다고 적당히 둘러대면 그만이라고 생각했죠. 별말 없던데요."

"히메!"

말을 하려던 가부라기를 히메노가 진지한 표정으로 오른손을 펼쳐 앞으로 내밀며 제지했다.

"선배. 이게 위법이고 경찰관으로서 하지 말아야 할 행위라는 사실은 물론 잘 알고 있습니다. 하지만 사람 목숨이 걸려 있어요. 법을 지키느라 사람이 살해되는 걸 눈 뜨고 보고 있으니 법을 어겨 목이 잘리더라도 사람을 구하는 게 낫죠."

마사키가 히메노의 얼굴을 손가락으로 가리키며 다가갔다. 뭐라고 말을 하려는데 뜻대로 되지 않는 듯이 입을 뻐끔거렸다.

"너, 위조를. 경찰관이 그런, ㅇㅇㅇ……."

그러면서 마사키는 히메노의 어깨에 두 손을 턱 얹었다.

"그래, 좋아. 잘했다!"

집념이 강한 동료와 앞뒤 가리지 않는 부하인가? 가부라기는 속으로 쓴웃음을 지으며 나카야마 슌페이에게 했던 말을 떠올렸다. 그리고 자신이 히메노의 터무니없는 행동을 내심 좋아하고 있다는 사실을 깨달았다.

어쨌든 이제 데드맨과 다카사카 시온, 그리고 간병 원숭이 가부가 있는 장소를 알아냈다. 이제 움직이는 일만 남았다. 히메노가 경찰을 그만두게 만들 수는 없었다. 그러기 위해서는 무슨 짓을 해서든 오래 수사해온 이번 연속살인사건을 마무리 지어야만 한다.

"히메, 너에 대한 조치는 사건을 정리한 다음에 하겠다."

"예!"

"그 노인양호시설이 어떤 곳이지? 어디 있어?"

"옛! 무사시노 시武蔵野市에 있는 사단법인 '초록숲'입니다! 주소도 파악했습니다!"

"사와다는 여기서 대기한다. 가지, 마사키."

"알았어!"

세 사람이 막 회의실을 뛰쳐나가려는 순간 뒤에서 큰 소리가 들렸다.

"잠깐만요!"

사와다가 왼손에 든 스마트폰을 들여다보며 오른손을 들고 있었다.

"야, 도키오! 이럴 땐 파파팍 뛰쳐나가는 리듬이 중요한 거야! 마침내 중요 참고인 두 명과 한 마리의 신병을 확보하러 출발하려는데 뭐야!"

제자리에 서서 발을 쿵쿵 구르는 마사키에게 사와다는 화면을 보면서 이렇게 대꾸했다.

"노자와 관방장관이 무사시노 시 방향으로 가고 있습니다."

"뭐라고?"

가부라기가 사와다에게 달려가 스마트폰을 들여다보았다.

"전용차가 현재 이노카시라 길을 서쪽 방향으로 이동하고 있습니다. 지금 미야마에宮前 5초메 사거리를 통과했습니다. 설마……."

"히메, 장관 비서실에 전화해. 노자와 장관 행선지를 알아내!"

가부라기가 소리쳤다. 히메노는 서둘러 벽 쪽 전화기로 달려가 수화기를 집어 들었다.

마사키가 사와다에게 다가가며 소리쳤다.

"도키오! 너 어떻게 노자와 장관이 탄 차가 어디에 있는지 알아냈지?"

"발신기입니다."

사와다가 고개를 들며 대답했다.

"가부라기 선배가 부탁해서 과학경찰연구소의 정보과학 부서에서 빌려왔죠. 그 발신기를 가부라기 선배가 장관 전용차 안에 숨겨두고 왔습니다. 이 스마트폰으로 현재 위치를 알 수 있죠."

마사키가 가부라기를 보면서 어처구니없다는 듯이 고개를 저었다.

"잘들 하고 있다……. 과장이 책임지겠다고 했다고 이 녀석이나 저 녀석이나!"

"가부라기 선배! 큰일 났습니다!"

히메노가 전화를 끊고 소리쳤다.

"노자와 장관이 오늘 오후 3시부터 '초록숲'에서 노인양호 실태를 돌아보고 위문할 예정이라고 합니다! 반년 전에 이미 오늘로 스케줄이 잡혔답니다!"

"타이밍 한번 죽이는군. 제기랄! 설마 범인이 최근 4개월 동
안 얌전히 있었던 게 오늘을 기다리기 위해서였다는 말인가!"

마사키가 버럭 소리를 질렀다.

가부라기는 손목시계를 보았다. 오후 2시 40분.

"마사키, 히메노. 서둘러. 사와다, 너도 그걸 가지고 함께 가
자."

세 사람의 대답은 기다리지도 않고 가부라기가 먼저 회의실을
달려 나갔다.

하얀 엘리베이터 문이 소리도 없이 양쪽으로 열렸다. 나는 다
카사카 선생과 함께 엘리베이터에 올랐다. 이 엘리베이터를 타
기는 처음이다. 시즈가 실수로 내가 있는 층에 내렸을 때 탔던
그 엘리베이터다. 가부도 엘리베이터에 올라타더니 내 발치로
왔다.

다카사카 선생이 2라고 적힌 숫자 버튼을 눌렀다. 엘리베이터
가 내려가기 시작했다. 가부가 깜짝 놀라 내 발에 매달렸다. 이
윽고 엘리베이터가 조용히 멈췄다. 천천히 문이 열렸다.

그곳은 햇볕이 잘 드는 넓은 방이었다. 바로 앞에 휠체어를
탄 수많은 사람들의 뒷모습이 보였다. 다들 앞쪽을 향해 앉아 있

었다. 휠체어에 앉아 있는 사람들은 왠지 모두 파자마를 입은 노인들 같았다.

휠체어 너머로는 가슴에 네모난 카드를 매단 채 카메라를 안고 있는 사람들이 보였다. 아마 신문기자인 모양이었다. 그 무리 가운데 텔레비전 방송용 카메라도 몇 대 보였다.

기자들이 바라보고 있는 쪽에는 임시 무대 같은 것이 마련되어 있었다. 그 한복판에 광택이 나는 고급 양복을 입은 남자가 스탠드마이크 앞에 서 있었다. 나이가 상당히 많아 보였지만 크고 탄탄한 체격이었다. 그 뒤에는 수수한 양복을 입은 일곱 명의 다부진 남자들이 엄격한 눈빛을 하고 서 있었다.

마이크 앞에 선 남자는 애써 웃음을 지으며 주위를 둘러보면서 입을 열었다.

"개호와 양호는 우리나라의 복지 정책에서 중요한 기둥입니다. 저는 의사 집안에서 태어나 의학에 뜻을 두었고, 실제로 의료와 개호 현장에서 일을 하면서 다른 나라에 뒤져 있다는 사실을 뼈저리게 느꼈습니다."

남자는 거기서 주먹을 들어 올리더니 목소리를 더 높였다.

"어떻게든 해야 한다! 질병과 부상 때문에 힘들어하는 분들, 그리고 연세가 높은 어르신들이 마음 편하게 살 수 있는 사회를 만들고 싶다! 그때 느낀 절실한 감정이야말로 제 정치의 원점입니다. 일본을 개호와 양호 문제만큼은 세계에서 1등을 하는 나라로 만들겠다! 나는 전직 후생노동성 장관으로서, 또 지금은 내각 관방장관으로서 여러분에게 이러한 약속을 드립니다. 감사합니다."

요란한 박수 소리가 터져 나왔다. 마이크 앞에 선 남자는 넘치는 자신감과 위엄을 미소로 숨기면서 사방을 향해 오른손을 흔들었다.

노자와 다이지 내각 관방장관이었다.

"그럼 입소자 대표가 노자와 장관님께 꽃다발을 증정하겠습니다."

무대 옆에 서 있던 여성이 이쪽을 보며 말했다. 나는 그 여성과 눈이 마주쳤다. 순간 심장이 덜컹 내려앉는 느낌이 들었다.

"지금이에요."

옆에서 다카사카 선생이 귓가에 속삭이며 내 등을 살짝 밀었다.

다카사카 선생의 부축을 받으면서 왼쪽에 알루미늄으로 만든 목발을 짚고 걷기 시작했다. 젊은 여성이 다가와 내게 꽃다발을 건넸다. 나는 손안에 숨기고 있던 메스를 얼른 꽃다발과 함께 쥐었다.

"가부, 여기 있어. 얌전히 있어야 한다."

나는 오른손을 뻗어 발치에 서 있는 가부의 머리를 쓰다듬
었다. 가부를 쓰다듬을 수 있는 것도 이제 마지막이리라. 나는
미소를 지으며 복잡한 감정을 담은 눈길로 가부의 얼굴을 가만
히 바라보았다. 내 심정이 오른손을 타고 전해졌는지 가부가 불
안한 표정으로 내 얼굴을 쳐다보며 가만히 서 있었다.

"그럼 소개해드리겠습니다."

사회를 맡은 여성이 이쪽을 흘끔 본 뒤 손에 든 종이를 읽어
내려갔다.

"부축하시는 분은 저희 사단법인 '초록숲'에 있는 다카사카 시
온 이학요법사, 그리고⋯⋯."

이학요법사?

들어본 적이 없는 직함이었다. 다카사카 선생은 의사가 아니
었다는 말인가? 아니다. 외과 의사가 아니면 시체를 조합해 인
간을 만들어내는 정도의 수술을 할 수 없을 것이다. 도대체 어떻
게 된 일인가? 게다가 사회를 보는 여성은 지금 사단법인 '초록
숲'이라고 소개했다. 여기는 외과 병원이 아닌가? 왠지 양로원
이름 같은 느낌이 드는데.

"뭘 하고 있어요? 어서."

옆에서 다카사카 선생이 또 내 등을 밀었다. 나는 다카사카 선
생의 부축을 받으며 왼손으로 목발을 짚고 오른손에 꽃다발을

든 채 한 걸음 내디뎠다. 걸으며 어제 있었던 일을 떠올렸다.

우선 시즈가 내 태블릿 PC로 편지를 보냈다. 그 편지를 보고 나는 우리 여섯 명이 살해된 이유를 알게 되었고, 그 원인이 노자와 관방장관이라는 사실도 알게 되었다. 나는 노자와 장관에 대해 거센 분노를 느꼈다.

바로 뒤에 다카사카 선생이 내 방으로 찾아와 내가 앞으로 며칠 뒤면 죽을 거라고 했다. 그리고 다카사카 선생은 내일, 즉 오늘 노자와 장관이 올 테니 꽃다발 증정을 맡아줄 수 없겠느냐고 물었다. 나는 그 기회를 이용해 노자와 장관의 목숨을 노리기로 했다.

그리고 오늘. 내가 유리 조각으로 어설픈 흉기를 만들고 있는데 다카사카 선생이 나타나 내게 메스와 안경을 주었다.

이야기가 지나칠 정도로 착착 맞아 들어간다.

그런 느낌이 들었다. 동시에 아릿한 초조감이 느껴졌다. 등에서 식은땀이 솟아나기 시작했다.

어쩌면 나는 라쿠고에 등장하는 낙타의 시체처럼 누군가에게 조종당하고 있는 게 아닐까? 그 태블릿 PC로 들어온 편지는 정말 시즈가 보낸 것일까? 다카사카 선생은 왜 내게 굳이 죽을 거라는 사실을 알려주었을까? 왜 내게 노자와 장관에게 꽃다발 증정을 맡겼을까? 그리고 오늘 화장실로 찾아온 다카사카 선생은 어떻게 메스를 미리 준비했을까?

문득 정신을 차려보니 몇 미터 앞에 노자와 관방장관이 있었다.

노자와 장관은 왼쪽에 목발을 짚고 오른손에 꽃다발을 든 나를 지그시 바라보며 미소 짓고 있었다. 그 눈에는 분명히 쓸모없는 인간에 대한 연민과 경멸이 담겨 있었다.

순간 온몸에서 다시 분노의 불길이 거칠게 타올랐다. 저놈이 형편없는 인간 망종이라는 사실은 그 눈만 보아도 의심의 여지가 없었다.

죽여, 죽여, 죽여…….

내 몸이 그렇게 울부짖고 있었다.

나는 꽃다발 안에 숨긴 메스를 오른손으로 꼭 쥐었다.

미끈한 4도어 세단이 요란하게 사이렌을 울리며 수도고속도로를 질주했다. 차 지붕에서는 빨간색 유선형 경광등이 주변을 위협하듯 돌고 있었다. 백미러로 경광등을 확인하고 속도를 죽인 차들을 피해, 검은 차는 좌우로 차선을 바꾸면서 눈 깜빡할 사이에 빠져나갔다. 히메노가 운전하는 알파로메오 159ti였다.

"1과 제2계부터 제4계, 그리고 특수범을 소집해! 무사시노 경찰서와 미타카 경찰서에도 지원을 부탁하고!"

데 드 맨

뒷좌석에서 좌우로 흔들리며 마사키가 WIDE 시스템Wire-less Integrated Digital Equipment System* 경찰 전화를 한쪽 손에 들고 외쳤다. 특수범이란 경시청 수사 1과 특수범 수사계를 가리키는데, 줄여서 SIT라고도 한다. 주로 유괴 사건이나 인질 농성 사건을 담당한다.

가부라기는 손목시계를 보았다. 오후 3시 17분. 노자와 장관은 이미 양호시설에 도착했을 것이다.

"가부라기 선배! 이제 그만 가르쳐주시죠."

운전석에서 히메노가 돌아보며 말했다.

"우선 다니야마 시즈 말입니다. 얼마 전 죽었을 때 예순세 살이었던 여성과 데드맨이 만났던 열여덟 살 소녀가 동일 인물이라니, 그게 어떻게 된 거죠?"

"로보토미 수술 때문에 기억이 거기서 멈춰버린 거야."

가부라기가 설명을 시작했다.

"45년 전에 뇌수술을 받은 다니야마 시즈에게는 시간이 거기서 정지하고 말았지. 그 사람은 내내 자기가 열여덟 살이라고 생각하며 45년 동안 살아왔어. 그러다 데드맨을 만난 거지. 데드맨 자신도 정신 상태가 매우 불안정해. 시력도 아주 나쁘지. 그래서

* 경찰이 사용하는 무선 시스템으로 1990년대 초반에 정비되기 시작했다. 전화와 마찬가지로 동시 양방향 통화가 가능하다.

자기가 열여덟 살인 줄 알고 그렇게 이야기한 여성의 말을 정말로 믿어버린 거야. 이런 식으로 생각하면 앞뒤가 맞아."

히메노가 핸들을 손바닥으로 탁 때렸다.

"그런 건가! 분명히 다른 정신외과 수술 소송 사례에 수술을 경계로 기억이 멈춘 소년 이야기가 있었어요."

가부라기는 그제야 눈치챘다. 데드맨이 쓴 일기에서 다니야마 시즈는 '나는 다른 사람의 미래가 보인다'고 했다. 데드맨은 그 말을 소녀가 지니는 특별한 몽상으로 받아들였다. 하지만 실제로는 자기가 열여덟 살이라고 생각하고 있는 다니야마 시즈가 십몇 년이나 이십여 년 만에 병문안을 온 중년 동창생을 보고 그 사람의 미래가 보였다고 생각한 것이다.

"가부. 그, 그렇지만 열여덟 살의 다니야마 시즈는 이메일에서 자기가 병원 직원의 딸이라고……."

마사키가 말하자 가부라기는 고개를 끄덕였다.

"그 이메일은 다니야마 시즈를 사칭한 다른 사람이 쓴 거지. 전부 **거짓부리**야. 다니야마 시즈가 보았다고 하는 할아버지와 의사 세 명이 함께 찍힌 사진도 아마 없을 거야. 모두 꾸며낸 이야기지."

마사키가 깜짝 놀라며 소리를 질렀다.

"엥? 아니, 세 사람이 실제로 같은 병원에 있었잖아."

"다니야마 시즈의 상태를 감안하면 도저히 이메일을 보내거나 답장을 쓸 수 없었을 거야. 그렇다면 다니야마 시즈가 보낸 이메일은 모두 누가 사칭해서 보냈다는 이야기지. 데드맨에게 조금씩 45년 전 수술의 진상을 가르쳐주기 위해서."

"누, 누구지? 다니야마 시즈인 척하고 이메일을 보낸 게?"

"여섯 명을 살해하고 그 시체에서 신체의 일부를 잘라낸 진범이지. 다카사카 시온이라고 생각할 수밖에 없어."

마사키, 히메노, 사와다는 모두 할 말을 잃었다.

"가부라기 선배, 그, 그렇지만."

히메노가 백미러로 가부라기를 보면서 말했다.

"여섯 명이나 죽인 다카사카 시온은 대체 어떤 사람이죠? 다카사카 시온과 다니야마 시즈는 어떤 관계인가요?"

"모르겠어."

가부라기도 그 부분이 가장 큰 고민거리였다. 마사키가 한 조사에 따르면 세상을 떠난 다니야마 시즈에게는 형제가 없고, 부모도 오래전에 세상을 떠났기 때문에 열여덟 살에 정신이 파괴되어 평생 독신으로 지냈다. 친한 친구도 없었다.

"그것만은 다카사카 시온에게 직접 들어야겠지."

그때 가부라기의 휴대전화에서 경쾌한 착신음이 울렸다. 모르는 전화번호였다.

"1과의 가부라기 선배죠? 저는 경호과에 있는 마지마真島라고 합니다."

목소리가 귀에 익었다. 영리하게 가부라기를 노자와 장관과 만나게 해준 젊은 SP였다.

"아까는 실례했습니다. 긴급사태라는 연락이 들어와 혹시나 싶어 직접 전화를 드렸습니다. 미안합니다."

"고마워. 잘 들어. 자네들이 있는 노인양호시설 어딘가에 아마 그 연속살인의 진범이 있을 거야. 그리고 그 범인은 노자와 장관의 목숨을 노리고 있는 모양이고. 자네는 지금 어디 있나?"

마지마는 헉, 하고 놀라는 듯하더니 바로 대답했다.

"안타깝게도 저는 전용차 경호와 연락 담당이라 양호시설 입구에 있습니다. 장관님 주변에는 일곱 명이 배치되어 있어 문제가 없을 거라고 생각합니다만…… 제가 뭔가 할 수 있는 일이 있겠습니까?"

"그곳에 다카사카 시온이라는 여자 이학요법사가 있을 거야. 그 사람 신병을 확보해. 조심해, 그 여자가 여섯 명을 죽인 진범이야."

"알겠습니다. 연락할 일이 있으면 지금 이 번호로 부탁합니다."

마지마는 전화를 끊었다.

"역시 범인은 여자였나? 거봐, 내가 뭐랬어."

마사키는 큰 공이라도 세운 듯이 손뼉을 쳤지만 이내 고개를 꼬며 생각에 잠겼다.

"아니, 하지만 범인이 다카사카 시온이라고 한다면 현장에 있던 발자국은 위장이라고 해도 그 현장에 떨어진 머리카락은 어떻게 된 거지? DNA 분석에 따르면 중년에서 장년인 남자 머리카락으로 밝혀졌잖아?"

"그건 데드맨의 머리카락이야. DNA 타입을 조회했는데 일치했으니 틀림없어."

세 사람이 가부라기의 얼굴을 보며 소리쳤다.

"뭐라고요?"

"그럴 수가!"

"무슨 말도 안 되는 소리야!"

히메노가 운전석에서 가부라기를 돌아보았다.

"선배, 그럴 수는 없잖아요? 조회하다니, 데드맨의 DNA 샘플을 대체 어떻게 구할 수 있다는 말입니까? 조금 전까지만 해도 데드맨이 어디 있는지조차 몰랐잖아요?"

"경시청에 있었어."

가부라기는 그렇게 대답했다.

"아니, 어떻게 우리 쪽에 데드맨의 DNA가? 녀석에게 전과가 있다는 건가?"

마사키의 말에 가부라기는 고개를 저었다.

"아니, 그렇지 않아. 경시청 창고에 인계받을 사람이 없는 40년 이상 된 골판지 상자가 있었지. 그 안에 있던 일상 용품에 데드맨의 DNA가 남아 있었어."

세 사람은 어안이 벙벙한 표정으로 서로 얼굴을 마주보았다. 이미 사고 회로가 정지된 상태였다. 가부라기는 아랑곳하지 않고 설명을 이어나갔다.

"데드맨은 누구인가. 그게 가장 큰 의문이었지. 자기가 시체에서 잘라낸 부분들로 만들어졌다고 하는 남자. 자신에 대한 기억이 완전히 사라진 남자. 연호가 쇼와에서 헤이세이로 바뀌었다는 사실조차 몰랐던 남자. 태블릿 PC도 이메일도 처음 접했다는 남자. 지금 후생노동성 장관은 야마모토인데 무사카 후생성 장관으로 생각하고 있는 남자."

히메노가 왼쪽으로 핸들을 꺾었다. 알파로메오는 그대로 다카이도 출구에서 가운데 길로 내려가 간파치 길 쪽 고슈가도^{甲州街道} 옆길로 빠져나왔다.

"돌파구가 된 건 데드맨이 보낸 이메일에 있던 '오오미야'라는 단어였어."

사와다가 조수석에서 입을 열었다.

"'저는 지금 가루이자와입니다. 오오미야大宮는 곤란합니다'라고 하는 부분 말이죠?"

"그래. 사와다, 자네가 이메일을 분석해준 덕분에 알게 되었어. 데드맨이 보낸 메일에 있던 다른 네 군데의 오타는 모두 로마자로 입력할 때 첫 글자를 두 번 눌러서 생긴 오타였잖아? 그래서 나는 이 오오미야라는 단어도 마찬가지라고 생각했지."

"오오미야는 oomiya. 선배, 그러면?"

사와다가 가부라기를 돌아보았다.

"데드맨은 oomiya가 아니라 omiya라고 입력하려고 했던 겁니까?"

"그래. 데드맨은 무의식적으로 '오미야'라는 경찰 은어를 썼을 거야. 그렇다면 이 사람이 경찰 관계자일 가능성이 높다, 나는 그렇게 생각했어."

마사키와 히메노가 멍한 표정으로 중얼거렸다.

"데드맨이라는 녀석이?"

"경찰 관계자라고요?"

마사키가 분하다는 표정을 지으며 손뼉을 쳤다.

"제기랄! 가루이자와와 오오미야는 아무런 관계도 없었던 건가? 나란히 나오기에 지명인 줄만 알았지! 오타일 거라는 생각은 전혀 못했네."

히메노가 조수석에서 사와다에게 말했다.

"사와다, 오미야라는 말은 형사들이 쓰는 은어로 '사건이 미궁에 빠진다'는 뜻이야."

'오오미야는 곤란합니다.' 이 말은 결국 '미궁에 빠져서는 곤란합니다'라는 뜻이었다.

"물론 경찰서에 출입하는 신문기자나 잡지기자일 가능성도 생각했지. 데드맨이 글을 쓰기 좋아하는 것 같아서. 하지만 그는 미궁에 빠져서는 곤란하다, 범인을 잡아달라고 호소하고 있었어. 수사하는 사람인가, 보도하는 사람인가 나는 수사하는 사람의 표현이라고 생각할 수밖에 없었지."

가부라기의 말이 끝나기를 기다렸다가 사와다가 빠른 말투로 이야기했다.

"그러니까 데드맨은 꽤 나이가 든 경찰 퇴직자이고 최근까지 40년 이상 사회와 접점이 끊어졌던 인물이다, 그런 이야기가 되는 거로군요."

가부라기는 고개를 끄덕였다.

"맞아. 그리고 그게 다카사카가 데드맨의 머리카락을 위장용으로 사용한 이유야. 40년 이상 사회와 접점이 없었으니 최근 들어 구축된 경찰 DNA 데이터베이스에는 그 사람의 DNA 정보가 절대로 등록되어 있지 않았을 테니까."

데드맨

일본 경찰이 DNA 정보를 데이터베이스로 만들기 시작한 것은 2004년이다. 선진국 가운데 가장 늦었다고 한다.

"그리고 일기를 통해 데드맨에게는 두 가지 신체적 특징이 있다는 사실을 알 수 있어. 우선 왼쪽 다리가 가늘어. 데드맨 자신은 그게 여성의 왼쪽 다리를 붙였기 때문이라고 믿고 있었지. 그리고 시력이 지독하게 나쁘고. 그래서 다니야마 시즈를 열여덟 살이라고 믿어버린 거지."

가부라기가 설명을 이어나갔다.

"거기까지 알게 된 뒤에는 데드맨이 누군지 대상을 좁혀나가는 일만 남았어. 신문사나 잡지사는 뒤로 미루고 우선 경시청 총무부와 연금과에 연락해 옛날 명부를 샅샅이 조사했지. 그랬더니 40년도 더 된 일인데 불현듯 퇴직해 행방불명이 된 형사가 있었어. 나는 확인하기 위해 정년퇴직한 선배를 만나고 왔지. 그 선배는 행방불명된 형사를 알고 있었어."

가부라기는 그렇게 말하면서 나카야마 슌페이를 떠올렸다. 정년퇴직한 지 10년이나 지난 지금도 그는 형사였다.

"그는 뛰어난 형사였어. 43년 전 정신외과 수술 재판에 의문을 품고 그 수술이 이루어진 병원에 환자로 위장해 홀로 잠입했지. 그리고 아마 노자와의 범죄를 밝혀냈겠지. 하지만 병원 측에 정체가 발각되어 약물과 최면요법으로 정신을 조작당해 죽은 사람이나 마찬가지인 상태로 40년이 넘는 세월을 빼앗기고 만 것이지."

"그, 그럼 그 형사에게 그런 끔찍한 짓을 한 사람은?"

운전석에서 고개를 돌려 묻는 히메노에게 가부라기는 고개를 끄덕였다.

"노자와 다이지와 노자와의 범행을 은폐하려고 한 의사들이지. 하수인이야."

"그럴 수가!"

히메노는 비통한 목소리로 간신히 그렇게만 말했을 뿐 더는 말을 잇지 못했다. 핸들을 잡은 손이 떨리고 있었다.

"제기랄!"

치밀어 오르는 분노를 억누르지 못하고 마사키가 자기 무릎을 오른손으로 힘껏 때렸다.

"우리 선배가 40년도 넘게……, 용서할 수 없군. 노자와 이 자식. 절대로 용서하지 않겠어!"

마사키는 갑자기 시선을 허공으로 던지더니 왼쪽에 앉은 가부라기에게 이렇게 말했다.

"야, 우리 선배를 그렇게 만든 놈을 구해주러 가고 있는 건가?"

"저는."

사와다가 창백한 얼굴로 중얼거렸다.

"저는 그냥 사람 목숨을 구하겠다, 그 생각만……."

"사와다, 네 생각은 틀리지 않았어."

가부라기는 입술을 깨물며 조수석 시트에 손을 얹었다.

"네 말대로 사람이 더 죽어서는 안 돼. 노자와 장관에 대한 다카사카 시온의 복수는 어떻게든 막아야 해. 그게 우리 업무야."

그리고 우리는 그 형사를 어떻게든 구해내야만 한다. 40년 이상 갇혀 있는 기억의 감옥에서 그를 구출해야 한다.

마사키가 애써 숨을 가다듬으며 말했다.

"그 선배 형사가 데드맨이로군."

"그래."

인생의 대부분을 빼앗긴 형사의 절망과 원통함을 떠올리면서 가부라기는 고개를 끄덕였다.

"전 경시청 수사 1과 소속 형사 겐다 슈조 선배님."

메스를 꼭 쥔 내 귀에 사회를 맡은 여성의 목소리가 들려왔다.

"그리고 꽃다발 증정을 해주실 분은 우리 시설 입소자 대표 겐다 슈조 씨입니다."

겐다 슈조?

그 이름을 들은 순간 머릿속 깊은 곳이 욱신 쑤셨다. 물론 가미무라 슌이라는 살인 사건 희생자의 이름을 사용할 리는 없으니 당연히 내게 다른 가명을 붙였을 것이다. 그런데 그 겐다 슈조라는 이름은 분명히 내 기억에 있다. 아니, 무척 정겨운 느낌이 들었다.

하지만 그런 생각을 하고 있을 틈이 없었다. 나는 메스를 쥐고 노자와 장관 앞에 서 있다.

"어? 너는……"

노자와 장관의 얼굴에서 웃음이 싹 가셨다. 그리고 내 얼굴을 이상하다는 듯이 바라보았다.

지금이다.

나는 꽃다발을 바닥에 버리고 메스를 왼쪽에서 오른쪽으로 노자와 장관의 뻣뻣해 보이는 목을 향해 휘둘렀다. 노자와 장관의 목이 슥 잘리며 거기서 엄청난 양의 시뻘건 피가 폭포수처럼 쏟아져나와…….

……그래야 했다.

정신을 차리니 나는 바닥에 쓰러져 있었다. 노자와 장관이 거친 숨을 토하며 공포에 질린 표정으로 나를 내려다보고 있었다. 그 목에 한 줄기 붉은 선이 보였다.

노자와 장관은 간발의 차이로 나를 밀쳐냈던 것이다. 내 목발은 손이 닿지 않는 곳에 떨어져 있었다. 허공으로 날아갔는지 메스가 멀리서 팅 하는 소리를 내며 바닥에 떨어졌다. 네 명의 건장한 남자가 달려 나왔다. 노자와 장관을 경호하는 경찰관이었다. 나는 눈 깜빡할 사이에 바닥에 대자로 뻗어 팔다리를 제압당했다. 마치 내가 해부를 기다리는 개구리 같다는 생각이 들었다. 실내에 비명과 고함이 가득 찼다.

"당신도 물러나! 어서!"

경찰관 한 명이 다카사카 선생에게 고함을 쳤다. 시야 끄트머리에 다카사카 선생이 노자와 장관 뒤로 도망치는 모습이 보였다. 그 두 사람과 나 사이에 나머지 세 명의 경찰관이 나란히 서 있었다.

"너냐? 그 형사인가? 아직 살아 있었단 말인가?"

노자와 장관은 숨을 헐떡거리면서 나를 향해 목소리를 짜내듯 말했다.

"정말 끈덕진 놈이로군. 40년 이상이나……."

그때였다.

실내에 여자의 앙칼진 목소리가 울려 퍼졌다.

"모두 움직이지 마. 노자와 장관을 죽이겠어."

찬물을 끼얹은 듯이 조용해졌다. 나는 기를 쓰고 고개를 꼬아 소리가 난 쪽을 바라보았다. 나를 짓누르고 있는 경찰관들도 의아한 표정으로 같은 방향을 바라보았다.

다카사카 선생이 노자와 장관 뒤에 서서 오른손에 든 메스를 그 목에 갖다 붙이고 있었다.

노자와 장관 앞을 가로막고 있던 경찰관 세 명이 얼른 돌아서며 총구를 다카사카 선생 쪽으로 겨누었다. 그러자 다카사카 선생은 노자와 장관을 방패로 삼아 몸을 숨기며 얼른 왼손을 들었다. 그 손에는 갈색 약병이 들려 있었다.

"AP Acetone Peroxide*야. 경호 경찰이라면 다들 알겠지? 이 폭약은 불을 붙일 필요도 없이 바닥에 떨어뜨리기만 해도 폭발해. 2005년 런던 동시다발 테러 때 이 폭약에 56명이 죽었어. 자, 다들 권총을 바닥에 내려놓고 벽 쪽으로 물러서!"

두 사람 앞에 있던 경찰관 세 명은 천천히 허리를 굽혀 총을 바닥에 내려놓더니 다카사카 시온을 노려보며 뒷걸음쳤다. 나를 짓누르고 있던 경찰관 네 명도 내게서 떨어져 천천히 일어났다. 그리고 품에서 권총을 꺼내 바닥에 내려놓고 벽 쪽으로 물러서기 시작했다.

"미리 말해두지만 나를 저격하려고 해봐야 소용없어. 병이 떨어지면 끝장이야. 나와 노자와를 중심으로 반경 십여 미터는 날아가버릴 테니까. 당신도 이상한 생각하지 마. 몸부림치거나 하

---

* 과산화 아세톤.

데 드 맨

면 내가 이 병을 바닥에 떨어뜨릴지도 몰라."

마지막 말은 노자와 장관에게 한 소리였다. 노자와는 긴장과 공포 때문에 뻣뻣하게 굳은 채 말없이 고개를 끄덕였다.

"다카사카 선생님……."

나는 겨우 윗몸을 일으키며 중얼거렸다.

다카사카는 나를 향해 슬픈 표정으로 미소를 지었다.

"겐다 씨, 유감이군요. 나도 당신이 뜻을 이루게 해주고 싶었어요. 어쨌든 40년도 넘게 이 노자와를 잡으려고 했으니까요."

40년 넘게? 나는 혼란스러웠다. 조금 전 노자와 장관도 그렇게 말했다. 그리고 다카사카 선생은 지금 나를 '겐다 씨'라고 불렀다.

대체 어떻게 된 거지? 나는 가미무라 슌이 아닌가? 여섯 구의 시체에서 한 부분씩 모아 만든 살아 있는 죽은 사람 아닌가?

나는…… 누구지?

히메노가 운전하는 검은색 알파로메오 159ti는 사이렌을 울리면서 간파치 길을 전속력으로 북상하고 있었다. 그리고 다카이도 역 앞을 통과하자 옆길로 빠져 빵 공장 모퉁이를 요란한 소리를 내며 우회전, 이노카시라 길로 들어섰다.

가부라기의 휴대전화가 또 울렸다. SP인 마지마였다.

"마지마입니다. 면목 없습니다. 한발 늦었습니다."

"왜 그래? 무슨 일 있나?"

가부라기의 물음에 마지마는 이를 악물며 분하다는 듯이 대답했다.

"다카사카 시온이 노자와 장관을 인질로 잡고 시설 이 층 식당에서 농성 중입니다. 칼과 폭발물을 지니고 있어 경호원들도 손을 쓰지 못하고 있습니다. 식당에는 그 밖에도 시설 직원과 매스컴, 그리고 시설에 머물고 있는 노인들이 있습니다. 모두 합쳐서 백 명쯤 됩니다."

"뭐야?"

가부라기는 말문이 막혔다. 마지마가 빠른 말투로 이야기했다.

"현재 관할 경찰서 경찰관들이 인근 주민들에게 대피해달라고 부탁하고 있습니다. 동시에 저격반이 창밖에서 대기 중이지만 다카사카의 말에 따르면 폭발물은 AP라고 합니다. 낙하하는 충격만으로도 폭발하기 때문에 저격은 곤란합니다. 폭발물 처리반을 불렀고 구급대원은 시설 일 층에서 대기 중입니다."

"고마워. 나도 곧 도착한다."

가부라기는 전화를 끊고 세 사람에게 전화로 파악한 상황을 설명했다. 세 사람은 바짝 긴장했다.

데 드 맨

조수석에 앉은 사와다가 심각한 표정으로 말했다.

"과산화 아세톤은 고성능 폭약인데 재료는 아세톤 이외에 과산화수소수, 염산, 황산 등 의료 관계자라면 구하기 쉬운 물질들입니다. 제조 방법은 인터넷에 넘쳐나죠. 그럴듯한 선택이로군요."

마사키는 조수석 등받이를 뒤에서 주먹으로 쳤다.

"감탄하고 있을 때가 아니야! 어쩌지, 가부? 저격도 할 수 없다면 골치 아프겠네. 언제 쾅 하고 터질지 모르니까."

가부라기는 잠시 생각한 뒤 입을 열었다.

"일단 다카사카 시온은 바로 노자와 장관을 죽일 마음은 없는 모양이야. 뭔가 살려두는 목적이 있을 테지. 그렇다면 아직 시간은 있어."

히메노가 걱정스러운 말투로 물었다.

"데드맨은…… 겐다 씨는 무사할까요? 그리고 가부도?"

가부라기는 대답할 수 없었다. 가부라기는 필사적으로 머리를 굴렸다.

데드맨, 아니 겐다 슈조. 45년 전에 정신외과 수술에 의심을 품고 노자와 다이지를 끈질기게 추적했던 형사. 이제는 예순아홉 살이 되었을 것이다. 잠입 수사 중에 무슨 이유에서인지 정신적 장애가 생긴 모양인데 지금은 얼마나 회복되었을까?

네 사람이 탄 차가 달리는 앞쪽에 이노카시라 길을 가로지르는 노선의 고가도로가 보였다. JR 기치조지^{吉祥寺} 역으로 이어지는 게이오^{京王} 이노카시라선이었다.

사이렌을 요란하게 울리며 히메노는 핸들 중앙 부분을 계속 두드려 클랙슨을 울려대면서 속도를 줄이지 않고 이노카시라선 고가도로 쪽으로 달려갔다. 도로 양옆을 지나던 수많은 쇼핑객들이 깜짝 놀라 걸음을 멈추는 가운데 검은색 알파로메오 159ti는 노선버스가 늘어선 기치조지 마루이^{丸井} 앞을 지나 JR 고가 밑을 단숨에 달려 나갔다.

기치조지를 지나자 히메노는 속도를 더 높였다. 세이케이^{成蹊} 길을 가로질러 미타카^{三鷹} 길을 지났다.

이윽고 왼쪽에 사카이^境 정수장이 눈에 들어왔다. 그 안쪽에 사단법인 '초록숲'이 있다. 히메노는 핸들을 왼쪽으로 꺾어 포플러 가로수와 보도가 있는 길로 접어들었다.

많은 사람들이 그 보도 위를 달려오고 있었다. 폭발 위험에 대비해 피난하는 인근 주민이었다. 메가폰을 든 경찰관이 손을 흔들며 사람들을 유도했다. 차는 그 인파를 거슬러 달렸다. 이윽고 숲으로 둘러싸인 사 층짜리 건물이 보였다. 사단법인 '초록숲'이었다.

"가부라기 선배, 저기 보세요!"

히메노가 손가락으로 가리킨 쪽에 시설 정원의 자작나무 숲이 있었다. 그래서 이 노인양호시설은 마치 고원에 있는 느낌이 들었다.

"제기랄, 자작나무라고 한 게 저거였어? 가루이자와가 아니잖아!"

마사키가 이를 악물고 말했다. 가부라기도 고개를 끄덕였다.

"다니야마 시즈는 저걸 보고 이 시설을 가루이자와에 있는 요양소로 착각한 모양이야."

붉은 경광등을 켠 십여 대의 순찰차가 '초록숲' 앞 도로를 가로막고 있었다. 그 주위를 사복 경찰과 제복 경찰이 이리 뛰고 저리 뛰고 있었다. 히메노는 도로 제일 외진 곳에 차를 꽂아 넣듯이 세웠다. 가부라기, 마사키, 히메노, 사와다는 제각각 네 개의 문을 열고 뛰쳐나왔다.

"가부라기 선배!"

SP 마지마가 달려왔다.

"면목 없습니다. 저희가 가까이 있었는데도 그만."

가부라기는 마지마의 어깨를 토닥였다.

"그런 이야기는 나중에 하고. 농성 현장은 접근 가능한가?"

"예. 가능합니다. 범인은 조금 전 입소자와 직원들이 모두 나올 수 있도록 허락했습니다. 하지만 경찰과 매스컴 관계자는 모두 식당 안에 남으라고 했습니다. 새로운 수사관이 달려와도 별로 신경 쓰이지 않는 모양입니다. 그리고⋯⋯."

마지마가 덧붙였다.

"입소자 가운데 노인 한 분만 농성범과 함께 남아 있습니다. 노자와 장관을 베려고 한 사람은 이 노인인데 공범인 듯합니다. 다리가 불편해 보이는데 범인과 가까운 쪽 바닥에 쓰러져 있습니다."

"가부라기 선배! 데드맨, 아니 겐다 선배예요!"

히메노의 말이 귀에 들어오지 않는지 가부라기는 멍하니 서 있었다.

겐다 슈조가 노자와 장관에게 칼부림을 했다. 역시 40년에 이르는 기억의 단절은 겐다로부터 형사라는 자각을 완전히 앗아갔다는 이야기다. 겐다는 이미 복수만을 위해 사는 망가진 사람이다. 가부라기는 완전히 다른 사람이 된 겐다를 생각하면 원통하고 진심으로 슬펐다.

"가부, 감상에 젖을 틈이 없어. 어서 움직이자."

마사키가 낮은 목소리로 말했다. 마사키도 가부라기와 마찬가지 심정이었다. 가부라기는 고개를 끄덕이더니 건물 현관 쪽으로 갔다. 마사키, 히메노, 사와다도 뒤를 따랐다.

일 층 로비는 수사관들로 붐볐다. 여기저기서 전화에 대고 고함을 치는 수사관들의 목소리가 들려왔다. 마지마가 말한 대로 구급대원들과 폭발물 처리반도 일 층에서 대기하고 있었다.

가부라기가 소리쳤다.

"1과와 특수범은 이쪽으로 집합! 다른 인원은 현재 상태에서 대기하도록!"

수십 명의 수사관들이 가부라기를 중심으로 둥글게 모여들 었다.

가부라기 또래인 형사가 초조함을 감추지 못하고 말했다.

"글렀어. 방법이 없단 말이야. 저 폭탄은 바닥에 떨어지기만 해도 폭발한다니까."

"범인의 요구는 뭐지?"

"모르겠어. 아무리 말을 걸어도 제대로 대답하지 않아."

젊은 수사관이 긴장한 표정으로 가부라기에게 물었다.

"정말로 저 가냘픈 여성이 연속살인사건의 범인이란 말입니 까?"

"그래. 내가 지금부터 투항하라고 설득해보려고 하는데 괜찮 겠나?"

수사관들이 가부라기의 말을 듣고 말없이 고개를 끄덕였다. 어차피 이러지도 저러지도 못하는 상황이었다.

가부라기는 생각했다. 그래…… 나는 다카사카 시온의 이야기를 듣고 싶다. 다카사카 시온은 과연 어떤 인물인가? 왜 이런 짓을 저지른 건가? 그리고 이제 어떻게 할 작정인가?

"그럼 다녀올게. 각자 위치로 돌아가 대기하도록. 그리고……."

가부라기가 이렇게 덧붙였다.

"노자와 장관에게 칼부림한 노인이 우리 대선배인 전직 형사다."

수사관들이 웅성거렸다.

"악의를 품은 의사 때문에 정신이 병들어 저렇게 되고 만 것 같다. 가능하면 어떻게든 무사히 구출하고 싶다. 이 점 기억해두 도록."

수사관들은 저마다 짧고 힘찬 대답을 하며 다시 제각각 위치로 흩어졌다.

"가부, 잠깐만."

그 자리에 남아 있던 나이 지긋한 수사관이 말했다.

"너란 녀석은 정말 사람들을 부릴 줄 모르는구나."

"예. 저는 능력이 없어서 제가 먼저……."

"멍청한 녀석. 그런 이야기가 아니야."

그 수사관은 어처구니없다는 표정으로 가부라기의 말을 가로 막았다.

데 드 맨

"왜 그렇게 아등바등 무슨 일이나 혼자 처리하려고 하지? 너한테 무슨 일이 생기면 이 수사본부는 엉망이 되잖아? 조금 더 우리를 믿어. 우리에게 명령을 내리란 말이야. 우리를 부려먹으라고. 그게 팀 아닌가?"

그는 가부라기의 어깨를 거칠게 두드리며 이렇게 말했다.

"뭐 솔직히 처음에는 좀 걱정스러웠지만 넌 수사본부장 대행 역할을 제법 잘해냈어! 안에 들어가면 조심해!"

나이 든 수사관은 돌아서서 자기 위치로 달려갔다.

가부라기는 그 뒷모습을 가만히 지켜보다가 마지마 쪽으로 돌아섰다.

"계단은 어느 쪽이지?"

"이쪽입니다."

마지마가 앞장서서 달려갔다. 가부라기를 비롯한 네 명도 그 뒤를 따랐다. 그리고 이 층으로 가는 계단 아래 이르자 다섯 명은 계단을 단숨에 뛰어 올라갔다.

이 층 식당에는 남쪽에 있는 넓은 창문을 통해 오후의 햇살이 쏟아져 들어오고 있었다.

그 넓은 식당 구석 쪽에 노자와 장관이 서 있었다. 그 뒤에 검고 긴 머리카락을 한 여성이 보였다. 그 여자는 노자와 장관의 목에 메스를 들이대고 있었다. 다른 손에는 갈색 약병이 들려 있었다. 다카사카 시온이다.

그리고 그 두 사람으로부터 삼 미터쯤 떨어진 앞쪽 바닥에 힘없이 앉아 있는 노인의 모습이 보였다. 노인은 다섯 명이 식당에 들어오는 모습을 보더니 느릿느릿 고개를 들어 멍한 눈으로 바라보았다.

데드맨. 전 경시청 수사 1과 형사 겐다 슈조였다.

누군가 계단을 뛰어 올라오는 소리가 들렸다. 나는 천천히 고개를 들어 발소리가 나는 쪽을 바라보았다. 다섯 명의 남자가 나타났다. 옷차림으로 보아 경찰인 듯했다.

그 다섯 명을 향해 다카사카 선생이 이렇게 말했다.

"어머, 새로 오신 형사님들이네. 당신은 누구죠?"

앞장서서 들어온 중년 남자가 한 걸음 앞으로 나서며 조용히 대답했다.

"경시청 수사 1과 가부라기다. 네가 저지른 연속살인사건 특별수사본부를 지휘하는 책임자다. 대행이지만."

가부라기 형사. 그 이름을 듣고 나는 깜짝 놀랐다. 내가 태블릿 PC로 편지를 보낸 그 형사다.

그런 생각을 하는데 가부라기 형사가 나를 바라보았다. 왠지 기쁨과 반가움, 그리고 깊은 슬픔이 뒤섞인 표정이었다. 드디어 만났군요, 이렇게 말을 건네는 듯했다.

"당신 이름은 신문에서 봤어요. 그럼 이제 슬슬 시작해볼까? 텔레비전 방송국에서 나온 분들, 준비됐어요?"

다카사카 선생이 그렇게 물으며 텔레비전 카메라 쪽을 보았다.

"뭘 시작하겠다는 건가?"

가부라기 형사가 물었다.

"이 짐승만도 못한 인간이 저지른 짓을 전국에, 아니 온 세상에 알리는 거죠."

다카사카 선생은 그렇게 말하더니 메스 날로 노자와 장관의 목을 천천히 긁었다. 장관의 목에 내가 그은 선과 평행으로 붉은 선이 그어지더니 거기서 검붉은 피가 스며 나왔다.

"어차피 당신들은 이 인간에게 아무것도 할 수 없잖아요? 이 남자가 저지른 짓은 모두 공소시효가 완성되었는걸. 그래서 내가 벌을 주기로 한 거죠. 우선 45년 전에 자기가 무슨 짓을 저질렀는지 이 인간이 스스로 털어놓게 만들 거야."

"당신이 그렇게 해서 장관으로 하여금 털어놓게 만든다고 해도 아무런 의미가 없어."

가부라기 형사는 차분한 목소리로 말했다.

"칼과 폭탄을 들이대고 강요당해서 한 이야기를 누가 사실이라고 믿어주겠나?"

다카사카 선생이 빈정거리는 투로 말했다.

"그래요. 당신들, 경찰들은 늘 그런 식이지. 죄도 없는 사람을 억지로 자백하게 해 범죄자로 만들어낼 때는 말이야. 그럼 좋아요. 내가 이 인간 대신 이야기하지. 믿지 않아도 상관없어요. 어차피 이 인간은 이제 곧 죽을 테니까."

다카사카 선생은 그렇게 말하더니 이번에는 갈색 유리병으로 노자와 장관의 머리를 툭툭 쳤다. 노자와 장관의 몸이 굳어졌다.

"자, 어느 쪽이 마음에 들어? 메스로 목을 두 토막 내는 것과 나하고 함께 폭발로 날아가는 것. 어느 쪽을 골라야 할지 모르겠지? 둘 다 아플 것 같으니. ……맞아, 그래."

다카사카 선생은 픽 웃고 이렇게 말을 이었다.

"당신이 다니야마 시즈…… **내 어머니**에게 했던 것처럼 이 메스를 머리에 꽂아 넣을까? 어때, **아버지**?"

나는 어안이 벙벙해 다카사카 선생을 바라보았다. 시즈가 선생의 어머니? 그리고 노자와 장관이 다카사카 선생의 아버지?

노자와 장관이 작은 목소리로 중얼거렸다.

"무슨 말도 안 되는…… 거짓말이야."

"나도 그렇게 생각하고 싶어. 거짓말이면 좋겠다고 얼마나 바랐는지 몰라. 하지만 안타깝게도 사실이야."

다카사카 선생은 살짝 한숨을 내쉬었다.

"당신은 45년 전, 인턴 시절에 유행하던 로보토미 수술이라는 것을 직접 해보고 싶었어. 하기야 이것저것 따질 것 없는 간단한 수술이었으니까. 뇌에 칼질을 하기만 할 뿐이었지. 당신 아버지가 영향을 끼칠 수 있는 병원이라 아무도 당신을 거스르지 못했어. 그래서 당신은 너무나도 경솔하게 다니야마 시즈라는 열여덟 살 먹은 환자를 대상으로 로보토미 수술을 했어. 그리고 당신의 장난을 다른 아부꾼들이 나서서 숨겨주었고."

다카사카 선생은 담담하게 말을 이었다.

"당신은 어머니 말고도 정신적인 병을 앓는 여러 환자를 반쯤 장난삼아 수술을 했어. 모두 정신이 망가지거나 세상을 떠났지. 당신 때문에 몇 명이나 목숨을 잃었는지 알아? 그것만 해도 용서할 수 없는데 당신은 잔혹한 짓을 두 가지나 더 저질렀어. 그 가운데 하나가 어머니를 임신시킨 일."

다카사카 선생의 목소리에 점점 분노가 묻어나기 시작했다.

"재판이 끝난 지 십여 년 뒤, 의사가 된 당신은 근무하던 병원에서 내 어머니 다니야마 시즈를 다시 만나게 되었어. 그리고 어머니의 정신이 완전히 망가졌다는 사실을 알고 밤마다 병실에 숨어들어 몸을 탐했지. 싫증이 나자 다른 병원으로 옮기게 했고. 그래서 당신은 몰랐던 거야. 다른 병원에서 어머니가 나를 낳았다는 사실을."

노자와 장관의 목에 댄 메스가 파르르 떨렸다.

"나는 성인이 된 뒤 내 출생의 비밀을 알고 싶어서 조사 회사 사람인 척하며 예전에 어머니가 있던 병원 의사를 찾아다녔어. 당시 노자와는 여자를 밝히는 변태였으며 다니야마 시즈가 낳은 아기가 노자와의 아이라는 사실을 모두 알고 있더군. 병원에서 어머니가 임신했다는 사실을 알게 되었을 때는 이미 낙태시킬 수도 없는 시기였어. 그리고 어머니는 누가 배를 건드리기만 하면 울며불며 발버둥치면서 나를 지키려고 했던 모양이야."

가부라기 형사는 말없이 다카사카 선생의 이야기를 듣고 있었다.

"나는 태어나자마자 양호시설에 맡겨져 부모는 이미 죽은 줄만 알고 살아왔지. 고등학교를 졸업할 즈음에야 비로소 어머니가 살아 계신다는 사실을 알게 되었어. 그래서 나는 아르바이트를 하면서 이학요법사와 임상심리사 자격을 땄지. 어머니를 위해서였어. 단 한 사람, 내 어머니를 위해서 말이야. 그런 상태에서도 배 속의 나를 지켜주고 낳아준 어머니를 위해서."

나는 혼란스러웠다. 그런 가운데 드디어 사태의 진상이 파악되었다. 내가 만났던 시즈는 열여덟 살 소녀가 아니라 열여덟 살에서 시간이 멈춰버린 다카사카 선생의 어머니였다. 그리고 보니 그때 시즈는 '인형을 찾고 있다'고 했다. 그게 병원 측에 빼앗긴, 시즈가 낳은 아기, 다카사카 시온이었던 것이다.

가부라기 형사가 입을 열었다.

"그래서 호적이나 주민등록을 조사해도 당신이 발견되지 않았던 거로군."

"맞아요. 다니야마 시온이 내 본명이죠. 다카사카라는 성은 나를 키워준 아버지인 보육원 원장님의 성이에요."

"그럼 '시온'이란 이름은 누가 지은 거지?"

다카사카 선생은 이상하다는 듯이 고개를 갸웃거렸다.

"시온紫苑은 어머니가 무척 좋아하는 꽃이었죠. 병원 뜰에 피어 있어서 늘 간호사에게 병실에 꽂아달라고 졸랐다더군요. 그래서 어머니가 나를 낳았을 때 시온이라는 이름을 붙여준 거예요. ……그런데 왜 이런 걸 묻죠?"

가부라기 형사는 알겠다는 듯이 고개를 여러 차례 끄덕였다.

"겐다 선배로부터 이메일을 받았지. 그 내용 가운데 '귀신잡초'라는 꽃 이름이 나왔어. 나는 그 이름이 마음에 걸려 알아보았지. 그랬더니 시온이라는 꽃의 다른 이름이라고 하더군. 당신 이름인 시온의 다른 이름."

"이 사람이 경찰에 이메일을?"

다카사카 선생이 몇 미터 앞에 앉아 있는 나를 내려다보았다.

"그래요? 태블릿 PC를 그 정도로 사용할 수 있게 되어 있는 상태였어요? **대단하네, 슌.**"

다카사카 선생은 나를 보며 빙긋 웃었다.

가부라기 형사가 중얼거렸다.

"원추리忘れ草를 허리띠에 매달았건만 귀신잡초로구나."

오래된 시의 한 구절인 모양이다.

"이 시는 만요슈万葉集에 실려 있는데 오토모노야카모치大伴家持가 지은 노래야. '그대를 잊고 싶어 원추리를 허리띠에 매달았건만 아무런 소용이 없었지. 귀신잡초의 힘은 그 이름만큼이나 강력한 모양'이라는 뜻이라더군. 이 시는 곤자쿠모노가타리今昔物語에도 실려 있는 '원추리, 야고忘れ草、思い草'라는 오래된 설화에 기원을 두고 있다고 해."

가부라기 형사는 조용히 말을 이었다.

"옛날에 두 형제가 있었어. 아버지가 죽었을 때 형은 얼른 잊고 싶어서 무덤에 와스레구사로 불리는 원추리를 바쳤지. 동생은 아버지를 잊고 싶지 않다는 뜻으로 오모이구사思い草*라고 불리는 시온을 바쳤어. 그 동생의 마음에 죽은 이를 지키는 귀신이 깊이 감동해 길조를 예견할 수 있는 힘을 주었지. 그래서 시

* 우리말로는 '야고'라고 한다.

데드맨

온은 귀신잡초로 불리게 된 거야."

나는 시즈로부터 받은 보라색 꽃을 보았을 때 다카사카 선생이 했던 말을 떠올렸다.

'그건 '귀신잡초'라고 해요. 그냥 잡초죠.'

귀신잡초란 다카사카 선생의 이름, 즉 시온이라는 꽃의 다른 이름이었다.

시즈는 시온이라는 꽃을 좋아했다. 그래서 시즈의 딸에게는 시온이라는 이름이 붙었다. 그리고 시온이란 이름을 지닌 사람은 그 꽃에 얽힌 옛날이야기처럼 어머니를 잊지 못하고 오로지 어머니를 위해 살아온 것이다.

가부라기 형사가 말했다.

"나는 당신이 누구인지 몰랐어. 하지만 귀신잡초가 시온과 같은 꽃이라는 사실을 알게 되었을 때, 당신과 다니야마 시즈 씨는 깊은 인연이 있을 거라는 생각이 들었지. 그런가? 그랬던 거로군."

"동정을 받고 싶어서 한 이야기는 아니에요. 신경 쓰지 마세요."

다카사카 선생이 가부라기 형사에게 말했다.

"그리고 이 인간이 저지른 또 한 가지 죄가 43년 전에 이 사람에게 한 짓이죠."

다카사카 선생의 시선이 천천히 내 쪽으로 향했다.

다카사카 선생과 눈이 마주쳐 나는 흠칫했다. 왜 나를 보는 걸까? 내가 노자와 장관에게 무슨 짓을 당했다는 걸까? 43년 전에는 나…… 우리들은 존재하지 않았을 텐데.

"이봐!"

갑자기 노자와 장관이 가부라기 형사를 향해 소리쳤다.

"입 다물게 만들어! 뭘 하고 있는 건가! 자넨 형사잖아. 왜 이런 여자가 하는 소리를 잠자코 듣고 있지? 어서 이 여자 입을 다물게 해!"

"그래서?"

가부라기 형사는 노자와 장관의 말을 무시하고 다카사카 선생에게 물었다. 노자와 장관의 안색이 창백해졌다. 가부라기 형사는 나에 대한 이야기를 다카사카 선생의 입을 통해 들으려고 했다.

"그래서 노자와 장관은 43년 전에 겐다 형사에게 무슨 짓을 했나?"

겐다 형사라고?

나는 그 말에 또 혼란스러워졌다. 아까 사회자가 나를 '겐다 슈조'라고 소개했다. 그리고 지금 가부라기 형사는 나를 '겐다 형사'라고.

데드맨

갑자기 머리가 아팠다. 내 머릿속 깊은 곳에서 잠자고 있던 벌레가 불쑥 깨어나 꿈틀거리기 시작한 느낌이었다. 겐다 슈조, 겐다 씨, 겐다 형사. 이 세 단어가 계속해서 머릿속에서 울려 퍼졌다.

"겐다 씨는 2년쯤 전에 이 양호시설에 들어왔죠. 이미 40년 이상 여러 병원과 양호시설을 떠돌던 상태였어요. 나는 어머니와 같은 처지인 겐다 씨가 측은해서 열심히 돌봐주었죠."

겐다 씨. 그 말을 들을 때마다 내 머릿속이 바늘로 찔리는 듯한 날카로운 통증을 느꼈다.

"어느 날 나는 겐다 씨에게 남아 있던 하나뿐인 짐이라는 낡은 버들고리 안에서 자물쇠가 달린 일기장을 발견했어요. 자물쇠는 완전히 녹이 슬었고 열쇠는 보이지 않았죠. 여러 해, 어쩌면 몇십 년 동안 펼쳐본 적이 없는 것 같았어요. 겐다 씨도 일기에 대해서는 완전히 까먹은 모양이었고."

일기……. 그래, 나는 옛날부터 일기 쓰기를 좋아했다. 늘 일기를 썼다. 어렸을 때도, 학교에 다닐 때도, 사회생활을 시작한 뒤로도, 입원했을 때도. 매일 일기를 썼다. 그래서 되살아난 뒤에도 매일 태블릿 PC로 일기를…….

잠깐만! 나는 머리를 감싸고 필사적으로 생각했다.

지금 이건 누구의 기억이지? 내 머리 부분의 주인이었던 남자의 기억인가? 아니면 그보다 훨씬 전의, 누군가의 기억인가?

그러고 보니 시즈와 만난 뒤로 나는 이상한 꿈에 시달리게 되었다. 초조한 마음에 휘둘려 뭔가를 계속 쓰는 꿈. 누군가에게 들킬지도 모른다는 공포와 싸우면서 침대 위에서 기를 쓰고 백지를 글자로 메우던 꿈.

그게 '꿈'이 아니라 내 '기억'이었던 건가?

다카사카 선생이 말을 이었다.

"겐다 씨에게는 미안하지만 치료에 도움이 될지도 모르겠다는 생각이 들어 나는 그 자물쇠를 부수고 일기를 훔쳐 읽었죠. 겐다 씨가 쓴 일기는 대부분 뜻을 알 수 없는 글이었죠. 하지만 나는 끝까지 다 읽었어요. 그랬더니 중간에 한 군데 아주 무서운 내용이 적혀 있더군요."

"무서운 내용?"

가부라기 형사가 앵무새처럼 반복했다. 다카사카 선생은 고개를 끄덕였다.

"다니야마 시즈라는 환자의 정신외과 수술은 사실 무면허였던 인턴 노자와 다이지가 했다는 내용이었죠. 노자와는 그 일 말고도 여러 차례 무면허 수술을 해서 사망자도 나왔다는 사실. 자기가 그 증거를 잡기 위해 병이 난 것처럼 꾸며 노자와가 있는 병원에 잠입했다는 사실. 그러다가 형사라는 사실을 노자와에게 들켜 대량의 약물과 심리 조작을 통해 머리가 엉망진창이 되어 버렸다는 내용……."

"닥쳐! 이 여자가 지껄이지 못하게 해!"

노자와 장관이 또 소리쳤다. 하지만 다카사카 선생은 말을 멈추지 않았다.

"저 인간은 수술 기록이 남을까 봐 두려워 겐다 씨에게는 로보토미 수술을 하지 않았죠. 아니면 로보토미는 자기가 노리는 효과가 나타나지 않을 만큼 제대로 된 수술이 아니라는 사실을 알고 있었기 때문일까요? 어느 쪽이건 상관없습니다. 그 덕분에 겐다 씨에게 희미한 희망이라도 남았으니까요."

그렇게 말하며 다카사카 선생은 다시 나를 바라보았다.

"혼탁한 의식 속에 겐다 씨는 이따금 제정신을 되찾을 때가 있었죠. 그때 겐다 씨는 자기가 기억하고 있는 사실들을 필사적으로 일기에 적어 남겼어요. 정신이 다시 무너져 내리기 전에 말이죠. 헤아릴 수도 없이 읽어 그 일부를 또렷하게 외울 수 있어요."

그러더니 다카사카 선생은 겐다 형사가, 아니 내가 썼다는 일기를 외우기 시작했다.

지금의 나는 나일 것이다. 하지만 어제의 나는 내가 아니었다.

아니, 날짜를 거슬러 올라가며 읽은 이 일기에 따르면 어제도, 그 전에도 나는 내가 아니었다.

내가 나로 돌아온 것은 약 1년 만의 일이다.

내일의 나는 과연 나일까? 아마 아니리라. 지금 이 시간을 놓치면 나는 영원히 내가 아니게 되고 말지도 모른다. 그런 예감이 든다. 아아, 이 지독한 오한. 이 끔찍한 전율. 이 무시무시한 공포!

그래서 나는 내가 나인 상태로 있는 동안 결코 잊어서는 안 될 일들을 모두 이 일기에 적어두기로 한다. 내가 누구인가를. 내가 알게 된 진실을. 내게 일어난 끔찍한 사건을. 나를 이 모양 이 꼴로 만든 놈이 누구인지. 그리고 용서할 수 없는 그놈이 저지른 짐승만도 못한 짓을.

그렇다. 나는…….

나 겐다 슈조는 그 일기를 그 악마의 소굴 같은 병원 침대 위에서 필사적으로 썼다.

입원한 뒤 무슨 짓을 당한 걸까. 이따금 제정신이 돌아오면 이번에야말로 진실을 적어 남겨야만 한다고 생각했다. 다행스럽게도 입원할 때 가지고 들어온 물건 가운데는 일기장이 남아 있었다.

병원 관계자는 아무도 믿을 수 없었다. 나는 숨을 죽이고 밤이

데 드 맨

깊어가기를 기다렸다. 그리고 같은 병실 환자들이 깊이 잠들면 병실 커튼을 열고 밀려드는 한기에 덜덜 떨면서 달빛에 기대어 낮에 **간호원** 주머니에서 슬쩍한 연필로 일기를 썼다.

어서, 서둘러, 어서…….

하나도 빠짐없이 적어야 한다.

내가 사라져버리기 전에.

내가 내가 아니게 되기 전에.

나는 그때의 아릿한 초조감을, 몸을 불태워버릴 것만 같은 분노를, 그리고 간절한 기도를 기억해냈다.

나는 다시 나를, 겐다 슈조를 되찾았다.

가부라기는 다카사카 시온에게 물었다.

"그 일기는 지금 어디 있지?"

"아, 내 아파트 서랍 속에 있죠. 형사가 쓴 일기인걸요. 증거 가치는 충분하겠죠?"

다카사카 시온은 가부라기 형사에게 물었다.

형사가 직접 썼다고는 해도 40년 넘게 제정신을 잃었던 사람의 글에 법적인 효력이 있을지, 가부라기는 알 수 없었다. 다만 겐다라는 형사의 집념이 그런 형태로 남아 있었다. 가부라기는 그것만 해도 다행일지 모른다는 생각이 들었다. 정말 다행이다.

가부라기는 속으로 그렇게 생각했다. 그야말로 집념이 낳은 기적이었다.

"당신이 노자와 장관에게 복수를 해야만 할 이유는 충분히 알겠어. 두 가지만 더 가르쳐주지 않겠나? 우선 43년 전 재판 때 피고로 이름을 올린 여섯 명의 손자, 손녀를 죽인 이유. 그리고 그 여섯 명의 시체 일부분을 잘라내고 사건에 관한 보도를 이용해 겐다 씨로 하여금 자신이 여섯 명의 시체로 만들어진 데드맨이라고 믿게 만든 이유."

다카사카 시온은 약간 놀란 표정을 지었다.

"용케 그걸 눈치챘네. 가부라기 씨라고 했던가요? 역시 경시청 수사 1과 형사님이시군요."

가부라기는 고개를 저었다.

"내 능력이 아니지. 여기 있는 동료와 부하……."

가부라기는 자기 바로 뒤에 있는 마사키와 히메노, 사와다를 흘끗 보았다.

"수사에 관계한 수많은 수사관들의 노력 덕분이지. 그리고 겐다 형사가 보낸 이메일 덕분이기도 하고."

다카사카 시온이 부드러운 목소리로 말했다.

"당신들이 부럽군요. 이건 결코 빈정거리는 말이 아니에요. 한 가지 목적을 위해 서로 마음이 통하고 있어요. 만약 그때 당신들 같은 형사가 어머니 곁에 있었다면 어머니는 그런 고통을 겪지 않았을지도 모르죠. 내가 태어나지 않았을지도 모르고."

다카사카 시온의 얼굴이 살짝 일그러졌다.

"하지만 단 한 사람, 겐다 씨만은 목숨을 걸고 어머니를 위해 진실을 폭로하려고 애를 썼어요. 그리고 그 때문에 끔찍한 일을 당해 스물일곱이라는 젊은 나이에 인생을 빼앗기고 40년 넘게 지옥 같은 고통을 맛보았죠. 나는 그런 사실을 알게 되었을 때 도저히 이 인간을 살려두어서는 안 되겠다고 생각했어요. 무슨 일이 있더라도. ……그게 가부라기 씨의 두 가지 의문에 대한 답변입니다."

다카사카 시온은 다시 노자와 쪽으로 시선을 돌리더니 이렇게 말했다.

"내가 겐다 씨를 처음 만났을 때 그는 뿌리 깊은 망상에 사로잡혀 있었죠. 그건 자기가 입원할 당시인 스물일곱 살 때 산 채로 사지를 절단당했다는 망상이었어요. 오랜 세월 병석에 누워 있다 보니 팔다리의 근육이 쇠약해져서 제대로 움직일 수 없게 되어 생겨난 망상으로 보이더군요. 물론 과거에 노자와가 근무하던 병원에서 투여한 약물과 강제적인 심리 조작이 원인이 된 게 틀림없어요."

팔다리가 잘려나갔다는 망상……. 가부라기는 다카사카 시온의 범행 이유가 점점 더 또렷하게 보이기 시작했다.

"멀쩡하게 팔다리가 있는데 머리와 몸통만 남았다는 공포에 떨며 심한 환각에 시달리는 나날이었죠. 하루에도 몇 차례씩 진통제를 요구해 내장이 엉망이었어요. 동통성 장애, 전환성 장애, 건강 염려증, 그리고 신체 추형 장애가 복합적으로 얽혀 있어 일반적인 치료로는 도저히 겐다 씨의 고통을 제거할 수 없었죠. ⋯⋯그래서 나는 '근본적인 치료'를 결심했던 거예요."

"그게 겐다 씨에게 팔다리 접합 수술을 했다고 생각하게 만드는 거였나?"

가부라기가 물었다.

"맞아요. 망상 속에서 팔다리가 없다면 역시 **망상 속에서 붙여주면 되죠**. 겐다 씨는 자기가 머리와 몸통만 남아 있다고 생각한다. 그렇다면 우선 누군가의 시체에서 떼어낸 팔다리를 붙였다고 생각하게 만들자. 그리고 움직일 수 있게 되기까지 재활 훈련을 하고⋯⋯. 완전히 믿게 만들 수 있다면 이 치료는 반드시 성공할 거다. 난 그렇게 생각했죠."

다카사카 시온은 추억을 이야기하듯 즐거운 표정으로 설명을 이어갔다.

"완전히 믿게 만들려면 진짜 시체가 필요했죠. 그때 머릿속에 떠오른 거예요. 이번 기회에 노자와에게 빌붙었던 여섯 명에게 복수를 하자. 이미 죽은 사람도 있으니 공평하게 가족 가운데 한 명씩을 처치하면 된다. 내 어머니를 그렇게 만들었듯이. 그리고 그 시체를 이용해 겐다 씨를 망상에서 해방시킨다…… 어때요, 좋은 아이디어죠? 일석이조라고 하나?"

다카사카 시온의 말을 받아 가부라기가 확인하듯 말했다.

"자기가 스물일곱 살이라고 생각하는 겐다 씨에게는 비슷한 연배의 시체를 사용했다고 믿게 할 필요가 있었겠군. 그래서 수술 책임자들의 '손자, 손녀' 가운데 이십 대 후반인 젊은이 여섯 명을 골라 죽이고, 그 일부분을 잘라내 가지고 갔다는 상황을 만들었고. 그다음에 사건을 보도한 신문 기사를 다니야마 시즈 씨를 사칭해 이메일로 보내서 겐다 씨가 읽게 만들었다."

"그렇죠."

다카사카 시온은 고개를 크게 끄덕였다.

"그 인간들의 손자, 손녀를 관찰하다 보니 너무 부러운 한편 질투가 느껴져 죽이는 데 별 거리낌을 느끼지 못했어요. 유복한 의사와 정치가 집안에서 태어나 아무 부족할 것 없이 자라 우아한 독신 생활을 즐기고 있는 사람들. 하지만 그들의 할아버지는 아무런 죄도 없는 어머니를 망가뜨렸죠. 나는 피를 토하는 심정으로 홀로 살아왔어요."

감정이 복받치는 걸 가라앉히려는 듯이 다카사카 시온은 잠깐

숨을 가다듬었다. 그리고 다시 냉정한 말투로 이야기했다.

"그 사람들의 시체를 사용한 걸로 믿게 만들기 위해서 장기 보존액을 남기거나 이런저런 노력을 했죠. 그리고 겐다 씨는 젊었을 때 사고를 당해 왼쪽 다리만 가늘었기 때문에 왼쪽 다리는 여성의 시체가 필요했던 거죠. ……이제 이해가 가요?"

히메노가 침통한 목소리로 다카사카 시온에게 물었다.

"시체는, 절단한 시체 일부는 어디에 두었죠?"

"내 아파트에 있는 작은 냉장고 안에. 사람 일 인분 시체라는 게 뜻밖에 부피가 그리 크지 않더군요."

가부라기도 이해가 되었다. 사람은 수영장에 들어가면 물에 뜰락 말락 하는 상태가 된다. 즉 인간의 비중은 물과 마찬가지로 '1'이라는 이야기다. 그래서 가령 체중이 육십사 킬로그램인 사람의 체적은 육십사 리터. 겨우 사십 입방센티미터에 지나지 않는다.

"시체가 한 사람을 만들 수 있을 만큼 모였을 때 나는 바닥에 비닐종이를 깔고 사람 모양으로 늘어놔 보았어요. 그리고 나 스스로 '이게 바로 겐다 씨다'라고 믿으려고 애를 썼죠. 그래야만 겐다 씨가 내 태도에서 이상한 점을 느끼지 않을 테니까요."

다카사카 시온은 가부라기를 비롯한 다섯 명을 향해 아무런 감정도 실리지 않은 목소리로 말했다.

"미친 짓이야."

마사키가 이를 악물고 목소리를 짜냈다.

그 목소리는 다카사카 시온의 귀에도 들린 듯했다. 다카사카 시온은 바로 진지한 표정을 짓더니 싸늘한 말투로 대꾸했다.

"난 미치지 않았어요. 굳이 말하자면 귀신이 된 거나 마찬가지죠. 내 이름이 귀신잡초인 것처럼."

다카사카 시온은 턱짓으로 노자와 장관을 가리켰다.

"미친 인간은 바로 이 노자와 다이지예요. 병들어 고통받는 환자를 무면허로 반쯤 장난삼아 수술해 그 사람들의 인생을 앗아가 버리고, 그걸 눈치챈 형사를 약물중독으로 만들었어요. 자기가 망가뜨려 저항도 할 수 없는 어머니를 농락하여 임신까지 시킨 그런 인간이 이제는 태연한 얼굴로 내각 관방장관이란 자리에 앉아 있는 이 사람. 그렇지 않아요?"

다카사카 시온은 메스 끝을 노자와 장관의 목 쪽으로 쓱 가져갔다. 그 바람에 메스 끝이 살짝 목을 파고 들어갔다. 거기서 한 줄기 붉은 액체가 흘러나오기 시작했다.

노자와 장관은 공포를 견디지 못하고 기어 들어가는 목소리로 말했다.

"자, 잘못했어. ……사, 살려줘……."

노자와 장관의 다리가 마구 떨리고 얼굴에서는 땀이 줄줄 흘러내렸다.

"이제 그만하지 않겠나?"

가부라기가 비통한 표정을 지으며 다카사카에게 말했다.

"지금 당신 말을 통해 진실은 모두 밝혀졌어. 노자와 장관도 사회적인 제재를 받게 될 거야. 장관을 풀어주고 메스와 폭약을 이리 줘. 만약 그렇게 한다면 여기 있는 경찰관들도 창밖에서 당신을 겨누고 있는 저격반도 모두 철수시키고 나만 남겠어. 당신 안전은 내가 반드시 지켜줄 거야. 믿어줘."

주변의 경찰관과 매스컴 관계자들이 웅성거리기 시작했다.

"어떤 사정이 있었건 당신이 저지른 짓은 도저히 용서받을 수 없어. 아마 사형이 구형될 테지. 그래도 난생처음 마음이 편해지지 않을까? 이제부터가 당신의 진짜 인생이야. 나머지는 모두 법에 맡기도록 하지. 남은 시간 동안 죄를 갚으며 평온하게 살아가지 않겠나?"

"다카사카 씨, 그만 투항하세요."

가부라기 옆에서 사와다가 말했다.

"죄를 한 차례 지을 때마다 원한이 하나씩 풀렸습니까? 그렇지 않잖아요. 오히려 정체를 알 수 없는 깊은 슬픔을 느꼈을 겁니다. 당신이 잘라낸 것은 당신 몸이에요. 더는 죄를 지어서는 안 됩니다. 더 고통스러워지면 안 돼요!"

데드맨

다카사카 시온은 사와다의 얼굴을 눈부신 듯이 바라보았다.

"잠깐만요."

다카사카 시온은 잠시 침묵했다. 그러더니 이윽고 입을 열었다.

"조금만 더 일찍 당신들이 내 앞에 나타났다면 어떻게 되었을까?"

다카사카 시온은 가라앉은 목소리로 말을 이었다.

"나는 틀림없이 사형이겠지. 하지만 그건 전혀 두렵지 않아. 죄도 없는 사람을 여섯 명이나 죽였으니까. 당연히 그 대가를 치러야 한다고 생각해. 이 인간과는 달리."

다카사카 시온은 흘끔 노자와를 보고 이렇게 말했다.

"어차피 더 살아갈 이유가 없어. 내가 지금까지 살아온 이유는 나를 낳아준 어머니를 돌보기 위해서였어. 그것뿐이었지. 이제 어머니는 이 세상에 없어. 하지만……."

다카사카 시온이 천천히 고개를 저었다.

"투항은 할 수 없어. 나는 여기서 이 인간과 함께 죽을 거니까."

그러더니 노자와 장관의 목에 두른 팔에 힘을 주었다.

"이 인간만은 도저히 살려둘 수 없지. 사회적인 제재 같은 건 아무런 의미도 없어. 자리나 명예를 잃을 거라고 해도 어차피 별장 같은 곳에 들어박혀 지금까지 모은 재산으로 우아하게 살아갈 테니까. 그래서 지금 이 자리에서 함께 죽겠다는 거야."

가부라기는 등에 식은땀이 흘렀다. 아무리 애를 써봐야 다카사카 시온의 마음을 돌려놓을 수 없다. 이런 생각이 들지 않을 수 없었다.

그때 다카사카 시온과 몇 미터 떨어진 쪽에서 목소리가 들려왔다.

"그래? 시즈가 죽었단 말이야?"

겐다 슈조였다.

"선생님, 나도 함께 죽겠어요. 시즈도 이제 이 세상에 없고 어차피 나는 앞으로 며칠 뒤면 죽을 거 아닌가요? 선생님이 길동무로 삼아준다면 나도 쓸쓸하지는 않을 것 같은데."

가부라기는 측은한 눈길로 겐다를 바라보았다. 겐다 슈조는 아직도 망상 속에 있었다. 그는 결국 자기 자신을 되찾지 못했다.

다카사카 시온이 겐다를 물끄러미 내려다보더니 슬픈 표정으로 웃었다.

"그렇군요. 나도 이런 인간과 단둘이 지옥에 가기는 싫어요. 당신은 어머니를 걱정해주었어요. 43년 전에나 지금이나."

다카사카가 갑자기 주위를 둘러보며 외쳤다.

"자! 전부 끝났다. 매스컴 관계자건 경찰이건 모두 대피하는 게 좋을 거야. 이제 곧 이 건물이 날아갈 테니까. 어서!"

십여 명의 매스컴 관계자들이 일제히 비명을 지르며 계단으로 몰려갔다. 가부라기도 주변에 있던 SP와 수사관들에게 소리쳤다.

"전원 철수하라! 마지마, 일 층에 있는 인원도 전원 건물 밖으로 내보내! 이 건물에서 최대한 멀리 떨어지도록!"

"알겠습니다! 선배도 어서!"

마지마는 그렇게 소리치더니 계단을 달려 내려갔다.

"어, 어쩔 거야, 가부?"

혼란스러운 가운데 마사키가 옆에서 소리쳤다. 히메노와 사와다도 긴장한 표정으로 옆에 서 있었다.

"너도 빨리 철수해! 난 남아서 계속 설득해보겠어."

"무리예요! 선배도 어서 대피하세요!"

히메노가 굳은 표정으로 소리쳤다.

"저도 그렇게 생각합니다. 다카사카 시온은 처음부터 노자와 장관을 길동무 삼아 죽을 작정이었을 겁니다."

사와다도 절박한 목소리로 말했다.

"그럴지도 모르지. 하지만 최대한 설득해보겠어."

그러자 히메노가 대꾸했다.

"선배가 포기하지 않는다면 저도 여기 남겠어요!"

"저도 마지막까지 사건을, 다카사카 사건을 지켜보고 싶군요."

사와다도 결연한 표정으로 말했다. 히메노와 사와다는 마사키를 바라보았다.

"엥? 나, 나 말이야?"

손가락으로 자기 얼굴을 가리키더니 마사키는 자포자기한 듯이 소리쳤다.

"흥! 너희들에게 공로를 빼앗길 수야 없지! 저 아가씨에게 수갑을 채우러 지옥까지 쫓아가야지! 안 그래, 가부?"

그때 뭔가가 달려와 마사키의 다리에 달라붙었다.

"히익!"

기겁을 한 마사키가 발버둥을 쳤다. 세 사람은 일제히 마사키의 다리 쪽을 보았다. 거기 달라붙어 있는 것은 낯선 종류의 원숭이 한 마리였다.

"이 녀석이 설마…… 가부?"

히메노가 허리를 굽혀 가부의 얼굴을 보았다. 가부도 이상하다는 표정으로 두리번거리며 네 사람의 얼굴을 번갈아 바라보았다.

"노, 놀랐잖아, 이 원숭이 녀석아!"

"자기를 부른 줄 아는 거 아닌가요? 마사키 선배가 가부 선배를 부르니까."

사와다가 차분한 목소리로 말했다.

마사키는 한숨을 푹 내쉬고 이마에 맺힌 땀을 닦으며 가부의 얼굴을 곰곰이 들여다보았다.

"풋! 아니, 이 녀석 왠지 널 닮은 것 같아. 안 그래, 가부?"

마사키가 가부라기의 얼굴을 보며 말했다. 가부라기는 심각한 표정으로 딴 데를 보고 있었다. 그 시선이 머무는 곳에는 노자와 관방장관과 다카사카 시온과 몇 미터 떨어진 바닥에 겐다 슈조가 앉아 있었다.

견딜 수 없는 슬픔이 내 가슴속을 가득 메우고 있었다.

다니야마 시즈가 죽었다. 그 사실이 가슴이 무너질 것처럼 슬프게 만들었다.

하지만 내게는 아직 해야 할 일이 남아 있었다.

"선생님, 나도 함께 죽겠어요."

나는 다카사카 시온을 향해 그렇게 말했다.

나는 이미 겐다 슈조로 돌아와 있었다. 하지만 그런 사실을 다카사카 시온이 눈치채면 틀림없이 나를 여기서 내쫓을 것이다.

"시즈도 이제 이 세상에 없고 어차피 나는 앞으로 며칠 뒤면 죽을 거 아닌가요? 선생님이 길동무로 삼아준다면 나도 쓸쓸하지는 않을 것 같은데."

다카사카 시온은 물끄러미 나를 내려다보더니 슬퍼 보이는 미소를 지었다.

"그렇군요. 나도 이런 인간과 단둘이 지옥에 가기는 싫어요. 당신은 어머니를 걱정해주었어요. 43년 전에나 지금이나."

시체를 이용해 되살아났다고 생각한 날로부터 몇 개월, 나는 정말 다카사카 시온이 나를 되살린 여의사라고 생각하며 함께 재활 훈련에 몰두했다. 지금 생각하면 다카사카 시온은 밤낮을 가리지 않고 열심히 나를 도와준 셈이다.

다카사카 시온이 내게 보여준 헌신은 노자와에게 복수를 하기 위해서였나? 아니면 자기가 생각해낸 치료법이 옳다는 걸 증명하기 위해 몰두한 것이었나? 그도 아니면 자기 어머니 사건을 추적하다가 정신에 문제가 생긴 나에 대한 감사와 속죄였던가?

나는 그 어느 것도 아니라고 믿고 싶었다. 적어도 내게 다카사카 시온, 가부와 함께 지낸 몇 개월은 꿈처럼 즐거운 시간이었다. 진짜 꿈속에 있었던 것이기는 하지만…….

다카사카 시온과 함께 사소한 이야기들을 나누고 태블릿 PC를 함께 들여다보고, 가부의 우스꽝스러운 몸짓을 보며 웃고, 목발을 짚고 걷는 연습을 한 시간은 형사 시절까지 포함해도 내 평생 가장 즐거운 시간이 아니었던가? 그건 왜일까?

나는…… 기억이 떠올랐다.

다니야마 시즈를 처음 만났던 그 순간이. 노자와가 한 수술 때문에 정신이 망가진 가련한 시즈. 열여덟 살인 채로 시간이 멈춰버린 순진무구한 시즈.

그렇다. 43년 전 시즈를 처음 만났을 때, 나는 시즈를 사랑하게 되었던 것이다.

나는 형사로서가 아니라 사랑하는 여자를 위해 어떻게든 사건의 진상을 밝히고 싶었다. 시온은 그런 내 마음을 알 리 없다. 하지만…….

시온은 자기가 아끼는 어머니를 마찬가지로 사랑하는 나이기에 내게 정성을 다해주었다. 이런 생각을 하면 안 되는 걸까? 이런 상상이야말로 머리가 이상하기 때문인지도 모른다. 하지만 만약 내가 시즈와 행복한 상태에서 만났다면 시온은 내 딸이 되었을지도 모르지 않는가?

시온을 구해야만 한다.

더는 죄를 짓게 만들 수 없다. 시온이 살아온 기나긴 지옥에서 구해내야만 한다. 그게 내가 이 땅에서 마지막으로 할 일이다. 시온의 어머니를, 사랑하는 시즈를 결국 구해내지 못한 내 마지막 사명이다. 설사 대신 죽더라도 시온을…….

그때 시온이 외쳤다.

"자! 전부 끝났다. 매스컴 관계자건 경찰이건 모두 대피하는 게 좋을 거야. 이제 곧 이 건물이 날아갈 테니까. 어서!"

바로 이어 가부라기도 소리쳤다.

"전원 철수하라! 마지막, 일 층에 있는 인원도 전원 건물 밖으로 내보내! 이 건물에서 최대한 멀리 떨어지도록!"

모든 사람들이 이 층에서 철수하기 시작하자 주변은 혼란스럽기 짝이 없었다.

아니, 남으려는 사람이 네 명 있었다. 나는 기를 쓰고 몸을 틀어 그쪽을 보았다. 가부라기와 동료, 부하들이었다.

멍청하기 짝이 없는 녀석들이다. 나는 어이가 없었다. 이제 곧 이 건물이 날아가버릴 텐데 아직도 뭔가 해보려고 이 자리에 남아 있다니. 내가 이런 소리를 하면 웃을 테지만, 머리가 좀 이상한 녀석들이라는 생각밖에 들지 않았다. 그러면서도 내가 무심코 얼굴에 미소를 짓고 있다는 사실을 깨달았다.

맞다. 가부라기다. 저 녀석이라면 어떻게든 해줄 수 있을지도 모른다. 하지만 저 녀석은 내가 아직 데드맨 상태인 것으로 여길 텐데. 조금 전에도 그런 척 연극을 했는데. 가부라기가 눈치를 챌 수 있으려나?

나는 시온이 눈치채지 못하도록 몸으로 가리고 가부라기에게 신호를 보냈다.

가부라기는 가만히 겐다 슈조를 보고 있었다. 겐다 또한 가부라기를 물끄러미 바라보았다.

가부라기에게는 겐다의 눈빛이 도저히 망상에 사로잡힌 사람의 눈빛으로 보이지 않았다. 강렬한 의지가 담긴 눈빛으로 보였다. 그건 아주 눈에 익은 눈빛이었다. 그렇다…… 형사의 눈빛이다.

문득 겐다의 오른손 손가락이 미묘하게 움직이는 게 눈에 걸렸다. 그것도 시온이 눈치채지 못하도록 자기 몸으로 가린 채 오른손 검지를 움직이고 있었다. 그리고 겐다는 마사키의 발치 쪽으로 시선을 보냈다. 가부라기도 그 시선이 향한 곳으로 고개를 돌렸다. 간병 원숭이 가부가 있었다.

겐다 슈조는 가부라기에게 신호를 보내고 있는 것이다. 그리고 가부라기는 그 의미를 파악했다. 천천히 자세를 낮추며 양복품 안에 오른손을 찔러 넣었다.

그때 겐다가 다카사카 시온에게 이렇게 말했다.

"다카사카 선생."

다카시나 시온은 겐다를 내려다보았다.

"부탁이 있는데. 가부를 이리 불러도 될까?"

다카사카 시온은 망설이듯 물끄러미 겐다의 얼굴을 바라보았다. 겐다는 대답도 기다리지 않고 고개를 돌려 이렇게 외쳤다.

"가부! 이리와!"

다카사카 시온이 고개를 돌려 보았을 때는 가부가 이미 겐다에게 매달리는 중이었다. 겐다는 가부를 품에 안으며 등을 천천히 쓰다듬었다.

"가부, 미안해. 너를 남겨두다니. 항상 함께 지냈는데."

그렇게 말을 건네는 겐다와 눈을 게슴츠레 뜨고 있는 가부를 다카사카는 말없이 내려다보다가 말했다.

"그래, 너도 함께 죽어줄 거니? 미안하구나. 가부. 용서해라."

다카사카 시온은 가부라기를 비롯한 형사들에게 말했다.

"이 폭약은 아주 강력해요. 아마 당신들도 무사하지 못할 겁니다. 대피하려면 지금 하세요."

가부라기는 고개를 저었다. 그의 관자놀이에 땀이 흘러내렸다.

"바보 같은 짓 하지 마. 그런 인간을 죽인다 한들 당신 영혼이 구원받을 수 있는 게 아니야. 메스와 폭약을 이리 줘. 어서!"

오른손을 내밀면서 가부라기는 한 걸음 내디뎠다. 그 순간 다카사카 시온이 소리쳤다.

"어, 움직이면 폭약을 바닥에 내팽개칠 테야!"

가부라기는 입술을 깨물며 걸음을 멈췄다.

여기까지인가? 아쉽지만 가부라기가 할 수 있는 일은 여기까지였다.

"겐다 선배. 즐거웠습니다. 만약 선배가……."

다카사카 시온은 살짝 고개를 젓더니 겐다에게 말했다.

"우선 이 메스로 노자와의 경동맥을 끊을 거야. 이 인간이 죽는 걸 확인한 다음 이 폭약으로 다 함께……."

다카사카 시온의 말이 중간에 끊어졌다. 다카사카 시온은 겐다 슈조를 가만히 내려다보고 있었다.

다카사카 시온으로부터 몇 미터 떨어진 바닥에 앉은 겐다 슈조가 오른손에 권총을 들고 있었다. 가부가 갖다 준 가부라기의 자동 권총. 무게가 겨우 오백 그램인 시그자우어^{SIG-SAUER} P239였다.

"시온, 메스를 버려."

나는 총구를 시온에게 겨눈 채 그렇게 말했다.

"내가 죽는 건 상관없어. 하지만 이런 인간쓰레기와 함께 저 세상으로 가고 싶지는 않아. 메스를 버리고 그놈을 풀어줘. 그리고 나를 인질로 삼아 도망쳐. 그다음에는 어디 산속 같은 곳이라도 들어가자. 거기서 함께 죽는 거야. 시즈 이야기를 나누며 함께 시즈가 있는 곳으로 가자. 응? 그렇게 할 거지, 시온?"

"안 돼요."

시온이 슬픈 표정으로 천천히 고개를 저었다.

어느새 내가 다카사카 시온을 성이 아닌 이름으로 부르게 된 걸까. 틀림없이 오래전부터다. 나는 훨씬 오래전부터 이 아가씨를 시온이라고 부르고 싶었던 것이다.

"이 인간을 반드시 내 손으로 죽일 겁니다. 그건 이미 결정된 사항이에요. 무슨 일이 있더라도, 당신이 아무리 가로막는다 해도."

안 되나? 이 아가씨를, 시온을 구제할 수 없는 건가? 나는 이를 빠득 갈았다. 입안이 터져 피 맛이 났다.

그때 머릿속에 무시무시한 생각이 스쳐 지나갔다.

그렇다…… 내가 노자와를 죽이면 된다.

내가 지금 당장 저 쓰레기만도 못한 인간을 쏴 죽이면 시온은 죄를 더 짓지 않아도 된다. 폭약을 내려놓고 투항할지도 모른다. 내가 저기 있는 놈을 겨냥해 이 방아쇠를 당기기만 하면 된다. 이렇게 간단한 방법이 있었다니.

나는 천천히 총구를 옆으로 돌려 노자와의 얼굴을 겨냥했다.

노자와의 눈이 휘둥그레졌다. 내가 무엇을 하려는지 눈치챈 것이다. 그는 공포에 질려 입을 쩍 벌렸다. 그 목구멍에서 실처럼 가늘고 긴 비명이 흘러나오고 다리를 덜덜 떨기 시작했다. 나는 노자와의 얼굴 한가운데를 겨냥하며 방아쇠에 손가락을 얹었다.

"겐다 씨."

시온이 불쑥 나를 불렀다.

그 목소리에 나는 손가락을 멈췄다.

고개를 돌려 시온을 바라보았다. 시온이 나를 향해 미소를 짓고 있었다.

처음 만났던 시즈의 모습이 거기 있었다.

그때와 똑같이 순진무구하게 웃는 얼굴이 거기 있었다.

"고마워요. 행복했어요."

시온은 오른손에 든 메스를 거꾸로 바꾸어 쥐더니 노자와의 목을 향해 단숨에 내리찍었다.

나는 절망에 휩싸여 짐승처럼 절규했다.

총성이 울려 퍼졌다.

가부라기는 두 눈을 부릅뜨고 눈앞에 벌어진 광경을 보고 있었다.

다카사카 시온이 천천히 뒤로 물러서면서 바닥에 쓰러졌다. 다카사카 시온의 오른손을 떠난 메스가 반짝반짝 빛을 내면서 떨어졌다. 그리고 그녀가 왼손에 쥐고 있던 갈색 약병이 빙글빙글 돌며 떨어져 내렸다.

가부라기는 반사적으로 갈색 병을 향해 달려갔다. 마사키, 히메노, 그리고 사와다도 거의 동시에 몸을 날렸다. 이미 늦었다는 사실을 알면서도 그들은 동작을 멈출 수 없었다. 전원이 바닥으로 떨어지고 있는 약병을 향해 몰려든 셈이다. 하지만 갈색 약병은 네 사람이 뻗은 손보다 더 먼 곳에 있었다.

글렀나? 약병에 손이 닿지 않았다. 가부라기는 반사적으로 두 손으로 머리를 감쌌다. 그래 봤자 머리가 박살이 나는 걸 막을 수 있느냐 없느냐의 차이일 뿐일 텐데. 가부라기는 삶이 끝나는 순간에 이런 생각을 하고 있는 자신이 우스워졌다.

가부라기는 천천히 눈을 떴다.

폭발은 일어나지 않았다.

바닥에 쓰러진 채 가부라기는 조심조심 고개를 들었다. 마사키, 히메노, 사와다도 마찬가지로 바닥에 납작 엎드린 채로 주위를 둘러보았다.

바닥에 검고 윤기 있는 머리카락이 펼쳐져 있었다. 다카사카 시온이 천장을 보고 쓰러져 있었다. 그 앞에는 겐다 슈조가 무릎을 꿇고 앉아 있었다. 그 바로 뒤에 가부라기의 권총이 떨어져 있었다. 옆에는 등을 웅크린 가부의 모습이 보였다. 그리고 겐다의 손에는 갈색 약병이 쥐어져 있었다.

가부라기는 간신히 일어나 겐다 쪽으로 걸어갔다. 그리고 겐다의 등 뒤에 멈춰 서서 겐다의 어깨 너머로 쓰러진 다카사카 시온을 내려다보았다.

다카사카 시온의 이마 한가운데 작고 붉은 구멍이 나 있었다. 즉사였다. 적어도 죽는 순간만큼은 고통 없이 떠난 모양이었다. 물론 겐다가 그런 상태를 원했기 때문이리라. 가부라기는 속으로 겐다에게 감사했다.

그러고 보면 다카사카 시온은 오늘 이 자리에서 이야기하면서도 그토록 괴로운 과거인데도 눈물을 한 번도 보이지 않았다. 남들 앞에서 쉽게 눈물을 보일 만큼, 그런 행복한 인생을 살지 못했기 때문이리라.

"내가…… 시온을 죽였어."

겐다가 툭 내뱉듯이 중얼거렸다.

"내가 시온을 겨냥해 방아쇠를 당기기 직전에 시온은 왼손으로 약병을 내게 던져주었지. 나는 그제야 깨달은 거야. 하지만 방아쇠를 당기는 손가락을 멈출 수 없었어. 저런 놈은……."

노자와 장관은 조금 떨어진 바닥에 쓰러져 있었다. 아마 정신을 잃은 모양이었다.

"살려줄 필요가 전혀 없었는데. 나야말로 이 손으로 저 녀석의 숨통을 끊어놓고 싶었는데. 그런데 나는 저놈을 죽이지 않고 시온을 죽이고 말았어. 사랑한 여자의 딸을 죽였어. 시온은 노자와를 죽이겠다는 마지막 소망마저도 짓밟힌 거야."

그러고는 겐다는 입을 다물었다. 그의 어깨가 조금씩 떨리기 시작했다.

"다카사카 시온은 당신 손에 죽기를 바란 겁니다."

가부라기는 겐다를 내려다보며 이렇게 말했다.

"그리고 당신은 여전히 경찰관이었죠. 그뿐입니다."

"가부라기 선배."

히메노의 목소리였다. 가부라기가 돌아보니 마사키, 히메노, 사와다 세 사람이 서 있었다. 다들 지칠 대로 지친 모양이다. 그리고 세 사람 모두 가부라기에게 건넬 말을 찾지 못하고 있었다.

"응."

가부라기도 완전히 지친 모습으로 겨우 그렇게 대답했다. 할 말도 없었다.

"가부라기 선배! 무사하셨군요!"

누군가 계단을 달려 올라오며 소리쳤다. 경호과 마지마였다.

마사키가 어처구니없다는 듯이 이렇게 말했다.

"아니, 이봐. 자넨 왜 이런 곳에 있나? 될 수 있으면 멀리 대피하라고 했을 텐데! 이놈이고 저놈이고 말을 안 듣는군."

가부라기는 쓴웃음을 지으며 마지마에게 말했다.

"마침 잘 왔군. 구급차를 불러주겠나? 들것 세 개. 사망자 한 사람, 안타깝게도 죽지 않은 놈 하나, 죽었다 살아난 사람 한 분. 그리고 간병 원숭이도 탈 수 있게 해달라고 하고."

"아, 예. 이분은?"

마지마는 흘끔 겐다를 보며 그렇게 물었다.

"전 수사 제1과 형사 겐다 슈조 선배."

겐다는 꼼짝도 하지 않고 말없이 다카사카 시온의 얼굴을 내려다보고 있었다. 그 옆에는 가부가 달라붙어 있었다.

"많이 지치셨을 거야. 푹 쉴 수 있도록 해드려. 범죄를 추적하느라 여태까지 오랜 세월 잠입 수사를 하셨으니까. 40년도 넘게 말이야."

"40년? 어, 어쨌든 구급대원을 부르겠습니다."

마지마는 혼란스러운 표정으로 돌아섰다. 하지만 바로 되돌아서서 가부라기에게 말했다.

"깜빡했습니다. 가부라기 선배, 반납하겠습니다."

마지마는 양복 안주머니에서 봉투를 꺼내 가부라기에게 건넸다. 그리고 휴대전화를 꺼내면서 일 층으로 가는 계단을 서둘러 달려 내려갔다.

가부라기는 봉투를 거꾸로 들고 흔들어 내용물을 손바닥에 떨어뜨렸다. 검고 네모난 물건이 나왔다. 발신기였다. 네 사람은 얼굴을 마주보며 어깨를 으쓱했다.

그때 가부라기의 휴대전화가 어처구니없을 정도로 밝은 멜로디를 울려댔다. 액정 화면을 보니 과장인 모토하라 요시히코였다. 가부라기는 얼른 전화를 받았다.

"이런 멍청한 자식 같으니라고."

모토하라가 대뜸 그렇게 말했다.

"내가 너희들이 하는 일에 대해 책임을 지겠다고 했지 관짝을 들겠다고 하지는 않았어. 앞뒤 계산 좀 해!"

"죄송합니다."

가부라기는 휴대전화를 귀에 댄 채로 얼른 고개를 숙였다.

"아, 그래도 잘했어. 푹 쉬도록. 내일 보세."

그 말만 하고 모토하라는 전화를 끊었다.

멀리서 구급차 사이렌 소리가 들려왔다.

가부라기는 사이렌 소리에 이끌리듯 문득 창밖을 바라보았다. 마사키, 히메노, 사와다도 가부라기의 시선을 따랐다.

창밖으로 자작나무 숲이 보였다. 그것은 겐다 슈조와 다니야마 시즈가 휠체어를 타고 함께 바라보던 그 자작나무였다.

데 드 맨

파란 하늘과 푸르른 나뭇잎 사이로 자작나무의 흰 껍질이 보였다.

그 흰색에 눈이 부셨다.

옮긴이의 말

가와이 간지. 새로운 작가입니다. 그는 2012년에 '요코미조 세이시 미스터리 대상'에서 대상을 받아 데뷔했습니다. 바로 이 작품, 『데드맨』이 그 수상작입니다. 신인 발굴을 위해 만든 이 상의 수상작이 우리나라에 소개되기는 처음입니다.

요코미조 세이시 미스터리 대상은 일본의 국민 탐정 긴다이치 고스케를 탄생시킨 작가의 이름을 딴 상입니다. 이 상은 출판사 가도카와쇼텐의 제안으로 만들어졌는데, 제1회인 1981년에는 요코미조 세이시가 직접 심사위원으로 참여하기도 했습니다. 그 간 시바타 요시키, 야마다 무네키 같은 작가를 배출했으며, 스즈키 고지가 1990년(제10회)에 『링』으로 응모했지만 상을 받지는 못했습니다.

　작가가 요코미조 세이시 미스터리 대상을 받은 2012년에는 아야쓰지 유키토, 기타무라 가오루, 하세 세이슈, 반도 마사코 같은 작가들이 심사위원을 맡았습니다. 수상작을 결정한 뒤에 아야쓰지 유키토는 이 작품에 대해 "시마다 소지의 『점성술 살인사건』을 정면으로 끌어들여 가독성 뛰어난 미스터리 엔터테인먼트로 작품을 잘 마무리했다. 그 명작에 도전하는 기개가 훌륭하다."라고 했습니다.

　『점성술 살인사건』을 읽은 독자는 이 소설에서 숱한 유사점을 발견할 수 있습니다. 소설의 도입부의 분위기나 형식에서부터 여섯 명의 토막 난 시체라거나 40여 년에 걸친 이야기 등. 『점성술 살인사건』에 대한 오마주로 보이기도 할 겁니다. 작가는 인터뷰에서 이렇게 말했습니다.

　많은 미스터리 작품을 읽었는데 그 가운데 시마다 소지 선생의 작품에 가장 큰 영향을 받았습니다. 선생의 작품에선 현실 세계에서는 있을 수 없는 장면이 거침없이 그려지죠. 그야말로 일루전(illusion)입니다. 미스터리를 쓸 거라면 『점성술 살인사건』을 쓰던 즈음의 시마다 선생이 지녔던 기개에 지고 싶지 않았습니다. 감히 그 작품에 도전하겠다는 주제넘은 생각이 아니라 그 기개를 배우고 싶었던 겁니다.

'일루전이란 가슴 두근거리는 부조리'라고 정의하는 작가는 그런 부조리가 넘치는 소설을 쓰는 일루저니스트를 꿈꿉니다. 꼬치꼬치 따지는 성격 탓에 논리적으로 이야기를 풀어가는 미스터리가 자기에게 가장 어울리는 장르라고 생각하는 가와이 간지는 좋아하는 작가로 시마다 소지 이외에 아야쓰지 유키토, 요코야마 히데오, 오쓰 이치, 미나카와 히로코 등을 꼽습니다.

하지만 이 작가에 대해서는 밝혀진 내용이 그리 많지 않습니다. 구마모토 현 출신으로 와세다대학 법학부를 나와 출판사에 근무 중인 남성이라는 정도. 얼굴 사진이 공개되기는 했지만 생년월일을 비롯한 다른 개인 정보는 아직 알려지지 않고 있습니다. 잃어버린 반려견의 이름에서 따왔다는 가와이 간지란 이름도 필명입니다. 수상 직후 쓴 짧은 글을 통해 작가의 의도를 엿볼 수 있습니다.

(…중략…) 틀림없이 나는 새로운 '얼굴'이 필요했을 겁니다.
그건 새로운 이름을 갖는 것이며, 새로운 인격이 되는 것이고,
새로운 사회를 손에 넣는 것입니다. 결국 나는 '진짜 나'와는 다

른 '가짜 나'를 필요로 했던 겁니다. 그리고 '가짜 나'인 동안은 '진짜 나'가 가짜가 되겠죠.

*

이 소설에도 데뷔작에 흔히 따르는 찬사가 당연히 붙습니다. 가독성 좋고 전개가 스피디합니다. 쉽고 빠르게 읽힙니다. 수수께끼의 인물이 남긴 일기로 시작해 엽기적인 살인이 벌어지고, 이 사건에 대한 수사가 진행되던 중에 '데드맨'이 접촉을 시도하는 등 이야기는 도도하게 흘러갑니다. 이야기 전반에 깔린 수수께끼가 과연 어떻게 풀릴지 궁금해 마지막 챕터까지 책장을 덮기가 쉽지 않습니다.

시점이 번갈아 바뀌는 이야기를 목표 지점까지 끌고 간 다음, 해결 불가능해 보이던 수수께끼를 한꺼번에 매듭짓는 작가의 힘은 상당합니다. 이것이 바로 흔히 말하는 '가능성'입니다. 아니나 다를까, 지난 7월에 이 작가의 두 번째 작품 『드래곤플라이』가 나왔습니다. 이번 소설의 주인공인 경시청 4인조가 다시 모여 활약합니다. 그리고 데뷔작에서 보여주었던 가능성을 두 번째 작품에서 증명해냅니다. 이미 틀이 잡힌 상태에서 데뷔해 그 언저리에 머무는 신인이 아니라 기대를 품게 만드는 작가이기에

데 드 맨

가와이 간지의 등장은 더 반가운 일입니다.

2013년 10월

권일영

데드맨

초판 1쇄 2013년 11월 15일
개정판 1쇄 2023년 6월 1일

지은이 가와이 간지
옮긴이 권일영
펴낸이 박진숙 | **펴낸곳** 작가정신
편집 황민지, 박하영 | **디자인** 나영선
마케팅 김미숙 | **홍보** 조윤선 | **디지털콘텐츠** 김영란 | **재무** 이수연
인쇄 및 제본 한영문화사
표지 디자인 THISCOVER

주소 (10881) 경기도 파주시 회동길 216 2층
대표전화 031-955-6230 | **팩스** 031-955-6294
이메일 editor@jakka.co.kr | **블로그** blog.naver.com/jakkapub
페이스북 facebook.com/jakkajungsin
인스타그램 instagram.com/jakkajungsin
출판 등록 제406-2012-000021호

ISBN 979-11-6026-312-1 03830